Les Amants de Francfort

Du même auteur
(Extraits)

Aux Éditions du Moteur
La Folie Verdier, 2011.

Aux Éditions Joëlle Losfeld
Avec des mains cruelles, 2010.
Une ombre sans doute, 2008. Folio 2009.
L'espoir d'aimer en chemin, 2006.
Et mon mal est délicieux, 2004. Folio, 2005.
Aimer à peine, 2002.
Effroyables Jardins, 2000. Folio, 2004.
Lundi perdu, 1997. Coll. Arcanes 2004.
Cake-Walk, 1993. Coll. Arcanes 2001.

Aux Éditions Stock
Les Joyeuses, 2009. Folio, 2010.

Aux Éditions Perrin
Max, 2008. Pocket, 2008.

Aux Presses de la Renaissance
Sur les pas de Jacques Brel, 2008.

Aux Éditions du Quesne
North end Blues, 2007.

Aux Éditions Estuaires
Corps de ballet, 2006.

Michel Quint

Les Amants de Francfort

Roman

Éditions Héloïse d'Ormesson

www.editions-heloisedormesson.com

ISBN 978-2-35087-173-8

Pour Gilles C.-S. à qui appartient l'idée de départ...

La nuit où Lena et Florent devinrent amants, un double meurtre fut commis dans leur hôtel de Francfort.

Magda, la jeune femme de chambre en chef qui découvrit en début de matinée les corps sauvagement égorgés d'un homme et d'une femme, nus dans l'odeur d'amours intrépides, avoua par la suite avoir conservé son sang-froid le temps de laver machinalement dans la salle de bains ses mains qui avaient touché le lit par réflexe, puis d'avertir la première personne rencontrée dans le couloir, Sean Fitzgerald, pas encore couché après une belle nuit de travail. Fitz, personne ne l'appelle autrement, sub-agent des plus grosses agences littéraires et surtout de la plus grande maison d'édition américaine, un grand squelette déglingué aux paupières lourdes, visage de prédicateur filou, Fitz identifia les victimes sans battre une fois des cils et prévint Sandor Klingshoffer, le responsable de sécurité honoraire. À tout le moins l'homme des situations extraordinaires. Ensuite il prit Magda, quand même remuée aux cents coups, dans ses bras, renvoya de la main le bataillon des autres femmes de service accourues à ce spectacle incongru, calma la demoiselle dodue de bisous parfumés au schnaps et lui demanda si elle avait vu, remarqué quelque chose. Oui : deux des chambres de l'étage, louées à des dames, n'étaient pas occupées. L'une devait être celle de l'assassinée, non ? Vraisemblablement, *wahrscheinlich*, Fitz trouva la déduction plausible et Magda, maintenant amollie contre le gilet à carreaux saumon de Fitz sur une banquette du couloir, s'enhardit jusqu'à ajouter que dans ces conditions, l'autre chambre, la 404, devait être celle de la meurtrière puisqu'un couteau avec du sang dessus était abandonné sur la coiffeuse. Le genre cran d'arrêt. Est-ce que M. Fitz connaissait la cliente de la 404 ? Fitz n'eut pas à répondre parce que Sandor, le légendaire Sandor, la vieille âme toute maigre du palace, sortait de l'ascenseur, sourcils haussés, toutes ses rides de vieux chien en émoi. Comme Magda se relevait, écrasait une larme sur sa joue jolie, au bord de craquer maintenant qu'elle réalisait le terrible de la situation, l'Américain montra la porte entrebâillée sur le crime et dit avec son humour désespéré :

– Un roman d'amour qui finit mal... En vrai... Difficile de faire mieux pour deux éditeurs...

– Suicidés ?

Sandor articulait en confidence, sur le souffle, avec son décalage temporel habituel, un soupir, une sorte de doute inévitable de ses propres propos. Fitz leva les yeux vers Magda qui baissait les cils et reniflait, laissait venir le sanglot :

– Peu probable : un suicide à deux est une fuite amoureuse, sans cruauté aucune... Là, tu verras, le tableau manque de tendresse... Et puis mademoiselle pense avoir vu une possible arme du crime, un couteau sanglant, dans la 404...

Sandor eut un hoquet de silence, pas d'indignation bien pensante, juste fataliste, et puis :

– Fallait pas sortir de la littérature…

– Baiser dans un hôtel de Francfort au moment de la Foire du livre, s'y faire assassiner, c'est encore de la littérature, ne t'en déplaise…

Sandor ne rectifia pas et apprécia le cynisme convenu d'un froncement de lèvres, comme après une gorgée de tord-boyaux bienvenue à un moment de désarroi. Il ballait des bras, avalait sa salive, regardait Fitz qui le regardait, écoutait monter la rumeur du personnel qui revenait aux nouvelles à petits pas, oreilles pointées, et ne se décidait pas à appeler la police. Parce que Fitz commençait à faire les gros yeux, il finit par sortir son portable, putain, c'était pas prévu ce cirque, appuya sur la touche d'urgence et on n'entendit pas la suite parce qu'il entrait dans la chambre du crime. Fitz se leva, annonça haut et fort à l'armada des chambrières qu'il y avait eu un accident, surtout qu'on n'approche pas, puis il demanda bas à Magda de ne parler à personne, d'aller l'attendre chez lui, elle connaissait le numéro de sa suite, n'est-ce pas ? Magda, l'estomac barbouillé, fit oui de la tête, son regard paisible toujours en pagaille, toute sa chair sans façon encore sacrément tourneboulée aux alentours du cœur, et chuchota avant de filer, fesses serrées et les larmes à nouveau :

– Je suis bien contente de jamais lire de livres !

1

Je suis arrivé à cette Buchmesse de Francfort 2009 avec une fierté à faire craquer mes boutons de chemise et des appréhensions de période d'examens universitaires. Non, plutôt une véritable angoisse, l'estomac noué jusqu'à la descente d'avion. Je n'ai jamais mis les pieds en Allemagne, trop d'histoire à conjurer, de préjugés à dépasser. Et la nécessité professionnelle seule me permet de trouver le courage d'affronter mes démons et me jette dans la crainte de l'inconnu : ma première participation à un tel événement en tant qu'éditeur indépendant. Cinq ans et une trentaine de romans publiés. Pour supporter la tension, j'ai sacrifié au rituel, retenir dès la veille de l'inauguration une chambre à l'hôtel H., l'endroit hanté par des écrivains et des éditeurs, où il y a tant d'ombres de phrases en suspens dans le silence des couloirs, de paragraphes murmurés par le froissement des draps, le chuchotement de la douche. Si tu ouvres la bouche, tu peux réciter des pages entières sans savoir que c'est du Böll ou du Styron… La 412 sonne comme du Schlink, l'envie d'y lire à haute voix après l'amour et que l'aimée ne soit pas irréprochable. Des bêtises. Comme les *a priori* qui m'ont amené à ne jamais séjourner en Allemagne.

J'ai mangé au restaurant de l'hôtel où de hautes vitrines présentent des collections de porcelaine auxquelles on ne touche pas. Peut-être du Sèvres. Avant, j'avais appelé Clémence, mon épouse, qui est restée à Lille quand je me suis installé à Paris. Elle dit que mon départ est la cause de ses ennuis de santé. Maxime, notre fils de dix ans, le pense sûrement aussi. Je crois surtout qu'elle somatise, s'acharne à se mal porter pour me punir. Ce ne sont là que des malentendus, comme mes rares incartades sexuelles, ou les siennes plus précoces, il ne faut pas en faire des fromages. Juste, sincèrement, parce qu'il me semble l'avoir chérie sans retenue, je ne souhaite pas qu'elle meure, ni qu'elle souffre si sa maladie est bien réelle. Alors je maintiens les apparences du vieil amour. Nos pères étaient frères de cœur, amis de toujours, nous sommes nés à deux jours d'intervalle en mars 1974, avons été élevés comme frère et sœur, et dès la maternelle l'institutrice a cru malin d'appeler Clémence Mme Vallin :

– Elle va les ranger elle-même ses Lego, madame Vallin, ou elle compte déjà sur son petit mari pour les corvées ?

Imbécile qui disait cela sans méchanceté, complice réjouie d'une future union qui ne la regardait pas. Notre destin, avec Clémence, était déjà en marche. On a suivi la même cadence. Jusqu'au moment où j'ai décidé d'aller de mon propre pas.

Ce que je fais aujourd'hui dans Francfort. J'ai dormi tard, ai été réveillé en sursaut par la soubrette-chef, *Entschuldigung*, une tranquille aux bras blancs et aux cheveux tressés en rond, serré, comme une miche de pain blond, une qui en a vu d'autres, Magda, j'ai lu son badge après, quand je suis descendu et qu'elle organisait le ménage des chambres, serviettes propres, produits de salle de bains, lisser les couettes, changer les draps ici, là… Elle ordonnait avec sérénité et sa poitrine tremblait en rythme sous le tablier si elle élevait la voix. Qu'on ne voie aucune perversion à cette remarque de gamin mal élevé mais elle m'avait aperçu endormi nu, alors chacun sa pudeur offensée. Pas pu m'empêcher. *Wiedersehen, Magda*… Merci, bonne journée, monsieur… Et elle a eu un geste presque distrait, vif, pour remettre d'aplomb le col de mon pardessus marine, enfilé à la diable.

Ascenseur, la réception, ma clé sur le comptoir de bois sombre, bonjour, bonjour… L'escalier jusqu'au trottoir, portier, voiturier, bonjour, bonjour… Tout le personnel parle au moins trois langues ici. Moi je bredouille l'allemand, un allemand de lycée première langue, je le bricole comme un réparateur d'électroménager et ça marche pareil, avec des sons étranges, des grands silences entre les programmes de lavage et de rinçage et l'espoir que le courant passera jusqu'au bout. Clémence a fait anglais et espagnol, ne surtout jamais lui parler d'Allemagne.

Donc me voilà à suivre mon ombre dans le soleil d'octobre. Il me semble que je pénètre dans cette ville comme un cambrioleur inoffensif, un casseur tendre. Au fil des rues, des avenues, parfois je pose la main sur un mur de grès, je ferme les yeux et la Francfort altière d'avant-guerre respire sous ma paume, je lève les yeux sur les fenêtres en bow-window, ces immeubles aristocratiques, corsetés, qui ont vu le reste des bâtiments agoniser alentour sous les bombes en mars 1944 et restent debout, sans gémissements inutiles. Parfois je touche le verre et l'acier des constructions récentes, belles comme des fashionistas, ces personnages creux de littérature à poulettes, le quartier de la Messe, avec la tour vertigineuse, le parc d'expositions où a lieu la foire, et je vois mon reflet, furtif, dans une vitrine de banque, grand, bon poids et bonne largeur d'épaules, des élégances vestimentaires comme je les espère, anonymes, et le visage mal raboté d'un ours caressé à rebrousse-poil. J'ai le cheveu inclassable, rétif au peigne, genre faux poète, qu'est-ce que ça fait ? Je suis ici en transit, ma place n'y est pas. J'arpente les bords du Main, je passe les ponts, je traverse le fracas des autos, je m'engage dans les artères de la métropole la plus puissante du pays, les vallées de bitume du cœur financier de l'Europe, « Bankfurt » comme on plaisante, parmi le peuple d'ici, multiple et simple, si maladroit avec sa mémoire douloureuse, et dont j'aimerais bien mieux comprendre la langue. Parmi les odeurs urbaines, je suis des couples en marche, des groupes d'amis, et j'essaie de saisir leur conversation jusqu'à ce qu'ils me regardent de travers, me prennent pour un pervers, un espion, et que je les abandonne. Qu'est-ce qui reste en eux de mes propres souvenirs scolaires, de la vieille Allemagne en gants blancs, de celle ensuite, après le renvoi du maire juif de Francfort en 1933, celle qui nourrissait la bête, et de l'autre, la récente, la soixante-huitarde, celle de la jeunesse suicidaire ou vengeresse, celle des refus, celle de la table rase et des comptes à solder, du terrorisme de gauche ? Qui ici a le souvenir de soi-même ? Moi j'entre dans un pays neuf avec de vieux journaux à la main, désorienté, étonné de ne pas vivre ce qui est imprimé. J'aurais voulu détester cet endroit, ce peuple, même les jolies femmes, et le courage, l'envie me manquent, j'ai un siècle.

Ainsi, presque tout le jour, je me laisse porter par la géographie de cette ville double, j'entre dans les grands magasins, les garages où sont exposées des voitures de luxe, je hante les galeries marchandes, je lui fais les poches à cette ville, pickpocket de hasard, visiteur indésirable qui ouvre les tiroirs d'une commode, touche du bout des doigts la soie d'une lingerie à fantasmer, respire le parfum d'un pull, sort d'un dressing des robes endormies sur des cintres et se demande quelle belle femme peut bien porter ces frusques de gala, et faire des cauchemars seule dans son lit trop grand. Cette ville est un clown triste au large sourire, mais digne.

Je grignote des *Bratwurst*, je goûte des bières, variées, l'Aventinus est bonne, brune et un peu aigre, je traîne aux terrasses, j'échange des banalités laborieuses avec des gens que je ne connais pas, des dames qui croisent les jambes et s'ennuient sans moi. Ça fait, j'appelle Zina, Zinaïda Dumitrescu, ma seule employée, une Roumaine qui a fui un mari d'extrême droite et l'après-Ceausescu et du coup s'est retrouvée un temps ma maîtresse, mais passons, elle est un rien volcanique et son accent me foutait la trouille au lit, donc j'appelle Zina, tout va bien, fais de bonnes affaires, patron mon chérrrri. Je n'appelle pas Clémence parce qu'elle va faire la martyre qui ne se plaint pas, Maxime aura eu des sales notes en classe, alors je laisse une blonde un peu grasse, tailleur en jean avec broderies, me proposer de venir essayer un ou deux Mantel dans son magasin, elle a des cachemires *wunderschön*, je remercie mais non, flatté de me faire draguer par une Allemande. Et quand je vois le soleil fatiguer un peu à l'horizon, je sais qu'il faut rentrer, une douche, une autre chemise, et en avant pour l'inauguration, bienvenue à la Chine, encombrante invitée d'honneur de la Buchmesse.

En bas, parce que je fais deux pas dans le *Lobbyraum* en façade, parmi les gens du métier qui commencent à se retrouver, parler haut, un vieux monsieur en virgule posée sur des pieds immenses, le visage si ridé qu'on dirait une peau en spaghettis, le cheveu rare plaqué en arrière. Soixante-dix ans ? Il porte un uniforme différent de ceux des autres employés, vert sous-bois à boutons d'argent, et me tend la main :

– *Gut'n Abend…*

– Bonsoir.

– Ah ! vous êtes français… Auteur ?

– Éditeur. Florent Vallin, les éditions En Colère.

– Ohoh !

Il a un rire en onomatopée, en oh, discret. Et me prend le coude, me tire à l'écart, lui aussi a un français quasi sans accent :

– Je suis Sandor Klingshoffer. J'ai été agent de sécurité si longtemps ici qu'après ma retraite on m'a gardé dans un placard… En réalité je suis le fantôme de l'hôtel ! Ohohoh !

Je ris aussi, poli, et puis il m'intrigue, ses yeux sont aigus.

– J'étais à la première Buchmesse, à Saint-Paul, en 1949, l'église qui a abrité le premier Bundestag allemand à la révolution de 1848… Je suis entré dans cet hôtel dès son ouverture en 1951, jamais marié. Il faudra que je vous raconte mon histoire… Ma vie c'est la littérature !

Nous y voilà : l'emmerdeur de service qui cherche à placer ses œuvres ! Je m'écarquille de mon mieux :

– Vous écrivez ?

– Non.

Le « non » a retenti dans mon dos, je me retourne. Un homme est là, plus grand que moi, en costume sombre, le cheveu blanc et ras, un gilet couleur orange sur une chemise blanche sans cravate. Il me tend la main, du sourire partout sur le visage, pas mondain pourtant, ni faussement conscient d'une rencontre unique dans les annales de la littérature, quelque chose comme celle de Cendrars et d'Apollinaire, non rien d'exceptionnel, uniquement pas foutu d'oublier son éducation parfaite :

– Sean Fitzgerald, comme Francis Scott, mais en moins célèbre. Tout le monde dit Fitz ! Sub-agent pour les éditions R. H., New York ! J'occupe des bureaux au siège berlinois des éditions B. V., propriété de notre groupe… Des années que je supplie Sandor d'écrire ses Mémoires ! N'essayez pas, vous n'avez aucune chance…

– Je ne fais pas dans le *reality book*.

Sûrement j'ai parlé sec, j'ai sorti les ergots du petit coq, Sandor prend une mine de type qui déboule dans une dispute, n'a rien entendu, Fitz hoche la tête comme on fait pour un gamin méchant à prendre avec des pincettes :

– À côté de sa vie, aucun livre n'est réel. Vous êtes en face d'un homme qui incarne la littérature sans avoir jamais écrit une ligne.

Et Sandor fait ohohoh, la lèvre humide, le buste gonflé de soupirs d'aise. Le numéro qu'ils me font, ces deux vieux augustes ! Sûrement c'est une phase du protocole, il faut leur aval pour être admis dans le cercle, l'Olympe des affaires éditoriales mondiales ! Le lobby s'est rempli, je reconnais des Parisiens, éditeurs, agents, quelques écrivains, mal à l'aise, des responsables de droits déjà sur le qui-vive, décolleté en ordre de bataille, des dont j'ai oublié la qualité, le nom, qui me font vaguement signe, des qui me claquent l'omoplate, salut vieux, et des méprisants, des historiques justifiés par les couilles financières et le goût sûr de leur arrière-pépé fondateur de la maison, une meute frétillante mêlée au bastion anglo-saxon qui jacasse aussi haut que le reste, *how do you do*. Mais la plupart font le détour pour serrer la main de Fitz, s'exclamer devant l'éternelle jeunesse de Sandor. Je savais que le monde des lettres avait ici ses repères, ses prie-Dieu au nom des grands auteurs et des éditeurs légendaires, envahissait cet hôtel pour cinq jours, mais pas ce point de retour désinvolte en pays conquis !

– Eh bien je l'écouterai dire sa vie après lui avoir signé la promesse de ne jamais en faire un livre ni un disque, ni en répéter quoi que ce soit à quiconque. Et puis on verra s'il résiste à un beau contrat… Maintenant si vous permettez, je souhaiterais me changer…

Mon sourire poli pour prendre congé ne fonctionne pas avec Sandor. Il a un geste d'une vivacité, un dégaineur de colt dans un western, pour me prendre le coude, me retenir un instant :

– En cinq jours je devrais pouvoir raconter cinquante ans… ou cinq siècles… Le soir je suis toujours quelque part ici à traîner… Sinon je dors juste à côté de l'entrée de service. À la réception ils savent…

Et il disparaît parmi les *hellos* et les bonjours. Fitz me regarde des pieds aux cheveux, mon jean presque encore dans les plis, la chemise de fil à fil ciel, la veste de tweed à chevrons, le pardessus :

– Vous êtes très bien. Tip top ! Ce soir c'est discours et cocktails. Surtout cocktails. Les affaires commencent demain. Vous saurez le moment exact : celui où je viendrai vous parler d'argent et de contrats !

– Vous ne savez même pas ce que je publie !

– Possible, mais je connais des gens qui le savent. En revanche, ce qu'ils ne savent pas c'est qu'ils travaillent pour moi en croyant travailler pour eux. Venez, il fait doux, pas de pluie, inutile d'attendre un taxi comme ces dames à hauts talons, on y va à pied.

Et moi, mouton, je le suis, parce que j'ai envie d'aimer cet homme-là qui doit être un requin, un margoulin fini, mais prend la peine d'être courtois et de ne pas faire dans le convenu.

Donc on marche allègrement, même mes tiraillements aux tibias après ma journée randonnée je m'en fous, c'est juste bon le doux soir d'octobre qui se déplie au fond des avenues, prêt à les recouvrir de soie noire.

– Tu connais des gens ici ? T'es sur quel stand ? De toute façon, ça n'a aucune importance puisque les gros coups se font ailleurs…

– Où ?

– Ne t'inquiète pas, tu y seras : j'ai besoin que tu signes les contrats à mon avantage… Tu vois : *in the right time at the right place*… Ah, excuse-moi : autant que je te tutoie si on doit s'engueuler vraiment ! Tu es OK ?

– OK mais je peux m'engueuler avec quelqu'un sans parler, juste avec les poings…

– Bravo : Hemingway aurait pu être l'auteur de cette phrase ! Et ton stand ?

– Hall 6, un coin de table sur le stand collectif. J'aurais dû y passer cet après-midi, pas eu le courage…

Un temps et j'ajoute, dans le claquement de nos souliers au trottoir :

– Je crois que j'ai la trouille.

– Que les affaires se passent mal ?

– Oui, de constater que je ne vaux rien comme éditeur, pas exportable. Et puis c'est la première fois que je viens en Allemagne.

La première fois depuis que la RAF, la Fraction armée rouge d'Andreas Baader, y a assassiné mon père, en avril 1977, quelques mois avant d'enlever et d'exécuter son ami et partenaire en affaires, Hans-Martin Schleyer, le patron des patrons, un fils de pute d'ancien dignitaire nazi. J'avais trois ans.

Plus tard, on a rallié l'immense Messehalle, la grande réserve sauvage du salon et ses indigènes lettrés. Chaleur de chien, à croire que la rumeur sourde des bla-bla faisait monter la température. Une fois les discours politiques entendus en échos lointains, le cou tendu comme si je comprenais, que je voulais absolument voir, comme à un concert rock, je repère mon stand, vérifie mes catalogues, mes cartons de livres, salue vite fait les collègues parisiennes indépendantes avec lesquelles je le partage. En réalité, sur une courte estrade, trois tables basses blanches, trois fauteuils vertigineux de cuir blanc, des visuels des collections accrochés aux parois blanches, des exemplaires des bouquins sur une étagère et trois écrans plats qui diffusent en boucle l'historique de nos réussites éditoriales. Ici, par rapport au reste de la célébration officielle, les délégations des grandes maisons luxueuses comme des ambassades, on a un rayonnement de quartier, un statut de HLM de l'édition, ça je le constate, et je décide de la jouer à la Fitz, frimeur, loin des contingences commerciales, plutôt en coulisses, sur invitation et en fraude si nécessaire. Pour ne rien gâter de mes premiers pas dans le monde, ne pas faire cousin de province parmi les professionnels, les stars invitées, la presse, je laisse à Fitz la bride sur le cou, jamais hors de vue, jamais assez proche pour partager une conversation. On fait comme ça, à la baguenaude, en navigation de conserve à travers petits-fours et boissons de bonne tenue, on fait le tour du propriétaire, le domaine européen, le royaume allemand, l'empire anglo-saxon, on écoute distraitement des indignations, chacun notre tour, un type gueule : comment peut-on faire de la Chine un invité d'honneur, un pays où les droits de l'homme sont bafoués, où le souvenir de Tian'anmen tire des larmes aux vieillards, un pays qui bâillonne les poètes, les contraint à l'exil ? Comment honorer une nation où le communisme tue dans une Allemagne où le communisme, comme une arme retirée d'une blessure, a laissé une plaie ouverte encore mal cicatrisée après vingt ans de réunification, de suture sauvage ?

J'ai bien aimé la métaphore de la blessure par arme blanche, je l'ai dit plus tard à Fitz qui a ri avec moi d'avoir subi le même discours. En même temps, je n'aurais surtout pas serré la main d'un officiel chinois : l'histoire de Bei Ling, jeune poète jeté en prison pour publication illégale en 2000, me rappelait trop le Troisième Reich, Mussolini mettant à l'index les gialli, les polars, sous prétexte qu'ils donnaient le mauvais exemple… J'ai entendu Fitz plaisanter à mi-voix dans un cercle courtisan : si la RAF, ces auteurs d'attentats des années 1970 contre l'hégémonie américaine, revenait, les dirigeants chinois seraient dans sa ligne de mire parce que comme impérialisme et comme capitalisme, la Chine émergeante, on ne fait pas mieux ! Une journaliste déjà un peu partie en a ri trop fort, Fitz m'a lancé un clin d'œil. Tiens donc, on me ferait savoir qu'on a étudié mon dossier personnel ? Je n'aime pas trop ces préliminaires truqués... Et puis, peut-être par riposte, j'ai pensé aux USA, au code Hays, pudibonderie et compagnie, la hauteur des ourlets, le temps des baisers ciné, pour aboutir à toute l'industrie du porno aujourd'hui dans un pays créationniste, bandes d'hypocrites donneurs de leçons, et j'ai commencé à picoler du champagne et compagnie !

Je me mets à sourire à tout ce que je croise, sans distinction, même les people, les animateurs de télé aux dents blanches, les animatrices recrutées pour le 3D, les comédiens sur le retour qui fourguent leurs Mémoires et leurs régimes minceur sous couleur de littérature, les usurpateurs du livre, je m'incline devant eux, je me dis que pour mettre tant de hargne à vouloir passer pour un écrivain c'est que ça doit valoir le coup d'en être un, et mes auteurs sont des vrais, j'y veille, d'abord ils sont pas beaux, enfin, pas toutes, et puis au diable mes intransigeances, je suis là sans illusions, je suis une débutante à son premier bal, j'épouserais le premier milliardaire venu, je distribue des cartes de visite, mélange mon anglais valable dans les dancings de la frontière belge et un allemand brut, débarrassé des déclinaisons, du rejet du verbe, toutes les particules désormais inséparables, réunifiées, un vocabulaire étendu par contagion, *apprecieren meinen books, dejeunieren zusammen, well!*, et je déploie mon charme sous le contrôle de Fitz qui s'est rapproché, rigole en douce de mes ivresses joviales, me montre du menton à des messieurs en costume, des blonds coiffés comme Cohn-Bendit, des dames moelleuses qui posent leurs jolies mains sur la sienne, l'embrassent, et merde j'aimerais aussi du baiser, Clémence n'appelle pas, ni Zina, plus personne ne m'aime, c'est dégoûtant.

Au bout d'un moment je stoppe de m'ivrogner, je stabilise, j'avale du consistant, des saucisses, il va sans dire, des spécialités des stands divers, *grazie mille*, *spassiba*, de la pâtisserie crémeuse, douce, sucrée à tomber et surtout des bretzels et des glaces, en même temps que la bouche pleine me dispense de converser sérieusement. Fitz est maintenant de nouveau à mes côtés, j'ai passé l'examen du novice lâché dans la jungle de Francfort, mes yeux sont de nouveau en face des trous, *ich bin gar nicht blau*, pas bourré, et il peut m'exposer le plan de bataille, remplir la poche de poitrine de mon tweed gris charbon de petits cartons, de papiers griffonnés, les raouts parallèles, là où se traitent les vraies affaires, demain soir, cocktail privé de B.V., eh oui, la plus grosse maison d'édition d'Europe, tu es désormais sur la liste d'invités, tu vois je m'occupe bien de toi, tu devrais me choisir comme sub-agent de tes éditions En Colère, mais tu n'es pas vraiment en colère n'est-ce pas, tu vas gagner beaucoup d'argent et tes auteurs seront ravis et ta femme aussi… Et je dis :

– Ma femme ne veut plus de moi…

Et à l'instant où je dis cette demi-vérité sans importance pour un autre que moi, une sorte de flamme écarlate passe vite dans le dos de Fitz, pas le temps de fixer l'image en détail, déjà elle a disparu, c'est la rengaine d'Édith Piaf, la foule vient l'arracher d'entre mes bras, où elle n'était pas d'ailleurs, et cette femme brune, en robe bustier rouge, ce visage en fer de hache, dur et terrible et éblouissant à faire mal, aux épaules nues, jamais je n'ai autant eu envie qu'on me sourie encore parce qu'elle m'a souri, et c'est tout, Fitz a vu mon manège de foudroyé d'amour, de saisi d'admiration au bas mot, hop là, et il rit :

– Ne mange pas toutes les sucreries d'un coup, ami Florent… Et même ne les mange pas du tout, jure seulement à la vendeuse d'en acheter beaucoup… Cette femme que tu viens de croiser, tu pourras la croquer si tu attends le dernier jour de la foire, qu'elle ne se défende plus, qu'elle s'aligne sur tes conditions de prix… Demain, à la soirée B.V., ce sera déjà le moment et le lieu d'amorcer, je te promets. Ou alors si elle n'est pas à cette petite sauterie incontournable, c'est qu'elle n'a rien à vendre ni à acheter… Ce qui m'étonnerait… Sinon, elle ne serait pas ici… Mais vivons d'abord ce premier soir… Traditionnellement, je laisse Sandor me composer le menu… Tu es le bienvenu à la table des nuits blanches. Il y a à boire, à grignoter, et surtout à écouter… Sandor va nous raconter sa vie, des fragments plutôt… Peut-être qu'il dira la vérité, à toi, parce que si je me fie à ce que j'ai déjà entendu, il devrait avoir deux cents ans… Tu verras, il commence toujours par : « Je suis la Hongrie à moi tout seul ! »

– Il est hongrois ?

– Bien sûr que non. Mais il est seul et c'est un immense auteur qui n'a jamais écrit une ligne… Possible que ta brune incendiaire soit de la partie… *Who knows ?*

Et là, l'idée me traverse, en retard, que Fitz ne s'est pas retourné, n'a pas vu la femme rouge, et que pourtant il en parle, brune incendiaire je t'en foutrais des expressions littéraires de merde, comme s'il savait d'avance qu'elle jouerait les mystérieuses fugitives à mon endroit.

Passé minuit, Sandor reçoit effectivement dans un salon particulier qui donne sur le lobby. À notre retour de l'inauguration, il bavardait avec une dame de haut vol, chignon sombre, silhouette nerveuse et visage anguleux, tailleur à quatre épingles, au haut des marches de l'entrée, un cigarillo entre les doigts, l'autre main dans la poche de veste avec le pouce en dehors, presque l'attitude, dans son uniforme de garde-chasse, d'un dandy qui se rafraîchit le smoking après de grosses pertes au baccarat. Il a souri, nous a présenté Frau Meyer, directrice de l'hôtel, puis proposé un dernier verre, non, pas au bar de l'hôtel, le Willy's, trop de parasites, des voleurs d'âmes, des étroits de l'imaginaire seulement occupés du marché de l'édition, et tous gens dénués de savoir-boire :

– Restons entre nous, si ma chère directrice le permet, on pourra se raconter des histoires impubliables !

Et il a éclaté de son rire en oh, à deux temps, dubitatif : je ris, je m'interroge sur le bien-fondé de ma marrade et, tout bien considéré, je me bidonne à fond. Moi j'ai montré les dents, ce qui représente ma manifestation extrême de la joie. Frau Meyer a levé les yeux au ciel, mon Dieu… Fitz, la même dégaine d'aristo décadent, de rescapé d'un monde dépassé, a accompagné la joie retenue de Sandor, lui a tapoté l'épaule :

– Le salon libertin ?

Sandor s'est contenté d'un haussement de sourcils fataliste. Où irait-on sinon ? Frau Meyer a eu le même mouvement, par ironie, nous a souhaité bonne nuit, tolérante avec les vieux gamins prêts à bambocher, quand même, pas de photos n'est-ce pas, certains couples n'y tiennent pas, et s'est éclipsée, une jolie cinquantaine, même de dos. Étonnant, le statut de Sandor dans l'établissement, comme un héros national qui a le droit de tout, un vainqueur d'Olympie nourri au Prytanée... Pas mon affaire au bout du compte. Fitz, au courant du rituel, est allé au desk demander qu'on fasse servir de la bière, de la vodka, du cidre, le fameux Ebbelwei d'ici, du grignotis, bien sûr, à mettre au compte de sa chambre. Un homme et une femme qui prenaient leurs clés respectives ont vu le manège et se sont invités sans façon :

– Sandor va nous raconter un bout de ses épopées ? Ses « mille et une vies » annuelles recommencent ? On en est !

Ainsi, au moment où un garçon livre la commande de Fitz, ils nous rejoignent dans une sorte de grand boudoir, deux fenêtres sur un des flancs de l'hôtel, meublé Art déco amélioré, avec des gravures licencieuses aux murs, plein, où des dames dépoitraillées s'activent de la langue, ne sont pas avares de prodiguer des caresses et d'en recevoir. Nos pique-assiette s'autorisent à contempler de près ces scènes de genre, échangent deux gloussements, voient le buffet qui s'organise et, pareil, se sentent obligés d'appeler la réception, réclamer d'humbles offrandes de nourriture et boisson pour le griot de l'hôtel avant de se laisser aller au profond d'un canapé. Fitz me les a présentés après étreintes amicales de convenance : Florent Vallin, éditeur parisien, Hermann Schulmeister et Ilse von Hochpfalz, éditeurs aussi il va de soi... Des furtifs à se frôler, s'abandonner au moelleux des coussins. La quarantaine aisée, bien nourris et le poil soyeux, un baiser toujours à palpiter aux lèvres. Des insupportables de sérénité, d'assurance, et de désir mal dissimulé. Lui, beau type brun doux, le genre ancien as de l'aviron, a la pommette gauche marquée d'une tache de naissance, une larme lie de vin, et elle, loin des canons haute couture, le corps à la bonne franquette, sans mystères sous sa robe. Deux clés, deux chambres, pas encore amants, mais bientôt ? Lui porte une alliance. Pas elle. Ils sont venus en habitués, avec une sorte d'impatience de commande, me semble-t-il. Pas sûr que Sandor soit ravi de leur présence mais déjà d'autres de la diaspora, mondiale des lettres (expression de Fitz) passent le nez à la porte, on s'est donné le mot, on se glisse, on pose une fesse sur un accoudoir de fauteuil, on sort les verres, les décapsuleurs. Vite on refuse du monde, *no, sorry, bitte, kein Platz mehr*… Sandor et Fitz regardent cette agitation avec le recul, l'agacement des pop stars prêtes à affronter le public. Moi je considère la cérémonie secrète, presque ridicule, de ces contes et légendes de l'office, avec mon scepticisme habituel. Et une excitation de gosse au cirque. Sauf ma petite déception de ne pas voir mon apparition en rouge, mon énigmatique. Oh je la reverrai, aucun doute, Fitz est derrière cette manigance. Si ça se trouve, elle m'attend dans ma chambre, troisième oreiller, call-girl de bienvenue… Arrêtons de dérailler… Je cherche un endroit où m'installer, gris que je suis déjà, et il ne reste qu'un bref espace pour petit cul entre le bras du canapé et celui d'Ilse, je m'y cale en force, éprouve l'ample volupté de ses hanches, pardon, je ne vous ai pas fait mal, pas du tout, au moment où j'entends la voix de Sandor proposer :

– J'ai envie de parler français, ce soir… C'est la langue des plaisirs… Et je ne parlerai de rien d'autre… sinon peut-être de la cruauté qui est parfois aussi une jouissance. Les comment dites-vous ? Les pisse-vinaigre ne sont pas obligés de rester et de vider des bouteilles avec nous !

En disant « pisse-vinaigre », il m'a interrogé du regard, c'est correct ? J'ai acquiescé d'un battement de paupières et il continue, de sa voix de confession trouble :

– … Descendre de Vlad Tepes, Dracul, le dragon empaleur, et d'Erzébeth Bathory la sanglante, aucun d'entre vous n'aurait la force d'assumer l'héritage ! Ou l'hérédité… Moi, si… À bien y réfléchir, je suis la Hongrie à moi tout seul…

Mouvement de foule dans l'assistance, déjà suspendue à son débit lent, sans émotion, informatif, cette élocution qui s'observe, écoute son écho parmi les toiles de Jouy, les dessins lestes et les odeurs de chair aux limites de la sueur aigre. À mon côté, Ilse, son corps généreux un peu trop près de sa robe de satin perle, ça bâille, ça entrave, Ilse cherche une position plus confortable, à moins se tordre le cou pour entendre Sandor, et elle tourne un peu le dos à Hermann, se retrouve avec un genou voilé de noir sur ma cuisse droite, son sein gauche pratiquement sur mon pectoral droit, ses cheveux raides et bruns à me balayer la nuque, et je sens sa respiration profonde et son parfum fleuri. Sandor est debout entre les deux fenêtres, les lumières de dehors en halo autour de lui, et il étend les bras, crucifié, un verre de vodka dans la main gauche. Il attend que son premier effet s'éteigne, vide le verre cul sec et continue :

– Il suffit de me regarder pour saisir immédiatement la ressemblance entre Vlad Tepes, qui vécut au XVe siècle, et moi-même… Vous connaissez ce portrait de lui, le nez long, l'œil globuleux, les joues creuses et les traits minces, la moustache fournie et raide, qu'on aurait pu y accrocher son chapeau ? C'est moi tout craché. À part la moustache, mais c'est parce que je ne porte pas de chapeau, n'est-ce pas ? Ohoh !

Il a donné le signal et le public, même ceux qui saisissent moins bien le français, rigole de bon cœur. Ce qui marque aussi le signal de répartition des bouteilles, qu'on ait toujours bière et/ou vodka à portée de main sans risquer un déplacement impossible. Fitz fait office de fourrier, s'acquitte de cette tâche avec une vista de vétéran des zincs. Quand Sandor reprend, Ilse, pour être plus à l'aise, pose le bras gauche sur le dossier du canapé, presque à me serrer les épaules. De la droite elle tient ferme un verre que je lui remplis avec la vodka dont Fitz m'a institué responsable, rangée à l'abri entre mes pieds.

– Surtout n'ayez pas peur que je vous fasse mourir par le supplice du pal : mon lointain ancêtre le réservait à ses ennemis. Pour ma part, je n'ai fait mourir que quelques femmes, de plaisir justement, en utilisant un autre pieu… Ohoh !

Et il cligne de l'œil avant de rire, que sa plaisanterie égrillarde soit bien soulignée pour les francophones confirmés, à me faire grimacer, navré qu'on en soit déjà à ce point de fin de banquet, putain de vulgarité, alors qu'autour de moi, ça se pousse du coude, ça hennit, ça essuie une larme de joie, ah ce Sandor, toujours vert à son âge ! Et lui, vieux clown rusé, reprend l'auditoire en main juste au déclin des gloussements :

– Lui aussi aimait les femmes, il en a eu trois, et l'une s'est suicidée pour lui… Non, empaler était un moyen de faire peur aux adversaires avant même qu'ils ne l'affrontent. Il fut en réalité un homme au parcours douloureux, au pouvoir contesté, en Transylvanie, en Roumanie.. Savez-vous qu'il y est né, à Sighisoara ? Dracul signifie dragon en roumain, et son père était de l'ordre des chevaliers du dragon… Le surnom de Dracula lui vient de là… Alors un dragon, bête mythique, aux crocs sanglants… ! Parce que, entre autres techniques d'intimidation, il buvait le sang de ses victimes, une petite coupe de temps en temps, en public, que la légende de sa cruauté coure la campagne. Vlad Tepes était de la littérature vivante ! Bram Stoker, en écrivant son roman, ne s'y est pas trompé ! Il a raconté ce que croyaient les paysans de Moldavie, d'Autriche, de Slovaquie, de Hongrie, à l'époque… Pas l'Histoire historique qui n'est qu'un roman sans auteur et sans style.

Ilse a maintenant son bras autour de mon cou, bien répandue sur moi, un peu chiffonnée de la devanture, la poitrine moite pressée contre mon flanc, et partie pire que mon ivresse calme, au point de me pouffer dans les oreilles en allemand. Évidemment, pourquoi mentir, des douceurs pareilles vous chamboulent, l'attention au reste du monde baisse, ce qui fait, j'écoute moins Sandor et la biographie imaginaire de l'arrière-arrière-pépé, j'essaie plutôt de passer mollement, presque par courtoisie d'ivrogne, une main derrière la taille d'Ilse, de lui titiller le bas des reins sans qu'Hermann ne me provoque en duel… Et puis, lors d'un ravitaillement en vodka, *danke sehr Schätzchen*, je constate qu'Hermann a sorti un calepin et prend des notes, mine de rien, comme s'il repensait à autre chose, était presque agacé par le numéro de Sandor. Or je lis « Dracula », « Buda », « Vlad et les femmes », « *Eine Nacht mit Dracula* »… J'ai eu l'impression, tout à l'heure, lui et Ilse, d'un couple pas loin des urgences du désir et maintenant je pourrais trousser la dame, lui faire subir de doux outrages, il enregistrerait ses gémissements ! Parce qu'il enregistre en plus, je viens de le surprendre à tirer à demi un petit appareil de sa poche de poitrine, un coup d'œil et l'engin redisparaît. Hermann est en train de pirater *live* une séance improvisée de contes par une légende vivante de la Buchmesse ! Pour la faire réécrire, la publier sans payer de droits ?

Sandor carbure aussi à la vodka sans vaciller d'un iota ni bredouiller. Parfois il s'autorise une cigarette qui se consume seule entre ses doigts et le récit semble sortir de la fumée qui monte jusqu'à son visage :

– … et Vlad est emprisonné à Buda, en Hongrie, un des deux bourgs qui, une fois réunis, formeront Budapest. Mathias Premier, Corvin, l'homme-corbeau, est le maître de l'homme-dragon ! Il a trente et un ans et son geôlier dix-neuf ! Et ce jeune homme qui règne sur la Hongrie a la plus belle bibliothèque qui soit au monde, hors celle du Saint Père… ! Vlad n'a rien d'autre à faire, lorsque ses conditions de détention se sont assouplies, que de s'instruire, de se civiliser encore… Les forêts d'empalés sont loin de lui à ce moment… Il attend son heure, il passe le temps à se cultiver, à aimer, comme dans les cours occidentales, en recherchant peut-être la *fine amor*, tout ce flirt courtois… Cet homme aura trois femmes, je vous l'ai dit : la dernière est Ileana, la propre sœur de Mathias, et la précédente s'appelle Cneajna Bathory… L'enfant qu'ils ont eu ensemble, bien sûr que Mathias n'a pas pu le laisser en vie… C'est là que, comme dans la mythologie grecque, intervient le soldat qui, au lieu de décapiter le petit ainsi que l'ordonne Mathias, le confie à sa femme… Vlad et Cneajna ont toujours cru que leur fils, comme cela se produisait souvent, était mort de fièvres malignes… Or il vivait, il se prénommait Mircea, comme son oncle, et plus tard l'épouse du soldat lui a dit qu'il s'appelait Bathory… Et plus tard encore, son fils sera dans l'entourage d'Étienne Bathory, oncle d'Erzébeth… Rien ne dit qu'en 1560 il n'est pas le père de la comtesse rouge ! Celle qui se baigne dans le sang de vierges torturées pour garder sa jeunesse…

Sandor a conclu par un cul sec, sa vingtième vodka au moins, et l'atmosphère dans le salon n'est plus tenable. Des *ho* et des *ha*, les visages sont en transpiration, à grosses gouttes, chacun retrouve sa langue maternelle, on cherche des bouteilles encore pleines. Bien sûr on réclame un bis, la suite, comment le puzzle généalogique se met en place… Sandor ne répond même pas, il boit et fume. Il ajoute juste, pour lui :

– Dans la Hongrie d'aujourd'hui Erzébeth la cruelle, la sanglante, aurait peur de l'extrême droite…

Une affirmation de fin de soirée, débarrassée de toute politesse, une formule pour oser s'avouer l'effroi devant la montée des nationalismes violents. Là, je comprends que Sandor est une sentinelle, qu'il crie à sa façon l'approche du danger, nous rappelle au courage. Hermann, avec sa figure d'éternel compatissant, sa larme à l'œil, se rassemble, tâche de s'extraire du canapé, grommelle que nom de Dieu, il finira bien par raconter les amours de sa famille, notre Sandor, n'est-ce pas, mon vieux… On en fera un livre qui te rapportera des fortunes… Il tend la main à Ilse, qu'elle puisse remonter du gouffre à son tour, se remette tout le saint-frusquin en place, sauf le rouge à lèvres tout dérapé, au revoir, à demain, elle est ravie de me connaître, a oublié avoir ronfloté au creux de mon épaule, navigue à vue sur ses talons hauts, demain on parle littérature… D'accord, je vous embrasse. Et je le fais mmmm, bien fort sur les joues, comme un bisou à un édredon. Lui est déjà dehors, échange des bonne nuit avec des gens fatigués et souriants qui regagnent leur chambre. Moi je prends congé à la volée de Sandor, *Gute*

Nacht Herr Sandor. À cause d'Hermann et de son harcèlement il nous hait tous maintenant, on n'est pas dignes de ses confidences, parce qu'il n'est pas un rhino du zoo, une pièce de musée, on croit qu'il invente mais la vie est une invention, donc faut pas que la littérature l'imite si elle veut dire la vérité. Faudrait le tuer, ce con d'Hermann, avant qu'il fasse de la politique !

Fitz et moi on rit pour désamorcer la rogne de Sandor et on gagne les ascenseurs, le jarret flapi d'avoir tant piétiné à l'inauguration, et picolé, avouons. Les cinq minutes du trajet, jusqu'au couloir du quatrième, désert à pleurer, Fitz parle seul, m'éclaire encore, pendant que les pensées me reviennent de mon père assassiné, presque à culpabiliser de ne pas me sentir plus étranger, d'être chez moi en Allemagne parmi le monde du livre. Hermann dirige seul une filiale de B.V., il vient souvent à Francfort où habite son principal auteur, Klaus Kreide, une sorte de nègre qui lui pond des romans à partir de synopsis glanés ici ou là… Ilse s'occupe des droits étrangers, pas seule bien sûr… Avant de mettre la clé dans ma serrure, je demande quand même :

– Donc Sandor ment ?

Fitz a un retrait du buste, presque offusqué :

– Sandor n'existe pas. C'est le seul homme que je connaisse qui est tous les hommes indifféremment. Sandor c'est toi. Pourquoi mentirait-il ?

Un doigt planté dans mon cœur et il me laisse, avec son demi-sourire de cocker, son gilet à carreaux et le poids de ses paupières.

Le lendemain est jour de soleil, Magda me l'apporte au lit sur le plateau du petit déjeuner. Elle tire les rideaux, bonjour monsieur, et les rayons du matin foutent le feu à l'argenterie. Avant de sortir dans un froufrou d'uniforme amidonné, elle s'arrête, garde-à-vous, magnifique de santé, belle de rondeurs, près de la porte, à distance respectable, mais cette fois je suis drapé dans la couette :

– Un taxi vous attendra à trois quarts de neuf, monsieur.

– Moins le quart. Merci de prendre soin de moi, Magda !

– M. Fitzgerald a donné ses instructions.

– Ah !

– Bonne journée, monsieur.

Et elle se glisse dans le couloir.

L'ami Fitz ne plaisantait donc pas, hier. Pour me chouchouter de la sorte, il a des visées sur mon catalogue. Or une légume comme lui ne se préoccupe pas d'un second couteau comme moi, ne parlons même pas du coup de foudre amical si opportun, non, il a envie d'acquérir les droits de mes titres, disons deux ou trois ? Même s'il en veut beaucoup, je ne suis pas en position de réclamer des sommes telles qu'il faille me dérouler le tapis rouge… Attendre qu'il se dévoile est la meilleure tactique, et d'abord café, jus d'orange, le pâté, les saucisses, non, quelques viennoiseries, me raser la gueule de bois, me l'élaguer plutôt, pas me couper, de l'aspirine pour me poncer l'intérieur cette fois, que je me sente lisse, mon meilleur complet, anthracite rayé discret, de l'eau de toilette, les dents, souliers cirés, mon manteau, un bouton de rose jaune pour ma boutonnière, chipé à Magda qui compose le bouquet du couloir, et j'ai trois minutes d'avance sur le taxi. Sandor n'est nulle part. Mais

Fitz est déjà à discuter avec le voiturier. La mine reposée malgré les excès de la nuit, impavide, toujours sur son trente et un de velours noir, gilet à carreaux saumon, personne n'est capable de cette faute, pas moi en tout cas, ou bien j'ai mauvais goût, caramba. Est-ce que ma femme fantôme, la comtesse rouge de la Buchmesse, me trouverait à mon avantage ou bien elle aurait des vapeurs devant les audaces de Fitz ? Parce qu'aujourd'hui je la revois, sûr et certain, je battrai les allées du salon jusqu'à la rencontrer quelque part, n'importe où, guidé par le hasard… Qu'est-ce que je suis en train de penser, je retombe en adolescence, pauvre prétendant bleu d'amour avant une boum et pas sûr de sa garde-robe… N'empêche, pendant les années lycée avec Clémentine, certes notre histoire conjugale était déjà inscrite dans les annales, mais je me souviens de grosses frayeurs parce que maman avait de l'argent, nos vêtements étaient coûteux, sans exception, et qu'elle nous traitait, elle-même et moi, de petits bourges, elle la fille de petit artisan ! N'empêche également : Fitz a fixé pour ce soir la rencontre avec la mystérieuse en rouge, il la connaît, elle a son rôle à jouer dans mon séjour ici, lequel ? Allez, voilà le taxi, penser à appeler Clémentine et Zina. Non, Fitz, je t'en prie, après toi…

Un trajet très bref, surtout pas de questions à Fitz sur ses intentions, j'attends, et nous sommes déjà devant la halle, cette espèce de grosse baleine de verre et béton qui ouvre la gueule et nous on doit entrer sans crainte, se faire bouffer comme tout ce public sac à dos qui se presse. Parmi le brouhaha, les piétinements, on convient, lui de finaliser d'abord divers contacts, moi de tenter de vendre quelques contrats, aucun définitivement sans le consulter, d'accord, puis de se retrouver à mon stand vers la fin de matinée, aller manger une *Weisswurst* peut-être, se désaltérer, parler de Sandor, j'aimerais en savoir plus sur lui, pas de problème, et on verra n'est-ce pas si on a d'autres idées, professionnelles par exemple ? Bien sûr, à tout à l'heure… Ah, ton numéro de portable, au cas où ? Le tien ? Voilà, *Tschüss* !

Il est déjà à demi parti, mon rusé, sûr de me laisser dans l'attente, il pense l'armistice proclamé jusqu'au déjeuner, toute défense abandonnée, et là, je le cueille par surprise :

– J'oubliais : la dame à la robe rouge, celle d'hier, je la vois ce matin…

– Impossible ! Euh, attends, de qui… ?

Une réponse réflexe, comme je l'espérais. Qu'il ne parvient pas à rattraper. Pas la peine de pousser mon avantage, il a hoché la tête, ouvert les yeux presque en grand, conscient de son aveu :

– Tu m'as eu. Mais crois ce que tu veux, tu te trompes. Pour toi elle sera là ce soir. Désolé de te faire attendre : dans la journée c'est à moi qu'elle a affaire…

À mon arrivée sur le stand collectif, j'ai la démarche allègre, me semble-t-il. Des manigances de Fitz à mon égard je ne peux espérer aujourd'hui que des amorces de tractations commerciales, à moi ensuite d'être vigilant sur les chiffres et les clauses de cession, ne pas laisser mes auteurs se faire dépouiller, ni moi. Tâcher de négocier mes titres à leur juste prix, qui ne ruinera aucune maison étrangère importante d'ailleurs. Quant à la robe rouge, je voudrais bien savoir ce qu'elle représente dans le jeu de Fitz… Je le sens capable de tout. Mais bon, les impatiences, j'évite désormais de m'y abandonner : c'est se mettre en position de demande, aliéner toute résistance et essayer d'abolir le temps. Là j'ai la journée devant moi, en pleine jouissance.

Alors je me prête au jeu des salons, je reçois. Il passe un monde fou, les livres sont empoignés, feuilletés, on stationne, on prend des photos de moi sans savoir qui je suis. J'ai l'impression de faire partie de l'orchestre désormais, d'y jouer ma partie, petite mais audible dans le concert. Je n'ai pas d'autre ambition humaine : que la partition de la vie soit un rien discordante si je venais à manquer. Juste avant d'appeler Fitz je réussis à joindre Clémence. Elle revient du centre hospitalier de Lille. Non, le professeur n'a rien voulu lui dire de son scanner. Il a parlé de migraines. Donc ce ne serait pas grave ? Pas grave, j'en ai de bonnes : on les connaît les toubibs, c'est menteurs et compagnie ! Elle est sûre de mourir la nuit prochaine, qu'est-ce qu'elle fait de Maxime ? Je ne sais pas. Qu'elle essaie de tenir le coup quelques jours, le temps que je rentre à Paris… À Paris, mais Maxime est à Lille, et ses… Là je raccroche, je joins Zina, la routine, les services de presse de novembre vont partir, les manuscrits affluent, rien que des merdes pour l'instant, elle m'embrasse, hésite avant de dire que je lui manque, je grommelle que mais non et je coupe mon portable. Pour le rallumer immédiatement et joindre Fitz : Fitz s'excuse, il est tombé dans un guet-apens, on dit ainsi n'est-ce pas, ne peut se libérer et on se verra à la fiesta B.V. ce soir, n'est-ce pas ? Évidemment, « n'est-ce pas ». Ironie pas fine à un polyglotte de la part de quelqu'un qui baragouine les langues, tant pis, et tout de suite après coupage définitif de ligne, qu'on me laisse disposer de moi.

Donc je trompe ma faim seul, quelle expression, mentir à son estomac, avec une *Bratwurst* et une petite Spaten, pas de cidre, merci, avant de traînouiller à travers la halle, faire le badaud, me retourner sur des élégantes, resacrifier aux poignées de main avec mes pairs des grandes maisons parisiennes, tâcher de sentir les tendances éditoriales dans le monde, laisser des cartes de visite, en recevoir, et rentrer au stand à temps pour un petit champagne digestif. Manifestement, Ilse et Hermann ont du flair ou ils sont bien informés parce qu'ils arrivent pile comme le premier bouchon saute. Tout ce que je trouve d'urbain pour les saluer est une vieille expression de ma grand-mère transmise par ma mère : « Entrez on verra vos pieds ! »

Ils sont un instant interloqués, regardent le bout de leurs chaussures, ce qui me tire un hoquet joyeux, je dois leur expliquer que cela ne veut rien dire, alors ils s'écroulent dans les fauteuils et rient à en pleurer, excessifs comme d'habitude, et c'est drôle de voir les larmes transparentes d'Hermann couler sur la tache rouge sombre de sa joue, comme des imitations fragiles. Ilse, wagnérienne en robe émeraude épaulée, le buste en majesté, ceinturée à mort, en a le maquillage un rien dévoyé, se parle en allemand avec encore des spasmes de rire. Finalement, une flûte au poing, on essaie de se calmer. Deux mots pour rétablir le contact, ce Sandor quel conteur, bien dormi, et on en vient au sérieux des choses. Leur français, à peine un accent sourd, est sans défauts. Hermann serre les mains entre ses genoux :

– On va vous présenter notre travail, Florent, sans arrière-pensée… Et ensuite, on voit si c'est possible de bâtir ensemble quelque chose.

Je fais oui de la tête. Ilse, tout en éveil, couve Hermann des yeux et respire ample.

– Je dirige la collection « die Lilaserie », la série mauve. Le sous-titre est « Ein Rendezvous mit der Liebe », un rendez-vous avec l'amour… Pratiquement tout est dit : nous faisons vivre une idylle réelle et assez tragique. Pas la passion impossible entre le roi d'Angleterre et Wallis Simpson. Au contraire : l'histoire de gens simples séparés par la vie, puis réunis, mais parfois trop tard… Quelle que soit l'époque… Il faut que le lecteur s'identifie aux personnages, qu'il pleure à la fin de soulagement ou de chagrin… Et comme les faits sont authentiques, il a l'impression qu'on lui parle de sa famille… Vous comprenez pourquoi j'aimerais avoir Sandor sous contrat ? Non seulement il s'invente des vies mais il connaît toutes les anecdotes de l'hôtel ! Il a passé sa vie dans le lobby à observer des cocus et des adultères, il a vu des ruptures et des premiers baisers ! Je pourrais n'avoir que lui comme auteur ! Et un rewriter, naturellement, mon ami Klaus Kreide, un ours qui habite à deux pas et refuse de venir à la Buchmesse ! Pas grave : je me déplace ! Sauf que Sandor décline mes propositions et menace de me trancher la gorge si je lui vole ses histoires !

Et Hermann se claque les cuisses de dépit, accompagné par un profond soupir d'Ilse. Moi je me racle la gorge :

– Travailler avec vous, Hermann, et surtout avec Ilse, puisqu'elle est responsable des droits, j'aurais adoré, j'aurais campé, dormi, couché dans son bureau, ahahah…

Hop là, dans le sens du poil, flirter avec Ilse devant Hermann, voilà le signal qu'on cause d'égal à égal. Parce que vous avez beau être beaux, oui Ilse a la chair émouvante, je suis quand même du côté de Sandor. Vous, vous faites de l'argent…

– … Mais ! Mais j'édite tout le contraire : des romans noirs, des romans certes intimes, peuplés de gens ordinaires, mais traversés par l'Histoire ! Le tragique n'y est pas sentimental, même si l'amour est un composant du récit, il y est politique, économique, historique, social… Tiens : *Le Liseur* de Schlink, l'amour entre une ancienne tortionnaire de camp analphabète et un gamin futur juge, si seulement j'avais pu le publier !

Et je me lève leur tendre mon catalogue, leur offrir, permettez-moi, quelques exemplaires… Mes livres sont d'un rouge musée uniforme, caractères gris, avec le coin en haut à droite de la première de couverture systématiquement grignoté comme si quelqu'un l'avait mordu, de rage. Le procédé graphique les amuse, *schau mal, wie eine Maus*, et ils serrent les volumes sous leurs bras, déjà résignés à ne rien me vendre ni m'acheter, et aussi un peu refroidis de mon exemple iconoclaste, j'entends Ilse, *ach ja, Der Leser*… Oui, peut-être faut-il tirer un trait, enfin, sur cette période… Le souvenir a engendré le terrorisme Rote Armee Fraktion, n'est-ce pas ? Il est clair qu'ils n'auraient accepté le Schlink que garantis du succès planétaire… Pas le cas avec mes modestes titres. Tant pis si on ne collabore pas encore cette fois, dit Ilse, mais elle va lire mes romans, sait-on jamais, et elle m'embrasse, on se voit ce soir de toute façon.

Après leur départ, la journée se vide comme la bouteille de champagne. Au rythme de mon temps intérieur, de mes tentatives pour corriger, liquider mes visions schématiques de l'Allemagne, et parfois je me sens ici un poisson sur le sable. C'est l'oubli volontaire qui a engendré la RAF, la perte des repères moraux, remplacés par des repères militaires et économiques. L'Allemagne enregistrait les indulgences plénières signées des USA. Plutôt deux authentiques ex-bourreaux nazis qu'un supposé communiste. Une certaine jeunesse ne pouvait tolérer ce blanchiment de l'Histoire. Elle avait même presque honte de faire des enfants. Alors il allait de soi d'exécuter les profiteurs de cette Histoire… dont mon père.

C'est à lui que je pense, après mon départ du salon, sur le trajet de retour. À pied. La réception de l'hôtel, ma clé, mes poches fouillées, je n'ai plus le carton pour le raout B.V., tant pis, le desk m'indique le chemin, l'étage, le couloir, et l'image de mon père mort demeure, papa, papa, de quoi étais-tu coupable ? Je pense à mon père, pour la première fois avec ce sentiment d'insatisfaction. Si bien que la voix profonde, d'automne, de brindilles brisées, la voix de fumeuse, juste un parfum d'accent râpeux sous le français, me surprend dès la sortie des ascenseurs, à l'ouverture simultanée de l'autre porte :

– Me voici enfin.

Pas bien grande malgré les talons, une chevelure noire, façon Lulu espiègle, ce visage forgé sauvage, à la slave, pommettes sensuelles, lèvres pleines, menton marqué, des yeux couleur cailloux du Rhin, de belles hanches à l'antique et une poitrine violente dans une robe noire dos nu, un smoking sans veste dont demeurent seuls les revers sur le ballant des seins. Cléopâtre, l'idée que je me suis toujours faite de Cléopâtre. Et elle me tend sa main à baiser, c'est quoi ces manières d'aristo prussienne ? Pourtant je m'incline, et elle sent le Chanel, et même foutu d'avance, ne vivant que de l'attendre depuis hier, le cœur dézingué, je suis furieux, je la mordrais de me faire ce numéro d'inaccessible.

– Lena Vogelsang, Ludwigsverlag, Munich.

– Moi, vous savez qui je suis ou bien Fitz vous l'a dit j'imagine. J'ignore ce que vous voulez de moi et là, à l'instant, je m'en moque. Vous me le direz, mais pas tout de suite, s'il vous plaît…

Une réplique bien longue pour mon émoi, tout le chambard dans ma poitrine, et j'ai beau avoir le geste élégant, après vous, qu'elle me précède, je ne suis pas sûr de mes jarrets, je tremble à rester paralysé, nom de Dieu ! Alors, je pose doucement une main à son coude, je vous en prie, et la mobilité me revient, hésitante encore, d'être l'ombre de cette femme dont je ne connais rien sinon le nom. Le couloir, à son rythme perché, ce pas lent, cadencé, des mannequins aux défilés de mode, jusqu'à la porte de la grande salle où une belle foule profite déjà des buffets dans une demi-pénombre rousse et de la musique viennoise en sourdine sous la rumeur de bon aloi des conversations où sonnent des chiffres. Chacun a un verre en main, les serveurs circulent avec des plateaux, des canapés, et les groupes se font, se défont, comme dans une animation sur les équations chimiques, amalgamant des corps puis d'autres selon la composition du noyau central. Sandor nous fait signe, il discute avec une dame âgée, permanentée gris-bleu, aux gestes lents, alourdis par le poids de ses bijoux. Lena a pris mon bras et me guide avec l'apparence de l'assurance, sans me regarder ni parler, comme dans un terrain miné de sourires dangereux, de regards inquisiteurs, de bonjours à échanger, tous ces gens qui la connaissent, certains qui savent qui je suis, elle me mène vers un alignement de flûtes de champagne. Un garçon lui en offre une, puis à moi, avec une inclinaison du buste, personne n'a cette gracieuse rigueur sinon ici, et on trinque. M'en fous à quoi, j'ai le cœur dans la gorge, on est face à face, me suis même pas demandé ce qu'elle ressentait elle, et je vois sa gravité soudaine, l'immense de ses yeux, sa respiration élargie et qu'elle fait non de la tête, pas la peine des mots, ses lèvres hésiter pas loin du sanglot, sa main libre attrape la mienne et serre, et on ne pourrait pas s'empêcher du baiser si quelqu'un ne disait dans un micro la bienvenue, *willkommen* au cocktail annuel de B.V., amusez-vous, faites des affaires, le reste nous regarde, au même titre que les bénéfices sur les ventes, ahahahah, ça nous rompt le charme juste assez pour qu'on reste décents, qu'on trinque avec un petit salut courtois de la tête, mais sans que nos yeux se quittent, et elle laisse échapper de brèves plaintes tout bas comme déjà à des caresses échangées.

Est-ce parce que ma surprise est moindre, que je me préparais le sentiment depuis son passage de comète au salon, je retrouve la parole avant elle :

– Maintenant on a tout le temps.

Et curieusement je réalise que jusque-là j'éprouvais une sorte de douleur, un empêchement physique, et elle aussi devait avoir la même sensation, elle soupire, tout son corps se dénoue et sans chichis, chercher à cacher son désordre intérieur, l'œil mouillé, elle porte ma main à ses lèvres et en embrasse la paume :

– Quatre jours et trois nuits.

– Autant dire l'éternité.

Et c'est vrai qu'à ce moment le compte des heures, des mois, le reste de nos vies, je ne mesure plus. L'avenir, à partir de maintenant, je veux le passer avec elle, on verra comment, on verra la vraie durée de la belle histoire, les aléas, les maladies et les douleurs, là je ne sais que cela, cette femme m'est nécessaire, immédiatement et désormais. Elle a un battement de paupières, on boit, nos visages aussi près que possible, comme pour se parler à l'oreille, et Fitz nous arrive droit dessus, son gilet saumon et son air d'éminence grise :

– Lena ma traîtresse, je t'avais dit : notre ami Florent, tu prépares juste le terrain, tu le séduis avant que j'intervienne ! Et pas : tu tombes amoureuse ! Je fais quoi, moi, maintenant ?

Il plaisante mais pas tant, sa voix rigole, pas son œil nonchalant d'habitude et là orageux. Lena ne le regarde même pas :

– Tu fais ton boulot si tu peux. Pour une fois, tu seras peut-être complètement honnête… Le reste me concerne !

Autour de nous, la foule est plus dense, les paroles se perdent d'un groupe à l'autre, l'affrontement rapide entre Lena et Fitz passe inaperçu, sauf évidemment de moi, même s'ils y ont mis un vernis d'humour mondain, et bien sûr je redégringole du septième ciel :

– Si je suis concerné aussi, n'hésitez pas, allons quelque part et mettez-moi au fait…

Lena me regarde droit :

– Ludwigsverlag est une division de B.V. Je publie uniquement des traductions et dirige cette branche, avec une liberté éditoriale et, jusqu'à un certain point, financière. Dans ce contexte, jouons cartes sur table : je souhaite acquérir les droits de certains de tes titres. Mais Fitz, en tant que sub-agent de R.H., pense que le mieux est de te racheter, complètement, tout en te laissant à la tête de ta maison, que tu mettes tes talents à notre service. Avant que tu ne sois absorbé par un groupe français qui te bradera à la première occasion comme une *subprime* à risque, un *edgefound*… Évidemment, les tractations, l'OPA ne peuvent plus être aussi simples au vu de nos relations humaines.

Nos relations humaines ? Comme elle y va avec son jargon de conseil d'administration ! Là-bas, Ilse et Hermann viennent de faire leur entrée, tonitruants mais les yeux aux aguets, et moi le vertige m'attrape, cette espèce de picotis partout, la vision qui se rétrécit, et plus d'équilibre. Est-ce que Fitz a dit la vérité, qu'ils m'avaient tendu un piège classique pour faciliter une opération de rachat ? Et leur petit différend à l'instant serait écrit dans le scénario ? Lena ferait semblant d'avoir été réellement surprise d'amour, coup de foudre et tout le tralala, du pas prévu, et ensuite de trahir sa propre cause, d'être capable de renoncer à toute l'OPA, afin de me convaincre encore plus sûrement de lui céder ma société de mon propre chef maintenant que tout son manège mystérieux et sa beauté m'ont séduit jusqu'à la moelle ? Possible. M'en fous. Un jour peut-être je me traiterai de crétin mais je suis incapable de renoncer à Lena pour l'instant. Et nul ne dit qu'elle n'est pas sincère, sinon ce grenouilleur de Fitz. Blaise Pascal a parié que Dieu existait en misant sur le plus gros gain et la plus petite perte. Moi je n'ai que mon entreprise à perdre, rien en regard de Lena la divine. Au pire elle sera ma Manon Lescaut, mon Eva, celle pour qui je me damnerai, et on verra bien. Mais j'irai en enfer avec dignité.

– Moi, ma petite personne, tu peux m'avoir gratis, je suis tout à toi. Les éditions En Colère, c'est une autre histoire. La progression des ventes, de plus en plus d'auteurs de best et longsellers, tu vas le sentir passer dans le coût de rachat… À moins que tu n'attendes que la roue tourne, que je sois dans le rouge et que cyniquement tu ne m'empoches pour l'euro symbolique…

Fitz a arrondi les lèvres, presque siffloté, il réalise que la manœuvre lui échappe, qu'on est hors de sa portée, Lena et moi. Sa stratégie, je le devine, est désormais de nous laisser la bride sur le cou, voir jusqu'où on va galoper, ensuite il sifflera, qu'on revienne au paddock, épuisés sans envie de rebellion :

– Mes chéris, je vais vous abandonner à vos mirages sentimentaux, je vois que j'encombre. Simplement, n'oubliez pas : on parle de sommes qui commencent à ressembler à de l'argent, déboursé ou encaissé. Le reste est littérature, inutile de le mentionner…

Une sorte de révérence ridicule et il a déjà tourné le dos, ouvre les bras à des amis irremplaçables, chipe deux coupes sur un plateau, murmure des confidences, fait jurer le secret, déploie ses talents de lobbyiste sans aucun scrupule, on n'existe plus Lena et moi… Vieille pute. Je prends d'autorité la main de Lena, juste comme claquent dans la sono les premières notes de la valse de *La Chauve-Souris*, et je l'entraîne jusqu'à un coin cosy, un endroit en vue, à l'écart pourtant, une sorte de sas de décompression du désir où tenter de reprendre nos esprits, au moins moi. Frau Meyer, la directrice, est arrivée, donc son bref discours en anglais, puis celui du numéro deux de B. V. ont pu commencer, remerciements et autres lieux communs me semble-t-il, y compris à une petite phalange de Chinois en costume bleu canard, rangés au cordeau, qui s'inclinent démocratiquement comme un champ de lin fleuri sous le vent à chaque flatterie. L'assistance applaudit la bouche pleine, s'esclaffe aux traits d'humour soulignés de rires faux, et garde un œil sur la circulation des plateaux garnis de flûtes ou d'amuse-gueule. Lena et moi, on a tellement à dire, on ne sait pas quoi d'abord, et puis le trouble est là, ce serait si simple de parler affaires sans l'envie de se dévorer cru mutuellement.

– Toi la première…

– Comment ça ?

– Qui es-tu ?

Elle hésite un instant puis se penche, me prend le bras, on peut penser qu'elle ne veut pas élever la voix, moi je sens sa chamade, j'entends son cœur cogner :

– Je suis née en 1975, à Augsbourg, mon père était…

À cet instant, Ilse et Hermann se plantent devant nous, démonstratifs, la voix chaude, à nous toucher amicalement l'épaule, ils sont si contents de nous voir, mais ensemble ils ne se doutaient pas, nous nous connaissons donc ? Mais Florent tu ne vas pas travailler avec ces impérialistes de Ludwigsverlag après avoir refusé nos offres ? Ils te feront balayer les bureaux et tu devras aussi cirer les chaussures de Frau Vogelsang, tu sais ?

– Si je peux le faire pendant qu'elle les a aux pieds, je signe tout de suite !

Évidemment la repartie est officiellement drôle et ils en hoquettent, la répètent dans les deux langues, et je remarque soudain que Lena n'a pas articulé un mot, s'est pétrifiée dans un rictus poli, son regard fout le camp loin, vers des invités qui lui font houhou de la main, jamais vu une femme d'une telle goujaterie, sauf avec un ex-amant ou mari… Notre couple de la Lilaserie doit avoir l'habitude ou s'en foutre parce qu'ils n'insistent pas, dédaignent Lena, et font tinter leur flûte contre la mienne avec ce délicieux adage qu'Hermann me glisse à mi-voix, sa larme pourpre toute plissée par son clin d'œil grivois :

– En Bavière on dit qu'il faut traiter les femmes et les verres à trinquer de la même façon : les choquer par en bas !

Ilse en est toute chose, se laisse aller brièvement à mon épaule, soupire bien profond tandis que *Geschichte aus dem Wienerwald*, légendes de la forêt viennoise, débute tout doux sous les applaudissements nourris après l'ultime discours et qu'Hermann saisit l'occasion de se détourner de nous, de battre des mains plus fort, et Ilse le rattrape, à plus tard Florent…

Dès leur départ, avant que j'aie pu demander, le regard de Lena est redevenu gris avec des traversées lumineuses, des reflets de soleil dans l'eau, elle lève son menton autoritaire :

– Pardonne-moi, je ne peux pas les sentir. Ils puent. Elle moins, mais lui ! Il est ami avec Horst Mahler, du NPD, le parti néonazi, le renégat, ancien avocat de Baader et Meinhoff, ancien de la RAF et désormais nostalgique d'Hitler… Dommage : il vient de se faire condamner à douze ans de prison… Ils fréquentent aussi Otto Voigt, le chef du parti… Mais c'était à ton tour de parler de toi…

– Tu n'avais pas fini de te raconter… J'aimerais te connaître sans, comment dire… sans…

Elle pose sa flûte, m'attrape la main dans le mouvement pour se tourner :

– Sans mes vêtements ? *Kein Problem !*

Et elle me remorque vers la sortie, à peine si je peux faire des mimiques, des grimaces alentour, aux groupes qu'elle bouscule, pour tenter de faire croire à une blague, un enlèvement pour affaires. Elle répète *kein Problem*, tout bas, en litanie pendant qu'elle me remorque jusqu'aux ascenseurs, surtout ne pas perdre de temps, quand elle dénoue les revers de sa robe, que ses seins considérables, aux aréoles café au lait, s'épanouissent et frémissent, qu'elle me prend le visage à deux mains, m'embrasse à m'étouffer, et on sort, elle se dirige droit vers ma chambre, la 412, dans le couloir désert, heureusement, plus un mot, elle fait coulisser une fermeture à glissière, sa robe tombe, elle ne porte plus que des bas sombres et un doigt de dentelle noire entre les fesses, au bas des reins, pas plus sur le sexe, je le vois quand elle s'arrête devant ma porte et se retourne vers moi, les mains aux hanches puis à mettre la déroute à sa coiffure si impeccable, impatiente à en gronder sourdement, en chair de poule. Et moi, étrangement, d'être ainsi forcé me calme, au moins en apparence, je m'oblige à prendre mon temps, ramasser la robe au passage, la respirer, avancer à pas comptés jusqu'à Lena, presque je traîne qu'on nous surprenne, qu'on voie combien elle est belle, bandante :

– Tu connaissais d'avance le numéro de ma chambre ?

– Que tu me baises était prévu. J'ai juste un peu d'avance sur mon tableau de marche…

Encore capable de manier le cynisme comme humour ! Moi je ne sais plus ces jeux mondains, m'en fous si elle se fout de moi ou pas, ne plus parler surtout, je joue les nonchalants alors que nom de Dieu, si vous pouviez toucher ma peau vous seriez brûlé au second degré ! J'ouvre, m'efface. Elle entre, referme derrière moi et là j'entends sa respiration, je la sens contre moi, et ses lèvres et ses mains qui s'énervent sur ma ceinture, ses gémissements déjà, et moi je ne vais pas tenir, son sexe gonflé s'ouvre sous mes doigts, je me débarrasse sauvagement, tant pis, des boutons, de mes apparats, me souviens pas de pareille bandaison, et je la mène par le travers du lit, la renverse, et ses seins, je ne peux pas m'empêcher, ils correspondent si bien à mes lèvres, et juste comme je la pénètre, son mamelon durcit encore, qu'elle se cambre et gémit, elle dit avec sa voix de rocaille :

– J'étais venue pour te tuer, tu l'as échappé belle.

Cette nuit, personne ne pourra me la voler, même si on me roule dans la farine, même si tout était simulé, calculé, on attend quelque chose de moi. Des mensonges pareils, des arnaques aussi douces, j'en veux bien à mon ordinaire de chaque jour. Et je sais que Lena est sincère sans l'avoir décidé, enfin je l'espère, quels que soient l'inavouable, la loi de la jungle littéraire qui commandent à ces grandes manœuvres du cul. Une lueur monte derrière les rideaux mal fermés, c'est déjà l'aube laiteuse, on est plus à l'est qu'en France, et elle dort sur le ventre. Tout à l'heure elle s'est levée, furtive, c'était encore nuit, la lumière des réverbères, je me suis réveillé à demi, elle m'a fait chut un doigt sur la bouche, a pris sa clé dans une poche minuscule de sa robe, est sortie et j'ai refermé les yeux, crevé de caresses. J'ai encore ouvert les paupières brièvement quand elle est revenue, toujours nue et sans *a priori*, en se suçant la paume d'une main, entaillée d'avoir maladroitement coupé un emballage de médicament, dors mon chéri.

Maintenant je suis bien réveillé. Le jour monte vite. Dans le couloir j'entends le chuchotis des femmes de chambre, des roulements feutrés de chariots, comme là où maman est retirée, où je vais la visiter si le courage me vient, elle ne reconnaît plus les gens que rarement, l'assourdi des bruits, le sombre murmure des vieillards sans mémoire, parfois troué par un cri. Une femme appelle ainsi un homme par des prénoms différents selon les moments de la semaine, Étienne, Étienne, pendant une heure, puis Jacques, Jacques, fort, impérativement, et elle se tait jusqu'au lendemain, le silence sale du mouroir recouvre à nouveau l'établissement comme le chiffon moche sur une cage à oiseaux. Me reviennent les mots de Lena avant le cru des demandes, des ordres, des implorations pendant l'amour, qu'elle avait l'intention de me tuer. Certainement elle utilisait une métaphore hyperbolique, dite de la sorte l'expression était désamorcée, une métaphore hyperbolique ne fait de mal à personne, « vieux con », « grosse salope » c'est vexant, pas douloureux, ici « me tuer » signifie supprimer mon pouvoir dans mon entreprise, m'éliminer de ma maison d'édition, me rayer de la carte des éditeurs. Non, elle n'a pas joué la comédie et moi non plus, ce matin, recru d'amour, rien bu, rien fumé, lucide, je sais que ma vie désormais s'organisera avec elle, me viendra d'elle. Et je me rendors.

Plus tard, la lumière plus franche, je pose ma main sur sa fesse ronde, descends jusqu'au petit pli, dessous, et reviens au creux de la hanche, où elle ressemble vraiment, c'est pas un cliché, à une amphore, je roule sur mon côté et j'embrasse son flanc, ce que je vois de sein vaillant écrasé sous son buste, en même temps que le bruit augmente dans le couloir, qu'on s'exclame. Des voix sèches, en allemand, celle de Sandor, non ? De Fitz ?

Vite un peignoir, aller voir la cause de ce désordre, un autre lancé à Lena qui s'est assise sur le lit, impudique, le mascara de traviole, la lèvre lourde de baisers, et on frappe à la porte, une voix de femme, un petit accent :

– Monsieur Vallin… ?

– Tout de suite !

Lena se couvre, file dans la salle de bains, j'entrebâille, Frau Meyer est là, déjà stricte, la séduction austère des bourgeoises, et le visage défait, une tête de ruinée en Bourse :

– Il y a eu un malheur : Herr Schulmeister et Frau von Hochpfalz… Ils ont été tués cette nuit…

Je suis à un rien de répondre que ce n'est pas possible, c'est moi qu'on devait assassiner ! Et puis Sandor arrive :

– Est-ce que Mlle Vogelsang…

Pas la peine de poursuivre, Lena est à mon côté, elle finit de nouer la ceinture du peignoir :

– Oui ? Quel rapport avec monsieur Vallin et moi ?

– On a trouvé un couteau avec du sang dans votre chambre. La police souhaite connaître votre version des faits…

Le reste de la Buchmesse va se dérouler pour Lena et moi comme si une épidémie de peste sévissait, faut profiter de l'instant, on se le promet pendant qu'on s'habille, moi mon tweed, elle ce que les flics ont bien voulu lui passer de son dressing, un manteau genre caftan, noir, et la fameuse robe rouge, un truc bustier pas du tout adapté à la situation de suspect, coupable de tout, diabolique, sans compter qu'elle est nue dessous, évidemment. Personne ne le sait, sauf moi. D'où le credo : prendre du plaisir, baiser, bouffer, vivre mille fois plus fort avant la mort proche et assurée. On profite de chaque instant où l'enquête nous laisse libres. Ceux qui s'aiment et vont mourir demain, être séparés, sont promis à des destins incompatibles, tordent chaque seconde pour en extraire le jus de jouissance. *Ave Caesar, qui morituri*… Nous, dans la matinée du meurtre, parce qu'on sait bien que la police va être pointilleuse, nous pourrir l'amour, on décide tacitement de vivre ces trois jours à saisir chaque occasion de caresse, de baiser n'importe où, d'être indécents, scandaleux peut-être, et tant pis.

La police a réquisitionné le salon libertin pour nous interroger, c'est étrange cette rigueur d'uniforme, ces costumes sans un pli sur des types impavides et imberbes devant ces verges fières et ces culs de demoiselles offerts. Mon audition est rapide, avec Sandor pour traducteur. Mlle Vogelsang a passé la nuit avec moi, hors quelques instants au petit matin pour aller chercher un médicament dans sa propre chambre. Oui elle s'est blessée à cette occasion, rien d'autre à déclarer.

Ensuite j'attends l'interrogatoire de Lena, sa sortie, est-ce qu'ils l'accusent de meurtre ? Quand elle me rejoint, elle me remercie d'avoir dit la vérité, la même que la sienne. Pour l'instant ils lui demandent de ne pas quitter le périmètre Buchmesse-hôtel. Elle, elle est confiante, le temps qu'ils fassent des examens sur son couteau et elle sera disculpée. Aucun doute, le labo ne trouvera que son propre sang, peut-être celui de porcs saignés par son grand-père, à qui l'arme appartenait au départ, mais c'est bien loin… Un cran d'arrêt pour la chasse au sanglier, lame de dix centimètres, manche en bois de cerf… La seule ombre au tableau : elle a fait des déclarations sans concessions contre Ilse et Hermann, qu'ils devraient être interdits de salons recevant des fonds publics. Elle me fait ce compte rendu au bar de l'hôtel, le Willy's, et, même chamboulés, la mort proche et brutale est inadmissible dans l'immédiat, on a besoin de recul avant le chagrin, ou l'indifférence, et on ne peut pas s'empêcher de se toucher, de se chiper des baisers parfumés à la bière au coin des lèvres. Fitz et Sandor, dans l'attente d'être entendus par la police qui interroge Magda pour l'instant, pas rasés, pas dormi, encore dans le jus du cocktail de la veille, nous y retrouvent, l'ambiance tamisée, fauteuils bridge en cuir brun, colonne lotiforme au centre, plafond mouluré et comptoir arrondi. Bien sûr Sandor est au courant de tout, sans cesse son portable sonne, il écoute, ferme les yeux, mmmm, et pas une ride ne bouge, il raccroche. La nouvelle a commencé de se répandre dans l'hôtel et parmi les exposants, un flash spécial est diffusé à la télé, double meurtre à la Buchmesse, un couple égorgé, et les langues vont bon train… À Berlin on interroge Rina, la femme d'Hermann, qui semble-t-il n'a pas d'alibi et s'est effondrée en apprenant non seulement la mort de son mari mais aussi sa liaison avec Ilse, cette petite traînée qui votait à gauche autrefois. Mais faire Berlin-Francfort et retour à une telle vitesse, non, impossible. Qu'on la cueille chez elle, vers le Kudamm, si peu de temps après le crime, l'innocente. Enfin, selon les informations de Sandor, la police en est à ce point. Ce qui signifie qu'il s'agit d'un meurtre passionnel : une autre maîtresse, un amant d'Ilse, célibataire très libérée… Tous deux n'étaient pas de froids lapins, ça se dit froids lapins ? Non, tous les lapins sont chauds. Ah ! première piste fort possible. Ou bien c'est un assassinat politique. Hermann a ouvert la porte de la chambre, nu, à son assassin et s'est retourné vers le lit avant d'être frappé. Donc il connaissait son agresseur. Un ancien de la RAF qui reprend du service ? Et là, Sandor y croit davantage, comme la police. D'où la suspicion envers Lena qui n'a jamais caché ses opinions anti-NPD. Mais l'attention des enquêteurs pourrait se déplacer sur lui, ancien sympathisant de la RAF. Parce que rien n'a été volé, pas même l'argent liquide... Dernière hypothèse, formulée par Fitz, plus prédicateur apocalyptique que jamais : la jalousie professionnelle devant la réussite éditoriale d'une idée de merde, même plus de la littérature pour poulettes, mais pour pouffiasses. Et là, les suspects sont multiples ! Parce que Hermann était propriétaire de sa raison sociale « Lilaserie ». Le temps que Rina hérite, reprenne les rênes, la collection sera enterrée...

Moi, je songe encore à mon père mort en Allemagne, assassiné par la RAF. Est-ce qu'il avait une maîtresse ?

Plus tard, avant de rejoindre le salon, Lena récupère sa clé et monte se changer. Bien sûr je l'accompagne. La police a fini de fouiller la chambre sans rien trouver de compromettant, a juste emporté le fameux couteau. Bien sûr le syndrome de la peste nous amène à user de nos corps et c'est après, pendant que Lena se maquille devant un miroir où je parle à son reflet en robe chaussette noire à col roulé, sage dit-elle, comme si elle était moins sensuelle ainsi moulée, la brutalité de ses seins soulignée, après on finit enfin de faire connaissance. Avec une sorte de retenue, sans élever la voix, et juste l'essentiel pour le moment, parce que Hermann et Ilse, tout de même, on n'en revient pas... Elle est éditrice seulement depuis trois ans, avant elle était journaliste d'investigation, pour la Bayerische Rundfunk, pour le *Süddeutscher Zeitung*... Quand B.V. lui a demandé un livre sur ses reportages les plus marquants, elle s'est passionnée pour l'édition, a mis ses économies dans le lancement de Ludwigsverlag, avec prise de participation immédiate dans le capital par B.V., ce qui lui assure la santé financière et lui permet de se développer. Elle ne publie que de la littérature étrangère, essentiellement européenne. Elle fait partie de la Schikeria, la jet-set bavaroise, par obligation professionnelle, habite Munich, a ses bureaux près du Viktuaillenmarkt, enfin dans le coin, en plein centre en tout cas, et pas loin d'un restaurant de pâtes, si tu viens tu verras…

– Comment cela, « si » ? Tu comptes que je te demande en mariage par mail ? « Quand », après mon divorce, je viendrai à Munich demander ta main, nous irons manger des pâtes, promis. À moins que tu ne m'aies tué avant ? Ce projet tient toujours ?

– Tu verras bien. Mais ne te risque pas à me proposer le mariage sans mon autorisation préalable : je refuserais. Maintenant dis-moi ce que je dois savoir de toi. Encore que j'en connaisse déjà pas mal : Fitz a enquêté quand je lui ai dit vouloir acquérir les droits de traduction de tes publications… Comme il souhaitait aller au-delà, que j'entre dans ton capital, l'investigation a été poussée…

– Donc mon âge, pas la peine, Lillois d'origine, dans le nord de la France, mon domicile parisien pas la peine, historique, économie des éditions En Colère, passons, enfant unique, marié à Clémence dont je suis séparé depuis cinq ans, un fils de dix ans, Maxime, inutile de le mentionner, juriste de formation cela va sans dire… Le reste, tes lèvres le savent par cœur.

– Tes parents ?

– Les tiens d'abord.

– Père décédé d'un infractus…

– InFARCtus !

– … quand j'étais petite. Mère décédée juste au moment où je me mettais à l'édition. Et toi ?

– Pas beaucoup mieux : mère en maison de retraite, avec la mémoire en lambeaux, père mort, en Allemagne d'ailleurs…

– Pourquoi tu ne dis pas qu'il a été assassiné par la RAF dans la vague d'attentats de 1977 ?

Elle s'est tournée, le bâton de rouge encore en main. Et il me faut essayer plusieurs mots en silence, sonné, avant d'articuler :

– Tu le savais ?

– J'ai écrit des articles sur le devenir des terroristes après la dissolution du mouvement… Quand j'ai vu le nom d'éditeur sur tes livres, Vallin me disait quelque chose… Et ça m'est revenu… Les anciens du mouvement, ceux que j'ai rencontrés, niaient cette exécution… Pourtant on a retrouvé un vieux journal annoté de la main d'Andreas Baader avant son arrestation coincé sous le corps de ton père… Ça n'est pas la signature habituelle de la RAF, mais qui aurait possédé ce journal sinon un membre ou un très proche de l'organisation, et puis le meurtre a eu lieu le lendemain, ou deux trois jours après l'exécution du procureur Siegfried Buback et ton père connaissait Schleyer, Friedrich Flick, ces anciens nazis avec pignon sur rue qui ont salué publiquement sa mémoire… Dossier classé. Et la vie est ironique parce qu'à l'époque le mien de père a couvert en tant que journaliste les deux meurtres pour la presse Springer dont Heinrich Böll disait qu'elle incitait au lynchage…

Elle a posé le tube de rouge, est venue me prendre les joues dans ses mains fraîches, me verser son regard d'eau pâle dans les yeux, mais je ne pleure pas, je ne pleure pas, je murmure, sur le souffle, en confession :

– D'où crois-tu que vient le capital des éditions En Colère ? Des affaires faites par mon père dans les firmes, Daimler-Benz, par exemple, Dynamit Nobel, avec ces gens-là… Ma mère, qui s'est contentée d'idolâtrer mon père toute sa vie, a hérité de cet argent sale sans trop comprendre, ce qui nous a permis de vivre très bien jusqu'à la fin de mes études. Ensuite, en tant que juriste, en même temps que je travaillais pour des brasseries, j'ai géré son patrimoine, jusqu'à ce qu'on lui diagnostique la maladie d'Alzheimer. Là, elle a voulu prendre des décisions tant qu'elle était lucide : la maison d'édition c'est son idée, elle lisait les conneries qu'auraient pu éditer Ilse et Hermann, j'ai réalisé son rêve et je me suis pris au jeu, même si j'ai trahi la ligne éditoriale qu'elle souhaitait… Elle est très majoritaire dans le capital et ne le sait plus. Elle ne me reconnaît pas toujours quand je la visite. Ou fugitivement, elle me prend pour papa. Voilà pourquoi je ne vendrai pas avant sa mort… Mais fais donc une offre pour les livres que tu veux à mon assistante Zina Dumitrescu… Je ne veux pas en discuter avec toi parce que je te les donnerais gratis alors que les auteurs ont besoin de vivre… Zina te tiendra la dragée haute, pas de cadeau… !

– Évidemment puisqu'elle est toujours amoureuse de toi !

Elle m'a lâché, est allée ouvrir la porte, on est dans le couloir :

– Comment tu le sais ?

– Je ne le savais pas.

Et elle me prend le bras, perverse de femme, vers les ascenseurs d'où sort Magda, avec à l'œil le chagrin des simples gens charitables, ses mains qu'elle tord machinalement, et tout son corps qui l'encombre. Elle se plante devant nous, quand même la natte de pain doré repliée en rond sur sa tête n'a pas bougé d'un épi :

– Je n'aurais pas dû parler du couteau dans votre chambre, madame… C'était par réflexe, si vous les aviez vus, je ne savais plus ce que je disais, tout ce sang qui avait coulé, j'ai marché dedans, j'en ai eu sur les mains, j'ai eu beau les laver, je le sens encore… J'ai pensé aux cochons égorgés dans la ferme de mes parents vers Dresde… Vraiment je vous présente mes excuses… J'espère que vous n'aurez pas d'ennuis.

Elle a encore un bref haut-le-cœur, fait une sorte de petite révérence, son tablier d'uniforme tenu entre deux doigts. Lena lui met une main sur l'épaule au passage et on entre dans l'ascenseur :

– Ne vous inquiétez pas. J'étais venue assassiner monsieur, mais au vu des événements, je pense l'épargner.

Un regard pour me désigner, son sourire sans joie, et Lena appuie sur « E », *Erdgeschoss*, et la porte se referme devant Magda écarquillée, pas sûre de comprendre cet humour macabre.

Dans le lobby et le hall, parmi l'odeur funèbre des fleurs du gros bouquet installé sur la table ronde, devant le desk, même sur les marches dehors, les conversations changent à notre apparition, on cesse de ragoter pour se taire ou affecter de ne pas parler du double meurtre, les affaires continuent, laissons faire la police, j'ai une ouverture sur le marché chinois, on va se gaver… En bas, son uniforme à la bavaroise aussi fripé que son visage, Sandor fume méchamment un cigare en regardant le voiturier distribuer les taxis. Là, dans le soleil neuf, il détonne, fait son âge, et sa voix prend encore du retard sur ses lèvres, comme dans un film mal doublé :

– Va falloir dormir mais j'ai pas sommeil. Les policiers se demandent si je ne fais pas chanter les clients, les faux couples que je repère au bar, évidemment je connais tout le monde… Des petites sommes faciles à payer pour des messieurs à qui une maîtresse coûte bien plus cher, ils ne vont pas porter plainte contre moi pour si peu, ni risquer que je les dénonce à leur femme, ou au mari… Cette fois la discussion aurait mal tourné parce que je refusais de leur vendre le droit de publier des histoires fabriquées avec la vie de mes ancêtres, ma vie ! Tout le monde dans l'hôtel est au courant que je les avais menacés de mort s'ils publiaient sans mon accord, et qu'ils s'en foutaient… J'ai appris qu'ils avaient déjà commandé à Kreide un premier jet inspiré de mes récits : Vlad et la comtesse Bathory… Je n'ai presque pas de revenus, une retraite minuscule, Frau Meyer me garde par charité ici, je suis une attraction, le bouffon… Alors, un descendant de Dracula peut voir rouge si on le vole et avoir envie de meurtre… Fitz me fournit un alibi et réciproquement, sauf pour le moment, vers l'heure du crime, où je suis monté voir si Ms Zylberstein dormait, vous savez cette vieille dame bleue qui pourrait racheter l'hôtel rien qu'avec ses bijoux, une grosse actionnaire anglaise, elle vient chaque année, je m'en occupe… Elle dormait, et quand je suis redescendu au bar, Fitz n'y était plus, parti pisser… Pas d'alibi donc… Je vous ennuie, ah, à part votre couteau, Lena, ils n'ont pas d'arme du crime… Bonne journée, autant que possible, on verra bien, mais je crains qu'ils ne m'habillent en coupable…

Il jette son bout de cigare, remonte laborieusement l'escalier pendant qu'on se regarde, que dire à un vieillard que le temps vient de rattraper ? Lena le voit reprendre haleine au haut des marches, lui crie :

– Les policiers ne sont pas si bêtes… Moi je n'ai pas peur !

Sandor répond en allemand, vite, avant d'entrer dans l'hôtel, Lena me traduit, déjà à demi dans le taxi :

– Il dit que je n'ai pas passé des années en prison pour meurtre comme lui… Qu'est-ce qu'il raconte là ? Sandor un assassin… ?

La portière claque, l'auto démarre, *nach der Buchmesse bitte*, Lena est tant bouleversée que je dois donner notre destination au chauffeur, moi le nul en langues, et elle se laisse aller contre moi :

– Tu crois qu'il invente, comme toujours ? On ne peut plus croire Sandor…

– Faudra demander à Fitz…

– Fitz est un pro du mensonge, il manipule le monde entier. M'étonnerait pas qu'il ait été l'amant d'Ilse…

– Et toi, tu mens aussi ?

– Autant que toi. Pourquoi tu n'es encore jamais venu à la Buchmesse ?

– Rien à vendre. Jamais visité l'Allemagne non plus, à cause des préjugés de ma mère… J'ai appris un peu d'allemand pour être dans une bonne classe au lycée… Je sais dire *ich liebe dich*…

Elle lève les yeux, fronce le nez, on est arrivés, déjà :

– Donc tu sais mentir en allemand, tu fais d'énormes progrès !

Et elle descend, pendant que je règle la course, elle passe me voir tout à l'heure, me dire les droits de quels romans elle souhaite acquérir…

Elle tient parole, je n'ai même pas déjeuné, elle peut-être, elle arrive dans l'après-midi, tracassée, lointaine, tire deux romans de mes piles, celui de Bellarbi, situé dans le monde des harkis, et le Noyelles, la dernière journée d'un couple à la fermeture d'une aciérie lorraine, elle vient d'avoir Zina au téléphone, le montant des cessions lui convient, voilà, demi-sourire bref, il y aura désormais un contrat entre nous… J'ai envie de dire d'autres ensuite, pas que littéraires, conjugaux peut-être, et surtout pas, je suis assez échaudé par sa façon de me rabrouer dans le taxi, merde je ne dis pas je t'aime en allemand tous les jours ! Les deux éditrices qui partagent le stand et me saoulent de questions depuis mon arrivée voient tout de suite qu'on pourrait les écharper à mains nues si elles nous foutent pas la paix et font retraite à rameuter le chaland avec des mines de patronnesses irréprochables. La foule aujourd'hui est des grands jours, celle, bruissante, des aubes de guillotine, des fusillages d'ennemis publics en pleine rue, ils ont entendu les médias, ils sont là pour voir le sang, comme si la direction allait exposer les cadavres sur un lit de romans d'amour ! Et Lena soudain secoue la tête, écarte les bras, ses yeux supplient et j'ai juste le temps de la tirer dans notre vestiaire, remise à boissons, quatre mètres carrés, de refermer la porte à clé, et elle pleure à bredouillis, comme une gamine, à s'essuyer le nez du dos de la main, faire des bulles de salive, meugler, je comprends rien de ce qu'elle gémit. Putain, faut guérir nos mémoires ! Qu'est-ce que je peux faire, la serrer, lui chuchoter des âneries que c'est tout, c'est fini, personne te croit coupable, lui lécher les larmes, lui nettoyer le visage avec un Kleenex, et sentir son corps souple et plein contre le mien, l'agressivité de sa poitrine et puis on s'embrasse à s'écorcher les lèvres, elle gémit et, sans manquer de respect aux défunts, plutôt en leur honneur, on fait triompher la vie, on se paie la gueule de la mort, comme aux enterrements par chez nous où les veuves ont la réputation de pas cracher sur les jouissances terrestres.

Évidemment, à la sortie, mes patronnesses évitent de nous regarder, pas dupes, on a pris des couleurs, on se voit à l'hôtel tout à l'heure, elle y retourne tout de suite, inutile que je l'accompagne, rendez-vous au bar, Sandor et Fitz ont dû dormir, ils vont se réveiller, aller aux nouvelles…

Sur le trajet de retour à pied, j'appelle Zina, tout est en ordre avec Frau Vogelsang, bravo, cession de droits d'un montant inespéré, t'as été efficace patron, il y a quelque chose entre vous ? La question est crue, Zina a renoncé à mes sentiments mais pas au regard objectif sur ma vie, si j'ai mal aux dents elle veut le savoir, si j'ai une aventure, même sans lendemain, faut le dire. Là elle reste baba de ma réponse :

– Trois meurtres. Deux qui seront dans les journaux du soir, achète *Le Monde*, ceux-là on n'y peut plus rien, et un dernier, avorté, dont Lena Vogelsang avait le projet : le mien.

Je laisse juste un temps de sociétaire et je raccroche quand elle va répliquer. Clémence maintenant. Maxime a d'excellentes notes, paraît-il, pour ses premières semaines de sixième, allemand première langue, il me dit *guten Tag* de loin, de derrière sa mère. Elle, non, n'a pas encore les résultats officiels de ses examens au CHR. Demain, ils ont dit demain. Mais ses migraines ont un peu diminué avec le nouveau traitement… Bon, qu'elle se porte bien, j'embrasse Maxime, je ne sais pas quand je passerai à Lille, au maximum à la Toussaint…

Au bar de l'hôtel on a l'impression d'un couvre-feu, d'une défense passive où l'on craint des bombardements. Le monde de l'édition en sourdine. Au passage entre les tables j'entends causer de nos pauvres amis, d'Ilse, pas de chance, de la veuve et des deux filles d'Hermann, autant que de chiffres de ventes, j'entends aussi cancaner et calculer dans des langues que je ne parle pas, et sonner les bijoux de la vieille Ms Zylberstein qui écoute en buvant un truc genre porto. Lena est à une table avec Fitz, bière et vin blanc. Je m'assieds, pour moi ce sera une bière. Fitz me regarde avec une petite moue de dandy choqué :

– Donc vous avez conclu des contrats peu rentables dans le cadre d'une prise de participation majoritaire… Vous faites des affaires dans mon dos…

Je vais protester, Lena me devance, sarcastique, les ongles dehors :

– Juste baisé, excuse-nous de ne pas t'envoyer de carton… Pour le reste : la police m'a rendu mon couteau. Je suis hors de cause : le sang frais dessus est bien le mien…

– Pourquoi tu précises : le sang frais… ?

– Il y a d'autres traces, beaucoup, là où la lame rentre dans le manche… Du sang de mon grand-père, peut-être, et d'autres, même pas identifiables… Rien qui concerne l'enquête, ils ont juste voulu me déstabiliser… Cela dit…

– Ton grand-père a tué des gens ?

Je n'aurais pas dû demander, elle se pose la même question, panique, s'en sort avec son humour macabre :

– Ce couteau n'est pas forcément le sien à l'origine. Et puis dans la famille être un ogre cannibale est une tradition…

Personne ne relève. Pardon Lena, j'ai l'esprit et le cœur tout en chambard, comme une chambre de célibataire où le ménage est jamais fait, avec de vieilles amours usées qui traînent et peut-être du sentiment qu'a jamais servi, encore de quoi faire une nouvelle histoire mais je ne sais pas si j'en suis capable… Fitz laisse le garçon poser une chope devant moi puis, sans passion :

– En revanche ils cuisinent toujours Sandor… Un flic ne peut pas comprendre qu'on raconte des histoires de meurtre sans en commettre… Ou alors il ment et on ne peut plus ajouter foi à ses déclarations… Donc il peut avoir tué et prétendre le contraire, et ainsi de suite, c'est la logique policière… Je crois vraiment à un crime politique, un règlement de comptes à l'intérieur du NPD peut-être…

– Mais Sandor est allé en prison pour meurtre, non ?

– *No comment.* Je ne sais rien. À lui de décider s'il veut nous en parler… ou raconter pour la millième fois qu'il tient son prénom de Sandor Petöfi, le poète révolutionnaire hongrois… D'ailleurs le voilà…

Effectivement, Sandor, cent ans, l'uniforme défraîchi, des malédictions séculaires plein les épaules, chargé d'une hérédité de violence sanglante, traverse la salle avec des petits gestes pour chacun, comme des aveux de douleur masquée, et nous rejoint. Au passage il a baisé la main de Ms Zylberstein qui a levé vers lui un regard mouillé. Je ne peux pas m'empêcher de trouver qu'il en rajoute, vieux cabot devant son public annuel, et de penser aussi que tous ces paravents, ces fictions qu'il raconte, sa généalogie bricolée, son folklore des Carpates, cachent des souffrances énormes, une vie à serrer les dents pour ne pas hurler ou mordre. Frau Meyer ne le garde pas aux frais de la princesse, ou aux siens propres, sans raison humaine. Il se laisse tomber dans un fauteuil bridge :

– Je n'y croyais plus : Ms Zylberstein a témoigné qu'elle m'avait vu à son chevet quelques minutes, en gros à l'heure du crime… Elle était dans un demi-sommeil, ne m'a pas parlé, mais se souvient parfaitement de ma « sollicitude »…

Lena réplique dans un réflexe, lointaine, en retrait, spectatrice, avec des petits regards curieux et tendres, étonnés, presque incrédules, vers moi :

– La police l'a crue ?

– Dorothy, Ms Zylberstein, a eu la finesse de leur déclarer qu'elle ne pouvait préciser la nature exacte de ma « sollicitude »… Une riche vieille qui avoue payer un gigolo de son âge, c'est trop choquant pour se discuter. Le reste de la nuit, Fitz et moi, on ne s'est pas quittés… De plus ils ont trouvé l'arme du crime…

Là Lena est aussi accrochée que Fitz et moi ! On se fige dans l'attente de la suite, quelle arme, où, et lui se tourne, sûr de son effet, de nous faire baver d'impatience, fait un geste au garçon, nous revient :

– Une faucille… La fleuriste qui change le bouquet du hall chaque jour, parfois, quand elle oublie son sécateur, va fouiller la caisse avec les quelques outils qui servent à nos employés pour entretenir nos plantes en pot… Dans cette caisse, entreposée, tout le monde le sait, même les clients, dans le débarras des toilettes du rez-de-chaussée, a toujours figuré cette vieille faucille inutile. En fin de matinée, elle était couverte de sang séché. Pas d'empreintes.

Fitz ouvre les yeux aussi grand que possible :

– Aaaah ! J'avais raison : crime politique. Un ex-communiste, ou un membre de la gauche radicale, de l'opposition extra-parlementaire, a exécuté des nostalgiques du Troisième Reich. L'anarchisme sanglant des années 1970 reviendrait ?

Après, une lame de la lumière des réverbères dehors traverse ma chambre, coupe Lena en deux juste au-dessus des épaules, la décapite, et doit me guillotiner pareil. Sauf que je ne me vois pas. On est sur le dos, nus, le pouls à deux mille, respiration de chien en été, trempés de sueur, et on sait bien que les corps sont désormais un refuge, une façon de se défiler, plus le bazar sauvage et splendide de la première fois, irréfléchie, où on l'aurait fait avec la porte ouverte en grand, se rinçait l'œil qui voulait.

– Sandor ment tellement que j'en arrive à prendre le contrepied de ses déclarations… Même sur son âge ! Il a quoi, 70, 80 ?

– Moi j'adore le mensonge. Ludwigsverlag fait de la traduction uniquement à cause de ça… Je ne vends que du mensonge. Mais au vu et au su, mon honnêteté affichée ! Pour une phrase il existe cent possibilités de traduire, cent vérités parce que rien n'est faux puisque rien n'est juste au départ, tout est copie approximative des choses réelles… Et moi, je suis du peuple de l'arrangement, du peuple pour qui il n'existe plus de vérité que transitoire, contingente… Parce que c'est sa seule survie possible : un Allemand ne peut pas dire la vérité de Dachau sans pleurer et souffrir ou bien il n'est même pas un homme… Alors il vaut mieux travestir, adapter. Ce sont les mots qui bricolent les faits d'autrefois. Et tous nous sommes complices de traduire l'histoire. Vous les Alliés vainqueurs plus que quiconque. Une fois la guerre finie, parce que c'était plus pratique, plus Realpolitik, vous avez fabriqué des mythes autant que la Propagandastaffel ! Tu vois, quelqu'un a dit que si Hitler vivait encore, on dirait aujourd'hui qu'il a été sympathisant des nazis ! Sympathisant ! La littérature est le plus grand des crimes, Florent !

Rien à répondre, elle vide son sac, je dois lui être haïssable, elle travaille pour un groupe lui-même propriété d'un groupe américain. Est-ce qu'elle en a honte ? Éditer des textes étrangers n'est-ce pas une façon d'éviter de se frotter à sa propre langue, ensanglantée par les nazis ? Alors est-ce qu'elle est capable de tuer des négationnistes, ceux qui nient l'Histoire ? Matériellement elle a pu le faire. Elle était nue quand elle s'est absentée, donc pas de traces, la faucille, tout le monde… Qu'est-ce qui me prend de douter de Lena ? Il me prend que Clémence m'a vacciné le sentiment et que tout amour m'est suspect, surtout quand il vient à point servir les affaires, on le sait depuis Marivaux, chez qui je doute qu'un attachement existe en dehors du contrat de mariage qui emprisonne la femme et fait le mari maître de la fortune. Fitz est notre Arlequin, notre Dubois, le valet de comédie qui arrange les mirages du cœur pour le profit de son maître, le géant américain R.H. en l'occurrence…

– Dis-moi : l'idée de me séduire, tout le tralala de l'apparition mystérieuse, de la femme fatale qui se fait désirer et couche pour que je marche dans vos combines d'OPA, d'entrée dans mon capital, c'est toi ou Fitz ? Et après enquête sur moi, mes parents, le désastre de mon couple, c'était bien l'idée de prendre ta revanche sur un petit Français ? De le rendre dingue amoureux et ensuite de refuser de seulement parler mariage ?

Je l'ai blessée, je vois bien, elle parle bas, impudique :

– Les deux idées sont de toi, pas de moi. Tu n'avais qu'à résister à la tentation. Mais remarque bien que je n'ai pas discuté tes prix de cession de droits, ni insisté pour te racheter… Je n'ai pas non plus été avare de mon cul, c'est du bénéfice pour toi ! Et l'idée de revanche, non, s'il te plaît, je me suis conduite en salope allemande soumise à mon maître, le travail de mon homme, pas de famille, la jouissance et la patrie de mon homme avant la mienne… Ne dis surtout pas que tu m'aimes, ne parle pas de mariage ou alors de bigamie, non, dis juste si tu veux que je te suce ou autre chose qui te ferait plaisir ! Tu vois, Florent, tu viens de gagner la guerre une seconde fois…

Sa réplique je la prends pleine poire, la honte comme jamais :

– Je te demande pardon. J'ai plus de soixante ans de retard, tout au fond, sans me l'avouer, je pense comme ma mère, en germanophobe, le pays qui a assassiné mon père, et aujourd'hui la mort d'Ilse et Hermann, deux sales cons à croire que l'Holocauste est une invention des Alliés, cette journée policière, toi soupçonnée, Sandor ensuite, et l'appétit de toi, ce coup de soleil dans l'eau froide, soudain, que tu ne m'aies toujours pas expliqué cette plaisanterie de vouloir me tuer, non mais, me tuer en vrai ? Tout ça fait que je décaroche… Je manque de dignité à me déballer ainsi, pardon…

Elle a ses lèvres au creux de mon épaule, descend, m'agace un sein du bout des dents :

– C'est quoi « décaroche » ?

– Devenir fou, battre la campagne, dire n'importe quoi…

– Alors je décaroche aussi. Ces deux morts ne sont pas rien, on ne peut pas les laisser dans le décor de nos vies. Ni ce que tu as rappelé de toi, ni notre histoire si courte encore. Mon projet de te tuer, considère que tu as un sursis, n'en demande pas plus. Ne demande plus rien avant la fin de la nuit, au matin je vais regagner ma chambre et demain on se sépare, rien pendant un an, on se retrouve ici à la Buchmesse 2010. Fitz et Zina seront nos intermédiaires en tout. Sauf urgence absolue, si l'un essaie de contacter l'autre entre-temps, tout est fini, on ne se revoit plus jamais. Tu peux compter sur moi pour revendre mes parts de Ludwigsverlag et disparaître. Maintenant j'ai envie de toi, sans arrière-pensée, mais avec le cœur battant…

Je ne sais pas quelle heure il est quand le souffle de Lena sur mon épaule nue me réveille. Trop tôt pour se lever, manifestement. Je pense à l'année qui va venir, une année amputée, où j'aurai mal. Est-ce que je pourrai supporter cette épreuve romanesque d'amour courtois ? Pourquoi Lena veut-elle cette preuve de la solidité de mes sentiments ? Sa robe est jetée là-bas sur une chaise, comme une dépouille anonyme, une énigme à résoudre, un parfum de dame en noir… J'ai l'impression de participer à une mascarade nocturne depuis mon arrivée ici, comme dans les tableaux d'Edward Hopper, où la nuit est le lieu de tous les possibles, où les masques tombent, où on en revêt d'autres. Il y a ces gens accoudés à un comptoir, ces faucons nocturnes qui ne sont que des moineaux tout le jour et grandissent quand l'ombre envahit la rue, ces couples qui scrutent l'obscurité d'où viendra quelqu'un de terrible ou de tendre, cette secrétaire pulpeuse et son patron pensif, ceux-là sont amants et autre chose les lie, ou vient de les séparer, une falsification des comptes, une grossesse inopportune, l'envie de tuer une épouse gênante, et ils ne peuvent en parler qu'une fois la nuit tombée… Je pense à ces êtres doubles, dissimulés, Lena, Fitz, Sandor aux mille vies… Je pense…

Au matin, Lena regagne sa chambre pendant que je me douche. Je m'habille, boucle mon sac, c'est décidé, je prendrai un avion ce soir, pas la peine d'attendre demain, si l'enquête m'y autorise. On verra l'humeur de Lena. En réalité, j'espère qu'elle choisira de rester encore et je céderai. Sitôt prêt, je la rejoins, vite, pour ne pas rater ce moment où elle se maquille et rend l'équilibre au monde par la magie de son visage sublimé. Chaque femme est ainsi un double, une ombre du cosmos. En jupe droite de lainage sombre et chemisier blanc, col relevé, décolleté sans mystère, Lena finit d'allonger ses cils. Sur la tablette devant elle, parmi les houppettes, les pinceaux, les fards et les crayons est posé le couteau que la police lui a rendu. À l'instant où je me décide, pour ne pas évoquer notre séparation, ne pas encore tenter de la faire revenir sur les conditions qu'elle impose à notre relation, à lui demander pourquoi elle trimballe cette arme, de quoi elle a peur vraiment, elle dit :

– Mon couteau, je te le donne… Garde-le avec toi… Tu me le rendras le jour où on vivra ensemble si ce jour vient… Peut-être à la prochaine Buchmesse… Sinon, tu pourras t'ouvrir les veines avec… !

Toujours rigolote à faire mal ma Lena. Je lui grimace dans le miroir, attrape le couteau et mon téléphone sonne. C'est Clémence, elle pleure, elle a une tumeur au cerveau, oui cancéreuse, un glioblastome, bien sûr mortelle, qu'est-ce que tu crois pauvre con, maintenant tu vas t'occuper de ton fils, je t'attends !

2

Dans l'avion tardif je me refais l'examen de cette journée. D'abord le geste suspendu de Lena, vraiment physiquement un personnage de Hopper, et sa compassion quand je lui dis la santé dégradée de Clémence. Elle me pousse à rentrer d'urgence alors que je sais bien être impuissant devant la maladie, presque fataliste, mieux vaudrait laisser la thérapie, quelle qu'elle soit, suivre son cours et être présent aux moments de défaillance, où il faudra tenir Maxime debout et où je ne devrai pas flancher. Je le lui ai dit, elle a pris mon attitude pour du cynisme, m'a presque engueulé, la voix violente, sommé de m'occuper de mon fils, on n'abandonne pas un enfant, et moi je n'allais pas lui déballer le souvenir de mes années heureuses avec Clémence et que ses souffrances, la mort en train de lui prendre la main de si bonne heure, j'en avais l'estomac broyé. Pour avoir l'air humain, j'ai réservé ce vol de retour. En sortant, elle est passée devant moi, drapée dans un grand châle :

– Je ne vaux pas mieux que toi… Mais tu peux nous racheter, toi seul…

Pas compris ses énigmes, d'abord cru avec un vertige qu'elle me proposait le rachat de Ludwigsverlag, n'importe quoi, puis répondu bien sûr, pensé que je ne suis pas un Christ, ni un criminel, et on est allés à la Buchmesse. Avant j'ai récupéré mon sac, réglé ma chambre. Frau Meyer s'est excusée pour le désagrément, je serai toujours le bienvenu à l'hôtel. Ainsi que Frau Vogelsang. D'après Sandor, qui tenait quasiment une conférence de presse au seuil du lobby, l'enquête n'avançait guère, rien n'en transpirait. Lui pensait à un chantage politique mal géré par Hermann : une histoire d'adultère compromettant une figure de la gauche parlementaire qu'il aurait été prêt à révéler dans sa collection, de façon voilée et très transparente, sauf concessions au NPD... Les services secrets auraient réglé l'affaire de manière radicale et fait disparaître le synopsis de l'ouvrage. Possible, mais des tueurs pros auraient aiguillé sur une fausse piste, a objecté quelqu'un. Sandor s'est frappé la poitrine : sans Ms Zylberstein, il était cette piste ! Je lui ai fait un signe d'au revoir et il m'a envoyé un baiser du bout des doigts. Un baiser, à moi !

Le temps a filé en douce, j'ai appelé Zina, qu'elle vienne me chercher à Roissy si... Évidemment elle y serait, c'est quoi cette défiance, patron ? Ensuite j'ai refait un tour professionnel, laissé des romans sur les stands des maisons susceptibles d'en acquérir les droits de traduction, bu pour faire plaisir. J'ai aussi refait le point avec Fitz. Je ne céderai des parts des éditions En Colère qu'une fois ma mère décédée. À lui de faire prospérer la maison en lui donnant une notoriété à l'étranger, pour qu'elle soit déjà reconnue du lectorat non francophone, au moins en Allemagne.

– Et qu'elle ait plus de valeur, et que tu sois chez toi dans la chambre à coucher de Lena Vogelsang ! Sacré Florent ! *Bis bald!*

Fitz rit toujours en disant des vacheries pour indiquer qu'on ne le mène jamais en bateau. Il m'a claqué le dos et on a promis de se voir au Salon du livre de Paris, dernier carat, en mars. D'ici là, Zina aura pu se renseigner sur lui, en profondeur.

Après j'ai passé du temps avec Lena, reposé mes questions délicates, si son couteau de chasse était pour m'écorcher et vendre ma peau, ou en faire des abat-jour... Elle a eu l'intelligence de se taire, de comprendre ma trouille de notre séparation, que tout soit déjà consumé, et elle m'a accompagné à l'aéroport. Avant d'entrer en salle d'embarquement, on s'est embrassés, avec une sorte de désespoir frénétique, comme un bidasse mobilisé au front et sa promise, sans pudeur aucune, j'ai caressé sa poitrine, ses hanches, fermé les yeux avec les paumes sur son visage, que mes mains en garde des stigmates, on s'est répété nos conditions, à peine assouplies : un coup de téléphone était permis en cas d'absolue nécessité, pas plus d'une dizaine. On se reverrait dans un an, même ville, même hôtel. J'ai encore demandé pourquoi ces épreuves moyenâgeuses, merde, on n'était pas Lancelot et Guenièvre, aucune raison de s'infliger des punitions injustifiées! Pour conjurer le meurtre survenu pendant notre première nuit? Pour vérifier la résistance de notre amour?

– Ne parle pas d'amour sans savoir! Disons : pour voir si j'ai le courage de toi.

Et elle est partie, vite.

Je la revois au fil des couloirs de Roissy, je rêve, j'avais peur de l'Allemagne, il y a eu tout ce sang, y compris les récits de Sandor et cet amour brutal, je pense que Shakespeare aurait dû écrire en allemand, que je suis idiot et puis j'entends la voix de Zina, son accent tzigane :

– Hé, patron, coucou! Tu peux toucher, je suis pas un fantôme!

Et vite, elle m'attrape, se frotte à moi, allez patron, tu sens, c'est de la chair, pas un drap plein de vent…

– Si j'avais voulu des puces, j'aurais pris un chien.

Vieil adage du Nord que je lui sors quand elle essaie de ranimer la flamme ancienne, pour qu'on rie avec nostalgie. Zina est une carmencita, une cigarière de l'Est, le visage fatal d'une qui tire les cartes, la chevelure d'un cheval noir, une rentre-dedans à franc-parler, sans préjugés ni souci de la hiérarchie convenue. Jamais elle ne se plaint. Elle est entrée dans mon bureau quand j'ai embauché une secrétaire, la première envoyée par l'ANPE, tout juste naturalisée, a enlevé son imper et demandé ce qu'on vendait. Des livres ? Alors patron, si tu veux, je travaille sans salaire, logée ici et nourrie. Et elle a poussé une table vide devant une fenêtre, vers la rue Jacob, mis une chaise devant et s'est assise. Ça te va, patron ? Je suis allé lui serrer la main : Florent Vallin. Elle était nippée comme l'as de pique, en net surpoids, encore aujourd'hui, a le chic pour juger un texte, surveille la comptabilité au sou près et je ne supporterais aucune autre collaboratrice. Quand Clémence a commencé à aller de travers, que je me sentais coupable d'avoir tenté l'aventure de l'édition, un soir de longues confidences chez moi, elle n'est pas montée dormir chez elle, dans la chambre de bonne au-dessus de mon appartement lui-même au-dessus de mes bureaux. Le jour où j'ai retrouvé l'appétit, elle a dit que mon lit était trop petit pour deux.

En voiture vers Paris elle me fait son compte rendu. Moi je raconte Francfort, sans rien dissimuler. Le meurtre, Fitz, Sandor, la Buchmesse, les contacts prometteurs, et Lena. Là elle me regarde avec sa tête de bonne aventure, on grimpe l'escalier de chez moi, rue Jacob, et fait hououou, avec scepticisme, une bien-aimée armée, un double égorgement, tu ne recules devant rien, patron, et puis elle boit un verre ou deux pendant que je mange dans la cuisine sa salade spéciale Zina et que je lui dis pour Clémence. Demain, je prends le temps de signer les contrats et je monte à Lille. Le couteau de Lena est dans mon sac.

Le lendemain il pleut tout du long de l'autoroute. Ma Peugeot fait la vaillante dans la bourrasque et les projections d'eau par les camions, et je m'efforce d'être à la hauteur. Me concentrer sur la conduite m'empêche de trop anticiper l'accueil de Clémence, l'état psychologique de Maxime, si sa mère ne joue pas la comédie. De broyer du noir avant l'heure. Mais penser à rien, on le sait, est impossible, la conscience a toujours un objet. La mienne est pleine de Clémence, notre premier souvenir, le deuil, la petite fille minuscule, sous la protection d'un gaillard à grandes oreilles et nuque rouge derrière les deux cercueils de ses parents bousillés ensemble à un feu rouge, et moi entre les miens qui pleurent comme des madeleines, je ne mesure pas l'événement, seulement qu'elle est bien jolie Clémence dans son manteau noir et qu'elle va venir vivre avec nous, elle sera ma sœur, est-ce que je veux bien ? Je me souviens d'avoir dit oui de la tête et d'avoir couru vers elle. Les affaires des grands, les démêlés juridiques, à l'époque, sa tante qui menait mauvaise vie au Canada, un lointain cousin cultivateur, celui qui tenait la main de Clémence à l'enterrement, pas chaud pour recueillir l'orpheline, nous ont échappé. Pas la mort de papa, si proche de celle de Jean et Édith Debaisieux, les parents de Clémence, la même année. Nous nous sommes retrouvés dans la même église, le Sacré-Cœur, rue Nationale à Lille, à encadrer maman qui n'avait plus de larmes et à lui demander quand elle viendrait ici à son tour se cacher comme papa dans la grande boîte avec des poignées dorées…

Maman nous a éduqués pareil, on a toujours été ensemble en classe. Sauf dans le supérieur. Clémence a fait lettres classiques, latin, grec, jusqu'à enseigner le français en prépa au lycée Faidherbe, moi j'ai bouffé du droit jusqu'à me faire engager comme juriste par un ensemble de microbrasseries de la région. Que j'aille à Paris monter une maison d'édition après démission d'un poste fort lucratif a été vécu par Clémence comme une trahison et une offense personnelle, elle est littéraire, pas moi.

J'en suis là de mes cérémonies intimes du souvenir quand je m'engage sur le périphérique de Lille, dans une lumière livide traversée de larges nuées de pluie dure, pire que des graviers, comme si un chercheur d'or tamisait une battée sur la ville. Pour le boulevard Vauban, la maison, facile, suffit de suivre, négliger les sorties vers le centre, Euralille, passer Lille-Europe, la gare TGV, laisser La Madeleine à droite et serrer à gauche, vers l'Esplanade aux arbres séculaires et chauves, le long de la Deûle, et tout droit, sitôt croisé Liberté on est sur Vauban. Il est presque quatorze heures et toutes les autos ont les phares allumés. Les miens éclairent brièvement la façade de brique et pierre quand je me gare en épi devant chez moi, chez Clémence, face à la porte du garage de la bâtisse bel-étage. Mon sac, ma clé, si je sonnais Clémence serait foutue de ne pas m'ouvrir au prétexte qu'on est encore mariés, et pas question que je dorme ailleurs qu'ici, j'ouvre donc la porte en verre et fer forgé, entre dans le petit vestibule dallé de mosaïque, un iris rouge sur fond blanc, l'emblème de la ville, au bas de l'escalier qui mène au living et j'appelle, le cœur en bazar, le jarret mou, je pousse ce cri imbécile de reconnaissance domestique :

– C'est moi !

À peine le temps d'un regard sur mes pieds, ne pas rater la première marche, l'odeur citronnée de la maison, Clémence est apparue, appuyée au mur, une cigarette entre les doigts. N'a pas arrêté de fumer manifestement, malgré la maladie… Pas un mot, rien, elle me regarde monter, la rejoindre, une bise sur chaque joue, mon sac par terre, mon manteau à une patère, elle me laisse passer au salon qui ouvre en bow-window sur le boulevard. Rien n'a changé ici, depuis mon départ, les murs ivoire, le mobilier anglais coûteux, les livres dans le même ordre, vers le jardin la nappe blanche de la salle à manger, je suis dans un mausolée qui attend ma dépouille vivante, bon, me laisser aller dans un fauteuil de cuir noir et ronce de noyer, bon, elle n'a pas si mauvaise mine Clémence, est-ce qu'elle ne se fout pas encore de moi, une crise jalouse qui me force la main, m'oblige à revenir au bercail ?

– Alors, ils disent quoi les médecins ? Maxime est là ?

– En classe, tu devrais le savoir, un père connaît les horaires de son fils… Tu ne veux pas te rafraîchir, te changer, boire une bière avant que je réponde à ton autre question, celle sans importance ? Si ça se trouve je serai morte avant de pouvoir le faire, espèce d'égoïste, d'inhumain !

Le sarcasme, elle y excelle. Sa voix soyeuse est partie de très bas, a enflé avant de se déchirer sur les derniers mots. Hors d'elle-même et au dernier dessous. Son visage régulier de sage demoiselle, nez délicat, pommette à peine marquée, regard étonnamment vert, cheveux fins et blonds coupés au ras des épaules et sans cesse en mouvement, son visage a rougi de l'effort. Elle n'est pas maquillée mais habillée oui. Clémence ne se néglige jamais. Escarpins aiguille, une robe trapèze bleu nuit avec une sorte de voie lactée en faux brillants qui monte de l'ourlet vers la taille et la poitrine, en constellations de plus en plus rare. On dirait qu'elle porte son propre horoscope, pour afficher le destin contraire qui lui est promis. Clémence est une sans souffle, une qui manque d'air en permanence, une sujette à vapeurs, bien roulée malgré son petit gabarit, une libertine qui s'épanouit dans les boudoirs et s'y évanouit pour qu'on lui délace le corset. Elle a rêvé d'aventures qui la vengeraient de mes frasques, n'a jamais eu le courage ou la faiblesse de s'abandonner longtemps à un amant. Tant mieux parce qu'avant Zina, j'étais un mari fidèle. Non, soyons honnête, je papillonnais et Clémence se permettait des escapades. Ce qu'elle fait maintenant de son bonnet et des moulins du coin, je m'en fiche un peu, mais pas de telles menaces sur sa santé :

– Clémence ! Tu as vu qui ? Quels sont les symptômes...

Un regard noir, je m'attends à être mordu et puis non, elle vient tout doux se glisser à mes pieds, poser sa tête sur mes genoux, sa voix est un froissement de papier mouillé, une voix de larmes :

– À la rentrée, fin septembre, je veux lire un passage de l'*Odyssée* à mes élèves, citer et expliquer l'épithète homérique d'Ulysse, et j'en suis incapable, je ne déchiffre plus les caractères grecs... Tu ne peux pas savoir la panique... J'ai passé outre, essayé de me reposer tout un week-end, je me disais la fatigue, les perturbations avec Maxime en sixième... Une semaine après j'essaie à nouveau. Toujours le même effet d'étrangeté... Et j'ai dû faire des recherches sur le Net pour retrouver le qualificatif d'Ulysse... Je me suis dit que quelque chose me grignotait la zone cérébrale de la lecture, que j'allais perdre aussi la reconnaissance de notre alphabet, des chiffres, la capacité à écrire, que le monde allait disparaître parce que je n'aurais plus de mots à mettre sur les choses, et ma mémoire, ce qu'on a volé au temps, foutrait le camp, je ne reconnaîtrais plus notre fils, ni toi, je ne saurais plus mon nom, Clémence Vallin née Debaisieux, je devenais comme ta mère, une vieille à laisser crever! Oh Florent, on a besoin de toi!

Je caresse ses cheveux, sens ses joues trempées, les joues de Lena sont plus nerveuses, et je sais que Clémence bat vraiment la campagne, elle raconte avec l'espoir inconscient que je balaie d'une phrase la réalité horrible, comme un papa qui rallume la lumière sur les ombres nocturnes. C'est vrai, ma mère et ma femme se retirent des mots, comme si elles me reprochaient mon métier. Et la seule qui compte autant qu'elles, Lena, impose le silence entre nous, et l'absence. Comme si Pénélope faisait patienter Ulysse, fallait pas partir en guerre mon chéri!

– Et finalement, c'est quoi son qualificatif à Ulysse?

Ses ongles griffent mon jean, elle est tendue à exploser :

– Qui donc? Ulysse, tu dis?

Là, toute ma peau se hérisse, qu'elle soit sans cesse sur le fil du rasoir, qu'elle commence à laisser s'évaporer certains éléments du langage, de la mémoire, au fur et à mesure qu'ils remontent à la surface de son esprit, est insupportable. Elle saignerait entre mes bras d'un grand coup de couteau, je serais moins désemparé, je me battrais pour stopper l'hémorragie. Mais comment arrêter le vent? Son souffle s'est apaisé, elle parle presque pour elle-même, abandonnée :

– Oui Ulysse, pardon… *Polumekanos*, qui a beaucoup de ruses… J'ai consulté Francine qui m'a parlé d'AVC, m'a envoyée au CHR. Résultat : tumeur, cancéreuse il va sans dire, au cerveau… Tumeur, tu meurs, les psychiatres se régalent avec des mots comme celui-ci… On va m'opérer, vers la Toussaint… Comme ça, si les choses tournent mal, tu auras deux raisons de fleurir ma tombe…

Quoi répondre ? Ne pas répondre, la laisser s'épancher, explorer ses limites devant moi, et ainsi se mettre nue, que je constate l'étendue du mal et puisse l'en soulager si j'en suis capable… Je n'ai que la tendresse de mes mains, j'essaie qu'elles soient douces à son front, ses joues, en même temps quelque chose, deux petits blocs, m'attire l'œil sur la table basse derrière Clémence, peut-être une paire de dés :

– C'est quoi, ça ?

Clémence se redresse, encore appuyée à mes cuisses, suit mon doigt :

– Quoi ? Ah ! des caractères d'imprimerie… Je les ai retrouvés dans une petite caisse au grenier, il y a mon nom dessus… Je suis montée fouiller, voir si je pouvais accrocher ma mémoire à des objets, les jouets de Maxime, des vêtements qui m'évoqueraient un lieu, un événement, les vacances à, à… Sainte-Maxime ? Il y a des papiers, des lettres, tu n'as qu'à y aller regarder… et tout descendre dans mon bureau… C'est peut-être toi qui as mis ce fatras là-haut ? Moi j'ai trouvé ça, que je lis chaque matin comme un malade prend sa température…

Elle a un bref rire navré et tend le bras, attrape les caractères, me les montre. On dirait bien du gothique… Un *d* et un *l* en minuscules. Sur le côté du plomb, en cursives normales, gravées maladroitement au poinçon, un *l* et un *h*… Des vieux trucs de braderie je le parierais, négociés trois sous par ses parents, qui datent de l'occupation pendant la Première Guerre, les affiches allemandes imprimées ici à Lille… Ce carton, je le revois très bien, maman nous l'a confié quand Clémence et moi avons acheté cette maison. Papa avait noté sur le couvercle « Dossier Debaisieux » en capitales, et elle estimait qu'il revenait désormais à Clémence. Par une sorte de superstition, l'amitié Debaisieux-Vallin a porté malheur aux deux familles d'après elle. Je crois que personne ne l'a jamais vraiment ouvert, Clémence s'est contentée d'en retirer les clichés où elle identifiait quelqu'un, les papiers officiels étaient ailleurs, déjà en sa possession depuis sa majorité, le reste n'était que douleur à remuer, vieilles photos sans signification.

– Tu as vu autre chose ?

– Rien que j'aie envie de savoir. Et toi, tes affaires à Francfort ?

– Négocié deux cessions de droits, un bon prix, avec une grosse maison, Munich, Berlin…

À ce moment, la porte d'entrée claque, je relève Clémence, une galopade dans l'escalier et c'est Maxime, une perche à houblon, bouclé brun, un regard bleu et curieux, pas bien franc, trouillard, le côté mal nourri de sa mère, des nippes de gamin sans souci financier, sac au dos bien trop lourd pour ces reins de rossignol. Il n'est même pas étonné, bisou, sur chaque joue, puis se plante devant moi, dix ans et pas d'illusions :

– T'es là ? Tu restes combien ?

– Sais pas. Tant que maman a vraiment besoin de moi.

Il hoche la tête, piétine un peu, regarde Clémence par en dessous :

– Au moins jusqu'à demain ? Je vais dans ma chambre, tu manges ici ?

– Oui. Et j'aimerais voir ton carnet de notes. Je t'ai entendu me dire bonjour en allemand, pas mal…

Maxime se tortille, un peu rigolard, gêné du compliment, ou de la demande :

– Ouais, tout à l'heure… Euh, mon carnet, je sais pas si je l'ai…

– Tu n'avais pas cours cet après-midi ?

– Ben si… Mais la prof de maths est absente…

Et il ressort, un corps monté en graine, une carcasse pas maîtrisée, vers le bagne de ses devoirs. Clémence lui a fourragé les cheveux au passage et ses lèvres tremblent quand elle entend ses pas dans l'escalier de l'étage. Elle se détourne, va vers la cuisine, au fond à gauche, et je la suis, avec ma conversation d'ameublement, qu'elle oublie le vide devant elle :

– Il s'en sort bien au collège ?

– Je ne lui ai rien caché, qu'il ne soit pas surpris si je suis à côté de mes godasses… Du coup, le collège… Fais-nous un café, tu veux…

Elle s'est tassée sur un tabouret de plastique moulé au comptoir du même rouge musée que le reste.

– Je n'ai pas déjeuné… Tu as des œufs ? Je peux nous faire une omelette ?

– Si tu veux…

Rien n'a changé de place, sauf qu'un collant est rangé dans le compartiment à légumes du frigo. Elle se climatise le cul ma Clémence, comme Marilyn, dans le film, là, je me souviens plus du titre, elle y mettait ses petites culottes… Et je fais l'omelette aussi machinalement qu'autrefois, les yeux fermés. Ceux de Clémence regardent au-delà du maigre jardin pelé d'automne.

– Ton fils ne fait rien en classe. Ni ailleurs. Il a laissé tomber la musique et le judo. Traîne avec des gosses à papa, sent la clope certains soirs, sous-traite ses devoirs par mail à des copines bosseuses, m'étonnerait pas qu'il regarde du cul sur le Net… Et je m'en fous.

– Je lui parlerai. Mange.

– Pas faim. Tu vas rester, dis, Florent, tu vas rester ?

Presque implorante.

– Je serai là pour ton intervention. Et Maxime va venir s'installer à Paris, au moins le temps que tu te retapes.

Elle cesse de chipoter la nourriture, me regarde droit, un soupçon d'ironie à ses lèvres, mmm ben voyons… Et je termine mon omelette en silence. Clémence laisse refroidir la sienne, allume une cigarette. Elle a repris les caractères d'imprimerie, les garde au creux de la main comme des gris-gris.

Pendant que je nettoie, vaisselle, un coup d'éponge sur le comptoir, on entend Maxime sortir en coup de vent, même pas le temps de lui demander où il va, et moi j'essaie de faire diversion avec le récit de mon escapade à Francfort, sans Lena évidemment, mais le meurtre, Sandor, Fitz, les contrats, mes impressions de ce pays dont je craignais tout, par préjugé imbécile, où il ne fallait surtout pas aller, nazi un jour nazi toujours, tu te souviens de ce que disait maman, qu'il en restait plein les rues, les assassins d'Anne Frank et de mon père ? Seul problème : papa, s'il avait vécu la guerre, je ne sais pas quel camp il aurait choisi ! Ton grand-père, lui, a été déporté si je me souviens ?

Elle n'en sait rien, conserve cette distance des parents lointains retrouvés brièvement pour une occasion sans joie. Je lui propose d'aller se reposer, je vais me débrouiller, et elle obéit, presque brusquement, comme à l'autorité brutale d'un étranger. Juste, pendant qu'elle monte à sa chambre, elle crie comme si je lui avais parlé de Lena :

– Pas de divorce, faudra attendre que je meure pour te remarier !

Et puis le silence frissonnant de la ville revient. J'attrape mon sac et je gagne la chambre d'amis, au dernier étage, pareille à mon souvenir, les hôtes n'ont pas dû être nombreux. Ou alors ils partageaient le lit de Clémence. J'installe mes affaires, deux temps trois mouvements. Et maintenant ? Cette femme que je connais d'éternité, dont j'ai les jeunes années cousues à la peau, et les deuils et les emballements joyeux, dont est né notre fils, cette femme va mourir et c'est inconcevable, même si je ne l'aime plus. Pas le cœur à lire un manuscrit, ni quoi que ce soit. Quand on s'est mariés, qu'on a quitté la maison de maman à Bondues pour s'installer ici, à peine les belles études finies, on avait des certitudes de bonheur, du définitif dans le tracé du destin. On a eu Maxime, bien dans la ligne, on respectait les prévisions, on était les fruits de 68 et d'une région renaissante réunis. On était magnifiques, exemplaires. On était des héritiers sans mémoire. Qui donc nous a touché l'épaule ? On s'est retournés et on a vu ce qu'on avait négligé au bord du chemin. Clémence a eu envie d'un bel amant avant qu'il ne soit trop tard, moi assez des contrats de brasseries…

Maintenant, puisque le passé ne supporte pas la table rase, maintenant je vais revenir sur les anciens sortilèges, les symptômes qu'on n'a pas osé affronter. Tant que je sais lire. Et je gagne le grenier, pointe des pieds et respiration retenue. En réalité c'est une soupente poussiéreuse où le vent froid chante entre les tuiles et la toile goudronnée. Le lieu de la bonne conscience : on ne jette pas, on entrepose au cas où. Les skis, comme si j'allais encore faire le con sur les pentes, des fringues sous housse, comme si Clémence allait de nouveau être enceinte, qu'elle puisse donner une vie alors qu'elle essaie juste de garder la sienne… Ruser avec le temps, qui y croit? Et puis, parmi les dossiers de cours anciens, nos études respectives, qu'on ne relira jamais, nos reliques rangées dans notre Louvre personnel, le carton Debaisieux. J'ouvre. Doucement je plonge les mains jusqu'au fond, avec la sensation des candides dans les jeux télé ou les lotos de campagne, à qui on demande de tirer au sort un nom, un numéro, et je remonte des cartes postales : celles de Louis et Simone, les grands-parents de Clémence, celles de Jean et Édith, ses parents, des vues surannées en souvenir de vacances à Stella-Plage, Wimereux, des séjours d'un jour, en autocar avec l'amicale Saint-André, et puis, pour la génération suivante, l'Espagne, l'Italie, Saint-Tropez, avec des mots bêtes et émouvants pour dire des joies mortes. Dans le tas surnagent quelques papiers officiels : des diplômes, l'école de plomberie par correspondance, les cahiers de Louis, le bac de Jean, celui d'Édith, le certificat d'études de Simone, pas mal de photos de lointaine parenté sûrement, d'amis oubliés, à la libération de Lille, devant le tir forain d'une ducasse, des autotampons, évidemment aucune avec mes parents… Et puis un document, une carte de Landarbeiter, trempée, séchée, froissée, à peu près illisible, sauf le nom, Louis Debaisieux. Le STO, le travail obligatoire en Allemagne. Le pépé de Clémence n'a pas été déporté, il est allé louer ses bras en Allemagne.

Je descends le carton dans le bureau de Clémence. Un capharnaüm pire que le grenier, rien d'ordonné aux étagères qui couvrent tous les murs, des piles de documents, de papiers, l'ordinateur portable sur la table de travail et des tréteaux qui la prolongent. Près de la fenêtre qui donne sur le boulevard et ses platanes chauves, les processions d'étudiants de la fac catho toute proche, le fauteuil de lecture. Dans un tiroir je trouve une loupe, examine la carte de près… Le nom, la qualité d'ouvrier sont très lisibles, et le reste est vraiment tout estompé, indéchiffrable, sauf deux lettres d'un tampon « BA… ». « Bayern » ? Louis aurait été emmené en Bavière ? Parce qu'à y repenser, « louer » est un terme excessif : Louis a été réquisitionné, fourré dans un wagon et emporté hors de France. « Déporté » convient, déporté du travail, je crois qu'on les appelle ainsi désormais. Il n'a rien décidé. Papa, lui, a décidé de fricoter avec Schleyer, l'ancien nazi devenu patron des patrons. Et puis je me dis, bonne idée, puisqu'elle en a envie, que Clémence prenne le temps à rebrousse-poil, qu'elle tire sur le fil de la vie de ses ancêtres, jusqu'à grand-père Louis, à partir de ces petits bouts d'archives. Je l'aiderai : qui sait si elle ne pourrait pas en faire un livre, écrire une biographie familiale, sans savoir où se situe cette parenthèse… J'aimerais que Clémence en ait le loisir, qu'elle n'ait pas d'horizon horrible. Le mieux est de faire comme si… D'abord ne toucher à rien dans cette boîte, la laisser découvrir, trouver son chemin dans un paysage qui lui fait peur… Demain matin, j'irai visiter maman. Je ferai aussi un saut chez elle, la maison de Bondues, la banlieue chic, golf et tralala, vérifier qu'elle m'a tout donné concernant les Debaisieux et ouvrir les placards, libérer les cadavres. Au moins, s'il est revenu se cacher là, celui que je connais, celui de papa. Après, peut-être j'emmènerai Clémence aux archives départementales, vérifier les listes du STO…

Maintenant je vais m'isoler et tâcher de garder la tête froide. Depuis la chambre d'amis, où j'installe mes affaires, j'appelle Francine, notre médecin généraliste. Qui confirme :

– Autant ne pas te le cacher, que tu puisses t'organiser : après l'intervention, Clémence en a pour trois mois au pire, une bonne année au mieux. Sauf miracle. Je mentionne cette possibilité parce que les statistiques font état de ces exceptions : trente-trois mois, record du monde…

Elle continue de m'expliquer ce qui est atteint, ce qu'on va ôter, les suites, les protocoles de soins… Quand je raccroche, je ne crois plus au Père Noël et j'étranglerai Dieu s'il a les couilles de venir me rencontrer. Il sait où me trouver. Des mots encore, intérieurs, pour tenter de supporter que la mort marche désormais sur nos ombres.

En fin d'après-midi, Clémence nous rejoint, ses yeux sont des lacs obscurs, juste comme je finis d'avertir Maxime qu'il arrête ses conneries. Il mesure l'état de santé de sa mère, que sa vie est en danger ? Alors faire le don Juan à dix ans, ne dis pas non t'as les lèvres mâchucrées d'avoir bisouté une cocotte qui sait même pas embrasser, compter déjà… combien de remarques sur son carnet, dix… ? Douze… Douze, bravo petit con, tes notes dans les matières de base j'en parle pas, je conclus juste qu'après un début de sixième de ce niveau, une fois devenu adulte t'auras intérêt à te faire entretenir parce que le boulot que tu pourras décrocher sans diplômes paiera à peine les clopes que tu commences à fumer ! Il me regarde, son sourire de travers, bien foutage de gueule, et il dit que c'est pas si mal comme avenir. Clémence entre pile pour le voir déguster une torgnole à l'ancienne, ouvrir des yeux putain j'y crois pas à mon connard de père, et filer furibard, des coups de tatane partout. Elle, détourne le regard, attend qu'il soit remonté écouter un ersatz de musique :

– Tu me feras le plaisir d'attendre d'être seul responsable de lui pour le cogner.

– Pour aller vite : attendre ta mort.

– Je vois qu'on s'est compris.

Échange rapide toutes dents dehors, cruel, tout de suite regretté, parce qu'on ne sait pas quoi faire de nos abattis, ni se consoler ni claquer les portes. Clémence a allumé une cigarette. Alors je reviens à nos moutons : j'ai descendu les archives Debaisieux dans le bureau, demain j'irai voir si maman peut m'en dire plus et s'il reste d'autres documents à Bondues. Et je lui parle de cette carte de Landarbeiter qui renvoie au Service du travail obligatoire. Est-ce qu'elle croit utile qu'on creuse un peu le passé de son grand-père sous cet angle ambigu de sa vie ?

– Au contraire, même s'il été collabo, je veux le savoir et que ce soit établi.

– Sans aller jusque-là, ce serait bien de retrouver où il a vécu en Allemagne. La Bavière, je dirais, à vérifier… Marrant d'ailleurs, il faudra sûrement que j'y retourne pour le boulot… Mais faudra chercher ailleurs, le reste c'est des photos, des cartes postales, ça me paraît du domaine familial…

– Jamais fait attention à ces vieilleries, et maintenant, tu vois, je me rends compte, à cause de la maladie, j'ai envie de connaître toute l'histoire, comme si je pouvais en guérir, ne pas mourir de la jeunesse cachée de mon grand-père. Mes parents avant moi en ont fait les frais…

Tant qu'elle y croit… Je propose :

– On regardera ensemble. Parce que mon père a été assassiné à Augsbourg, en Bavière aussi, je me demande pourquoi je te rappelle ce que tu sais…

– Parce que je perds la tête… C'est vrai, c'était plus de trente ans après la fin de la guerre, juste une coïncidence… Mais si tu peux aller enquêter là-bas à l'occasion de tes affaires, profitons de cette autre coïncidence… Oui, j'ai envie que tu me rendes une mémoire neuve, puisque je perds la mienne.

Ensuite, en préparant doucement un dîner de pâtes, une tarte aux pommes, on évoque les amis perdus de vue après mon départ, les messieurs de passage, ses chevaliers du polochon, drôle comme elle s'en moque, ce qu'elle a croqué de liberté à temps avant la foudre. Maxime, moins faraud, vient me montrer son bulletin catastrophique, effectivement il ne peut que faire mieux, le promet. Ensuite j'appelle Zina. Rien de neuf, elle a renvoyé les contrats de traduction signés, averti les auteurs ravis, et elle a repéré un manuscrit intéressant : une fiction où on évalue l'héritage, l'impact d'Action directe, le groupe terroriste français cousin de la RAF et des Brigades rouges italiennes. Le fils d'un des membres fondateurs, Rouillan par exemple, ou Nathalie Ménigon, ce n'est pas décidé, reprend aujourd'hui la lutte, engage des actions contre la SNCF, des palaces, les boutiques de luxe, les villas des nouveaux Russes, tout ce qui représente la mondialisation économique et le fric sans idéologie… Je m'abstiens de lui parler de hasard, que le sort réservé à nos enfants est ce qui m'occupe aujourd'hui, juste que je voudrais rencontrer le monsieur, lui demander un peu plus et le faire signer pour ce roman… C'est une dame. Eh bien qu'elle voie avec cette dame et nos agendas…

Le dîner se passe à peu près sans grimaces, sans parler de malheur, plutôt de littérature. Clémence a d'étranges instants de fixité, d'attention en pointillé, qui terrorisent Maxime. Moi je mentionne « la percée de mes auteurs sur le marché allemand », expression d'économiste au petit pied, mais faut bien alimenter le propos, je pense à Lena. Avant de me mettre au lit je l'appelle, trois sonneries, je raccroche avant qu'elle ne décroche.

Le matin n'a aucune distinction, vraiment un début de jour pouilleux, habillé de lumière en loques, le souffle vicieux, à peine une température de saison, et trempé d'une mauvaise suée. Maxime est au collège, parti à pied, son collège est sur Montebello, pas loin, j'ai laissé Clémence devant le carton Debaisieux, pas complètement sereine, cigarette allumée et mains tremblantes, et moi je retourne vers l'entrée de Lille, le Grand Boulevard qui mène à Roubaix et Tourcoing. Là, à Saint-Maur, dans un parc hors du temps, une immense maison de maître a été transformée en résidence pour vieillards fortunés. Dès le hall d'entrée je suis accueilli par une voix féminine impérieuse, métallique, qui sonne depuis les étages, Georges ! Georges, comme on crie un chien. Maman occupe une chambre au premier, face à un chêne séculaire. Il y a son nom sur la porte que je pousse, Sylvie Vallin. Est-ce qu'elle sera en état de parler avec toute sa tête, voilà ma première inquiétude. D'après les infirmières, elle est plutôt gaillarde, ces temps-ci…

– Bonjour maman !

– Florent ! Pour une surprise…

Elle est dans son fauteuil Voltaire, regarde les arbres du parc secouer leurs branches mouillées comme un voyageur saisi d'averse, enfin parvenu à l'abri. Elle m'a reconnu tout de suite, un bon point… Pimpante, une jolie jupe ample, grise, et un chemisier blanc à jabot, des ballerines vernies, mazette, sa chevelure blanche permanentée, un soupçon de maquillage, son visage régulier à peine ridé, les minces craquelures d'une porcelaine ancienne. Chaque fois j'ai le choc de sa séduction, pourquoi ne s'est-elle pas remariée ? Elle a soixante-quatre ans et le mal inexorable est à l'œuvre derrière la beauté de cette femme resplendissante, comme des termites dans une demeure de charme, la comparaison imbécile me vient, terrible aussi. J'espère qu'elle sera lucide assez longtemps pour mes questions… Deux bises bien sonores, je tire une chaise tout près, que nos mains se touchent si elles ont envie. Et puis d'abord je satisfais au rituel des nouvelles à donner, de mes publications, du séjour à Francfort, de Clémence dont elle ne garde pas le souvenir des visites récentes et dont je conserve la tumeur secrète, de Maxime qui grandit. Francfort, l'Allemagne, elle se corsète, je sens le reproche muet, l'indignation que j'aie pu trahir et me compromettre sur un territoire barbare, alors je lui donne des montants de cessions de droits de traduction faramineux et elle s'adoucit, parfait, je ne fais que toucher les dividendes de l'assassinat de mon père… Maintenant je peux trancher dans le vif, surtout ne pas prendre de gants, qu'elle ouvre grand les portes aux souvenirs anciens, ne pas traîner sur le présent :

– Tu te souviens de Louis, le grand-père de Clémence ? Tu l'as connu, toi ?

– Évidemment ! Je l'ai fréquenté en même temps que j'ai rencontré ton père, vers 1957, et son ami Jean… Ils étaient inséparables, moi mes parents habitaient le Sénégal, alors ici, pendant mes études de droit, Louis, sa femme Simone, c'était ma famille… Il est décédé en 1976, si peu avant son fils Jean début 1977, et ton père juste après, tu penses qu'il m'a marqué ! Il buvait beaucoup c'est vrai, mais partir à cinquante-six ans, il était de vingt, c'est beaucoup trop tôt…. Alors Jean, à trente-deux… ! On ne m'ôtera pas de l'idée qu'il s'est jeté exprès contre ce camion, un coup de déprime ! Ton père évidemment, c'est autre chose… Mais pourquoi tu m'en parles ?

En mentionnant papa, elle a eu un éclair de douleur, un spasme, les mains sur son ventre. Moi je secoue la tête, grand soupir, *flapflapflap* avec les lèvres, les vieux événements maman les garde à l'esprit comme neufs :

– Pour rien. Clémence essaie de rassembler des éléments pour une biographie familiale… Elle commencerait par pépé Louis… De toute façon, elle viendra te poser ses questions… Là je te demande parce que je suis là… Il a fait quoi, Louis Debaisieux ? Parce que, au fond, il avait vingt ans au début de la guerre… Clémence pense qu'il était au STO…

– Première nouvelle ! Il a été déporté dans la région de Dachau, Munich, ça il en parlait souvent…

– Son métier ?

– Ne me dis pas que Clémence a oublié ! Louis était plombier-zingueur, comme son père, mort d'une crise cardiaque en 1962. Et ensuite il a toujours travaillé avec Jean… Ils avaient leurs ateliers au bout de la rue Saint-André dans le vieux Lille… Ce que c'est devenu maintenant tu m'en demandes beaucoup…

Elle a cet air inquiet, les lèvres un peu fripées, à repasser la litanie des choses lointaines, se rendre compte qu'elles ne sont plus, et se heurter à un présent obscur. Je sens qu'elle panique, faut la ramener dans le passé.

– Et les parents de papa ? À l'époque ils étaient où ?

– Ici. Où veux-tu ? Tu les as connus, ils sont morts en 1988 et 1989 ! Dieu merci, dès le milieu des années soixante, quand personne n'y pensait, ils avaient anticipé la disparition du textile dans la région, ils ont bien négocié le virage et ton pauvre père a pu faire fructifier le patrimoine… Malheureusement ses affaires l'ont amené en Allemagne…

Ses yeux se mouillent, j'ai peur que maman ne perde le fil, vite réamorcer la pompe à souvenirs, le terrible engrenage des dates précises, ce labyrinthe du temps où elle se repère mieux que dans la semaine tout juste écoulée :

– C'est parce que Clémence n'avait plus de famille que vous l'avez adoptée début 1977 ?

– Pourquoi cette question, Florent ? Tu vis la réponse depuis des années ! Imagine que Jean et Édith sortent de chez le notaire, fin 1976, ils viennent de régler la succession de Louis et ce camion hollandais… Jean a cru avoir la priorité… Et Clémence se retrouve orpheline toute petite… Sa tante faisait sa vie au Canada, Jean et ton père étaient inséparables depuis le lycée, nous avions des revenus conséquents, cela n'a pas posé de problèmes à la justice… Ton père travaillait pour Daimler-Benz, c'était une garantie d'honorabilité et de solvabilité… Bien sûr, par la suite on a dit que tu épousais ta sœur… Mais pas du même sang, ça l'Église l'a bien compris ! Et voilà que quelques mois après, ton père se fait tuer à son tour, en Allemagne… Tu vois la cruauté du sort…

– Maman, pourquoi tu n'as jamais cherché à savoir ? Pourquoi nous avoir élevés dans la haine de l'Allemagne et avoir accepté que l'enquête s'enlise, qu'on n'ait jamais identifié le meurtrier malgré les procès aux membres de la RAF ?

– Il a fallu que je vous éduque, ta sœur et toi… Mieux valait le profil bas ! L'argent, l'argent, on ne le trouve pas sous le pas d'un cheval !

Elle s'échauffe, polémique toute seule. Je lui prends la main, elle est toute moite, c'est terrible d'interroger sa propre mère comme si elle allait mourir, qu'il faille lui arracher des renseignements *in articulo mortis*, et pourtant je ne peux pas abandonner la piste du STO, pourquoi Louis a tenté de masquer cet épisode de sa vie :

– On s'en est sortis, maman, tu as été admirable… Mais Louis, pendant la guerre…

Elle a encore l'étincelle au fond des yeux, prête à me rabrouer que je la tanne à revenir sur le même point, comment pourrait-elle, et une infirmière passe la tête à la porte, besoin de rien madame Vallin, ah vous avez de la visite, je vous laisse, n'oubliez pas le club mémoire, je passe vous chercher à quatorze heures ! Et c'est fini, maman bascule, ses doigts grattent les accoudoirs du fauteuil, ses yeux s'égarent aux lointains du parc, la dame élégante vire souillon, l'habituée des salons perd contenance, putain, maman c'est plus maman, ni personne ! Elle me regarde avec une frayeur de chaperon rouge, retire ses mains des miennes :

– Monsieur, vous m'avez fait tant de mal !

Une mèche est dérangée à sa coiffure, que je remets en place, et puis j'embrasse cette vieille dame qui gémit de terreur.

À ma sortie, le couloir répercute la voix féminine, étonnamment sensuelle, qui appelle François. François ? Avec de la caresse dans l'allongement des syllabes.

À la maison je retrouve Clémence au bord de la même fosse sans fond, et tourmentée également. Dans la même robe divinatoire qu'hier elle est assise devant le contenu du carton Debaisieux étalé sur son bureau. C'est elle qui me dit :

– Quand il ne savait plus quoi décider, Ulysse a creusé un trou qu'il a rempli du sang d'animaux égorgés et il a attendu que les ombres des morts viennent le boire, mais parmi celles qui ont accouru, il a dû en repousser beaucoup avant qu'arrive celle du devin aveugle Tirésias qu'il attendait. Moi aussi je suis devant un abîme et je guette dans toutes ces photos une ombre qui me guide. Mais je suis incapable de la reconnaître… Comment va maman Sylvie ?

– Mieux quand je ne suis pas là, j'imagine. Et toi ?

Je m'assieds à son côté examiner les clichés qu'elle a triés. Elle pousse vers moi un premier petit tas :

– Sauf contrordre je passe sur le billard le 2 novembre. Tu peux rester ?

– Il faut que je sois à Paris après-demain matin : réunion de représentants. Mais je reviendrai…

Elle fait mmm, rien de plus, elle s'y attendait, on est séparés de corps et de biens, elle le sait. Je regarde les images à bord dentelé, en noir et blanc, les plus vieilles couleur sépia.

– … Comment tu les as classées… ?

– J'essaie à la fois par sujet et par période. Tu tiens la partie plomberie zinguerie, ou zingage… La partie Zola !

Je lève un sourcil, qu'est-ce qu'il vient faire Zola là-dedans ?

– Ben oui ! Coupeau, le mari de Gervaise dans *L'Assommoir* est ouvrier zingueur… Il picole et finit par tomber du toit. Tu dois en trouver une… Tiens, la voilà… C'est pris avant guerre tout en haut d'une maison, vers la rue de Paris je dirais, on voit le nouveau beffroi derrière… Regarde ces deux couvreurs en équilibre sur le faîte, chacun un litre de rouge en main, c'est pas du Zola ?

– Si. Sauf qu'ils ne s'appellent pas Coupeau. Les noms sont au dos : Charles Vanden… brel… brelle ? Quelque chose comme ça… Et Adolphe Petit… Tu crois qu'ils vivent encore ?

Ils portent casquette, veste et pantalon de toile, l'un a une moustache mince, l'autre un nez de boxeur, ils auraient l'air de quoi aujourd'hui, à quatre-vingt-dix ans, plus peut-être ?

– Pas impossible. Ils sont jeunes, l'image est de bonne qualité, sûrement prise par mon grand-père Louis, sinon il serait dessus avec ses ouvriers. Donc je dirais très près de 1940. Sinon, après 1945, on verrait les traces de bombardements sur les immeubles autour…

– Élémentaire mon cher Watson !

– Rigole tant que tu veux ! Bientôt je serai incapable de tout raisonnement… En fait j'en ai rien à foutre de Louis Debaisieux, ni des vieilles tragédies de ma famille, oh là là, ni de ces reliques, je m'accroche seulement à ce qui dépasse, à de la mémoire pétrifiée, pour pas dévisser, pas encore, avoir l'illusion de vivre ! S'il me restait que ça à faire pour me sentir le cœur battant, je courrais bien à poil dans la rue en gueulant ton prénom !

Elle hurle et l'instant suivant elle hoquette, à deux doigts du sanglot, Francine m'a prévenu du possible comportement cyclothymique, en montagnes russes, il faut retourner au calme en douceur, ne pas épiloguer à la crise. Pas un mot plus haut que l'autre :

– Sans rire, cherchons si Charles ou Adolphe figurent ailleurs… On pourra peut-être retrouver leur trace par d'autres clichés… Sinon on verra les fichiers de la chambre de commerce, l'état civil…

Et on exhume des parties de campagne ensoleillées sur les berges de la Deûle, des processions, des communions, des sorties de messe, pas mal de cérémonies bondieusardes photographiées, de fières autos aussi, « L'Hotchkiss à monsieur Delambre » c'est écrit derrière, et puis un repas d'hommes dans un estaminet, la saint-Éloi 1938 dit un calicot au-dessus de la table de banquet, notre boxeur lève une chope, il a les yeux clairs et un col amidonné, des bretelles et se tourne à moitié vers l'objectif. Moustache n'est pas là. Encore une fois, Louis doit prendre la photo. Comme toutes les autres que Clémence a classées dans cette section où il ne figure pas. Je le reconnaîtrais puisqu'elle a épinglé devant sa table celle du mariage avec Simone, en 1946, lui tout maigre dans son croisé sombre, coiffé brillantiné, une tête de vedette du muet, elle, brunette pas mal charnue, en satin blanc, drapé si serré qu'on lui voit pointer le téton à travers, un diadème de fausses perles comme une couronne mortuaire et une traîne enroulée autour de ses hanches jusqu'au bas de ses jambes, qu'elle pourrait pas faire un pas si le feu prenait à ses dentelles. Non, il n'est nulle part. En revanche, à y regarder à deux fois, on retrouve Moustache devant la gare de Lille, jour de mobilisation, qui embrasse une blonde crantée. Le boxeur, et c'est beaucoup plus intéressant, Clémence l'aurait remarqué si elle pouvait maintenir son attention, le boxeur est sur deux clichés : l'un où il pose avec une sorte d'alambic, sur le trottoir d'une rue pavée, devant la porte cochère des établissements « Debaisieux et fils. Plomberie. Zinguerie. Couverture ». Rue Saint-André donc. Au 42. Sur la droite on voit un morceau de fenêtre de la maison mitoyenne, garnie d'un demi-rideau de coton. Un autre cliché montre un vieux couple assis sur des chaises, en façade d'une maison dont la fenêtre a le même demi-rideau. Debout entre les deux vieux, le boxeur sourit. Sur la vitre de l'imposte, au-dessus de la porte un numéro peint : 44. Le boxeur était le voisin de son patron, et de son fils ! Je repose ma question :

– Est-ce qu'il vit encore, Adolphe, ou Charles ? Au même endroit, soixante-dix ans plus tard ? Tu veux qu'on y aille voir ? Ensuite on grignote un truc où tu veux et on rentre, que tu ne sois pas trop fatiguée, et il faut aussi que je prépare les argumentaires pour la réunion de représentants…

Pas qu'elle soit transportée de joie mais mon programme va lui remplir un peu une journée où elle a déjà épuisé son capital d'énergie, Clémence le sait, alors elle soupire, jette un coup d'œil à des cartes postales pas encore triées, à la carte de Landarbeiter qu'elle a fixée à sa lampe d'architecte par un magnet, et elle descend. Son trench mastic, elle relève le col, pas de sac à main, son portable, et elle est prête. Moi aussi.

Dehors le temps n'a pas changé. Chagrin. J'opère un U-turn devant la fac catho, remonte Vauban, rue Basse, de la Barre, en quelques minutes on ralentit dans le secteur des numéros 40 de la rue Saint-André. Clémence n'a pas dit un mot. Là, elle se penche, tâche de compter, ses cernes lui donnent l'air mourant d'une victime de vampire. Pas facile de s'y reconnaître avec la colonisation de ce quartier autrefois populaire. La façade du 42 a été ravalée, la porte cochère est repeinte, munie d'une ouverture automatique, ce n'est plus une entreprise. Le 44 mitoyen a été sablé également, les briques nettoyées, les joints refaits au mortier blanc. Et par miracle je peux me garer devant!

Au premier coup de sonnette une petite dame nous ouvre. Pas loin de soixante-dix, avec un tablier d'autrefois, à carreaux, et des frisoutis de coiffeuse de quartier, une Lilloise au visage de paroissienne, sourire charitable, accent dru.

– Oui bonjour c'est pour quoi?

Le tout en un seul mot gourmand.

– Auriez-vous le souvenir des gens qui habitaient ici avant-guerre quand c'était encore la plomberie Debaisieux à côté? Le fils devait s'appeler Charles ou Adolphe…

Elle a plissé les lèvres, du plaisir de surprendre :

– Charles. Vous voulez lui parler? Je suis sa fille, Thérèse Vandenberghe. Il boit son café dans la cuisine… Entrez donc… Je vous ai devinée à l'air de famille… Comme ça, vous vous êtes la fille à Jean, la petite-fille à Louis… Clémence.

Et comme ça, elle prend Clémence par les bras, se dresse sur la pointe des pieds et l'embrasse. Et comme ça on se retrouve dans une petite cuisine carrelée de blanc, avec un poêle en fonte récuré à se mirer dedans et une cafetière émaillée dessus, une frise de pampre violet et de feuilles de vigne bien vertes à ras du plafond. Les antiquaires donneraient des fortunes pour ce genre de faïence. Une vague odeur aigrelette de chou traînasse dans la lumière vague. Charles a épaissi, en gilet de laine gris tricoté, le cheveu rare et blanc, toujours le nez d'un boxeur, les oreilles décollées et l'œil encore vif, semble-t-il, dans son fauteuil d'osier tressé. Il trempe un sucre dans une jatte de café, le met dans sa bouche et boit à petites lichées avant de répondre à Thérèse qui nous présente et nous fait asseoir sur des chaises paillées autour de la table en formica pistache. Clairement, pour Charles ce genre de plaisir prime sur tout le reste, désormais. Seul le nom de Debaisieux a interrompu une demi-seconde son rituel. Il parle à petits coups, comme il boit, d'une voix voilée :

– De 1934 à 1976 j'ai travaillé chez Debaisieux père et fils. Et mes parents ont emménagé ici en 1919! Après 1976, que monsieur Jean est mort et sa femme, tes parents à toi, mes patrons, j'ai été travailler à Fives, jusqu'en 1985, que j'ai eu ma pension... T'es revenue voir les endroits de dans le temps de ta famille? Moi tu m'as pas connu...

Je sens qu'il faut prendre les choses en main avant qu'on ne s'égare dans les évocations de carrière et la nostalgie de quartier, sans brusquer mais rigoureusement :

– Monsieur Charles, Clémence a retrouvé une carte du STO au nom de son grand-père Louis... Il serait parti travailler en Allemagne?

Thérèse relève le nez des jattes à gros bord qu'elle pose devant nous, regarde son père et soupire en silence. Et lui, son œil sur sa fille est noir :

– Ben, pas seulement que lui. Moi aussi, et des copains... Mais à la Libération, qu'on est revenus de là-bas, on a été un peu déméprisés, comme si qu'on avait collaboré avec les frisés. Ça fait qu'on n'a pas crié sur les toits nos histoires... Et aujourd'hui, à force de me taire, d'avoir peur de lâcher un mot de trop, ma mémoire elle est comme mes vieilles jambes, elle berloque.

Clémence a les mains agrippées au bord de la table, la voix blanche et un rire sarcastique :

– Je sais ce que c'est une mémoire branlante… Racontez ce qui vous revient, comment vous avez été réquisitionnés, comment c'était là-bas… En souvenir de Louis, s'il vous plaît…

Thérèse finit de servir le café, s'assied aussi et pose son regard sur Charles, un battement de cils, et bon, il respire en grand :

– On a été volontaires pour le STO. Un dimanche, en mars 1943, les décrets étaient sortis en février, on décide d'aller écouter la messe à Saint-Martin, à Roubaix. Parce que c'était pas long avant Pâques et qu'elle était célébrée par le cardinal Liénard. Achille Liénard… Une occasion à pas rater, on avait une éducation de bons chrétiens, voyez ? On met son beau costume et nous vlà partis, en tram, le Mongy, jusqu'à la grand-place, juste devant Saint-Martin… La foule, vous pouvez pas imaginer ! Des ouvriers textiles beaucoup, et des patrons en familles. Des Allemands aussi, des officiers, la casquette sous le bras, et les bottes bien cirées, j'ai encore dans l'oreille qu'elles claquaient sur les dalles de l'église… Bon, la messe… Une belle messe… Et Mgr Liénard qui monte en chaire… Moi et ton grand-père Louis on n'en perdait pas une broque, qu'est-ce qu'il parlait bien c't'homme-là ! Et il parle du STO et il dit qu'il faut y aller, avec des prêtres catholiques, nous on comprend ça, et si on n'y va pas c'est pas un péché… À la sortie on s'est regardés, et on a même pas eu besoin de causer, on pensait que des prisonniers reviendraient si on allait ouvrer là-bas, on a devancé l'appel, toute façon on était de 1920, on aurait été requis ! On est allés à la direction départementale du STO s'inscrire… Faut pas oublier, nous ici on était en zone rattachée à Bruxelles… Et le plus drôle : on a reçu nos avis de mutation là, juste au 42, chez l'employeur, le père de Louis, en même temps que la convocation individuelle, moi au 44, lui à la même adresse !

Il s'est arrêté net :

– Non. Pas Louis. Il s'était pas déclaré plombier-zingueur... À la dernière minute, pour rigoler, il a mis : ouvrier agricole. Et c'est son oncle, il avait une ferme à Wambrechies où que Louis allait des fois donner un coup de main, qui a reçu l'avis de mutation...

Je laisse Clémence continuer l'interrogatoire, tant que Charles a du souffle et pas trop de honte :

– Donc vous n'avez pas eu la même affectation en Allemagne ?

– Non. Moi j'étais chez Messerschmitt, les avions, à Augsbourg, je faisais des soudures. J'étais basé au camp de Pfersee... Les femmes dépendaient de Dachau et travaillaient à l'usine Michel, de la construction mécanique... On était au courant, on rêvait, on les voyait jamais... Lui, Louis, je sais pas...

– À votre retour, en 1945, vous vous êtes raconté ces deux ans, non ?

– Pas tant que ça... Il s'est tout de suite marié avec Simone, il a plus eu la vie de garçon, une fois il a parlé d'une ferme, forcément dans le secteur, entre Augsbourg et Munich, ou Stuttgart, qu'il s'était planqué, il y habitait, bien traité, colis et courrier autorisés, j'ai pas su grand-chose d'autre.... Le voyage on l'avait fait ensemble, quand même, trois jours de train, avec des arrêts longs... On était avec les requis, ceux qui avaient été raflés pour partir, et on a vite compris qu'il fallait pas dire que nous deux Louis on était des volontaires... Louis a dit qu'il avait caché son vrai métier de plombier exprès pour pas aider les boches, que moi j'avais pas pu rapport à ce que j'étais salarié et lui patron, on nous a plus posé de questions… Une fois là-bas, à Augsbourg, on a été séparés et on s'est revus ici, en 1945… J'avais perdu vingt kilos et lui aucun… Faisait pas bon avoir été collabo, et on nous mettait dans le même sac, ou pas loin, des femmes tondues on en voyait encore, même que Lille avait été libérée début septembre 1944… Alors on s'est cousu la bouche, même entre nous, que rien nous échappe jamais qui nous ferait tort… Faut comprendre : on croyait en Dieu, on avait cru lui obéir, on n'avait pas vu que le STO et les camps c'était la preuve qu'il existait pas !

Charles a pris un sucre dans le kilo entamé et ouvert sur la table, l'a trempé dans son café et l'a posé sur sa langue. Est-ce qu'il a conscience de pleurer en silence ? Nous on se lève, au revoir monsieur Charles, merci de votre courage, et sur le seuil, Thérèse hésite à nous serrer la main, Clémence se penche l'embrasser. Moi je me dis que tout ce coin de Bavière c'est la région où papa est mort, celle de Lena aussi, aucun rapport, je n'en suis pas plus avancé, sinon qu'elle me manque, que la présence de Clémence malade me fout une culpabilité injustifiée et que par ce putain de crachin on est tous des assassins, au moins des types à savater les poubelles de vieilles personnes, et merde, pourquoi on va rechercher tout au fond ce qui va nous empêcher d'être heureux ? Parce qu'on a envie de dignité, d'accord.

À peine j'ai redémarré, Clémence pose sa main sur la mienne, le levier de vitesse, on voit courir le sang bleu sous la peau :

– Il faudrait retrouver de la correspondance… Le courrier expédié d'Allemagne par mon grand-père, au moins une lettre avec un cachet, mieux : une qu'il a reçue là-bas avec l'adresse…

Tu crois qu'il a pu en rapporter après sa libération, il devait avoir d'autres priorités…

– À moins qu'il ne les ait gardées en souvenir… Chez maman, à Bondues. Je ne vois que là… Si ce type de documents existe et n'a pas été jeté à la mort de tes grands-parents, ou à celle de tes parents quand leurs biens ont été vendus, donnés, dispersés… Parce que maman et l'Allemagne c'est pas le pardon et l'oubli, m'étonnerait qu'elle ait fait le ménage même si elle faisait des crises à voir Mitterrand et Kohl main dans la main… Tu veux qu'on y passe ou tu es fatiguée ? Je comptais y faire un saut tout à l'heure. Tu as faim ?

– Allons-y. Vite. Parce que tu vois, si je cherche à me représenter le trajet, à cet instant j'en suis incapable… Et j'ai peur…

Pas un mot pendant la traversée de La Madeleine qui prolonge Lille vers le nord, et les quelques kilomètres jusqu'à la maison de maman, ouverte sur le golf de Bondues. Une belle demeure flamande, briques peintes en blanc et volets verts, un L ouvert large, à chiens assis, très vaste, où Clémence et moi avons passé une jeunesse à fantômes, heureuse toutefois, ne mentons pas. Le jardin est assez hirsute, Clémence doit oublier de convoquer une entreprise depuis quelque temps. Mais la clé est toujours dans le nain Simplet, offert pour la fête des Mères.

Dedans, le froid humide nous saisit, et l'impression de lieu hanté de spectres : tout est enseveli sous des draps blancs, la réserve de maman, si jamais les fabriques de draps ferment, nous on peut dormir des siècles… À son départ d'ici, Clémence s'en est servi comme linceul des meubles. Même décor dans le bureau de papa, devenu le domaine de maman tout au bout du rez-de-chaussée. Elle fermait à clé, interdiction d'y aller. Nos lectures on les choisissait dans la bibliothèque du salon. Pas négociable. On rétablit l'électricité, retire les housses et c'est à serrer la gorge, le fauteuil, la table, les rangements bas qu'on découvre, exactement comme avant, pareils, et, Clémence je ne sais pas, mais moi, face à tous ces tiroirs, ces classeurs, je suis Howard Carter devant la tombe de Toutankhamon, cette sensation de sacrilège imminent mais qu'on ne peut agir autrement. Clémence s'assied derrière la table de travail :

– Comment on procède ?

– À la sauvage. On sort les documents, on vérifie au fur et à mesure et on ne range pas, on entasse dans le vestibule pour ne pas mélanger ni examiner deux fois. Connaissant papa et maman, même l'inavouable est répertorié, étiqueté…

Clémence a un frisson, tend le bras et c'est parti, elle ouvre un premier tiroir… Moi j'attaque l'armoire professionnelle de papa. La correspondance officielle avec Daimler-Benz, celle amicale avec Hans-Martin Schleyer ou ses collaborateurs proches, les financiers et entrepreneurs avec qui il était en affaires… Tout est rangé par rubriques et par années, rigoureusement, en cartons ou classeurs étiquetés : « Véhicules utilitaires. Prévisions de ventes. 71 ». La plupart sont vides, aucun bilan, pas de chiffres. Un tri a déjà été opéré par maman qui n'a laissé que quelques cartes de vœux, un joyeux *Weihnachten* et une bonne *neues Jahr* ! La carrière de papa, mort à trente-deux ans, a été très brève… Mais quelle réussite tragique ! À peine dix ans, moins que l'âge de Maxime, il a fricoté dans une demi-obscurité avec les margoulins allemands et vraisemblablement il a payé sa fortune rapide, sa résistible ascension, de sa vie. La RAF n'a pas raté ce symbole du second cercle de l'impérialisme économique mondial…

Clémence est tombée sur d'anciens relevés bancaires, d'avant la mort de papa, qui lui donnent le tournis. Évidemment tous ces comptes au grand jour ont fait l'objet d'une liquidation d'héritage au profit de maman, selon une clause de donation « au dernier vivant tout tenant », avant que je n'hérite moi, à la mort de maman qui a fait fructifier l'ensemble mieux que quiconque. Elle est peut-être plus riche que ne l'était papa. Ses comptes actuels, y compris celui à la banque du canton de Vaud, ses avoirs, les maisons et appartements, sa participation majoritaire aux éditions En Colère, ses revenus et dépenses, je gère tout avec des procurations en bonne et due forme. Clémence lit des montants de dépôts qui la font hurler de stupeur, les sommes que cela ferait aujourd'hui ! À ouvrir des dossiers vides, parcourir des documents obsolètes, j'ai l'impression d'exhumer un cercueil sans corps, de chercher les traces de quelqu'un qui n'a pas existé, d'entrer dans l'univers aboli d'un personnage littéraire, mon père. Rien pour l'instant n'intéresse la succession Debaisieux dont il s'est occupé au titre de père adoptif de Clémence. Parce que Jean, artisan bien connu sur la place, successeur de Louis, ça devait en faire de la paperasse ! Maman aurait épuré aussi, juste gardé les titres de propriété, jusqu'à ce que Clémence vende à sa majorité, et tout balancé à ce moment-là, ne gardant que le dossier Debaisieux qu'elle nous a transmis, dont elle s'est débarrassée, en y laissant par mégarde la carte du STO ? Possible. Maman aime ce qui est net. L'amputation, la chirurgie sont toujours préférables à toute thérapie douce. Chez elle, dès la mort de papa, l'oubli a été instantané et définitif. Comme si déjà elle s'essayait à sa future maladie. Hors sa germanophobie qui n'a jamais faibli. Elle n'a écarté aucun de ses griefs contre le peuple allemand. Ce qui est paradoxal vu l'origine de la fortune de papa. Ou bien elle considère cette situation comme une revanche, le paiement d'un dommage de guerre.

Je n'ai pas encore épuisé mon armoire au contenu creux, disparu, quand Clémence reclaque les tiroirs du bureau, va entasser violemment des liasses dans le vestibule, ça c'est fait, et vient se planter devant l'autre armoire, celle des papiers de famille, tout le côté domestique d'une vie, factures, impôts… Je la sens exaspérée, marre d'être là, elle ne parvient plus à s'acquitter longtemps d'une tâche, elle a perdu la patience et j'en ai la chair de poule. Son examen des étagères est rapide puisque l'essentiel des titres de propriété, livrets et autres qui étaient entreposés là sont désormais chez moi à Paris. Elle sort des cartons, les secoue, rien dedans, jette par-dessus son épaule. Juste, comme j'ai fini de mon côté et la rejoins, elle termine une rangée, prête à balancer déjà le dernier carton un peu carambolé par les autres, en retrait, lit l'inscription au feutre : « Succession Debaisieux ». Elle ouvre. Dedans il y a des chemises jaunes, à l'en-tête d'un office notarial, maîtres Phalempin, Phalempin et Morel, boulevard de la Liberté à Lille, avec des bordereaux de pièces, mais aucune de ces pièces. La plupart je peux faire coïncider leur mention avec ce qu'elles sont devenues au moment de la liquidation de succession définitive à la majorité de Clémence, en 1992. Clémence qui me tend les feuillets, l'air crevé, pas sûr qu'elle soit encore capable de déchiffrer, je lis tout haut, tu tiens le coup ? Tant que c'est bon, je le dis, c'est bon, et je continue. Mais il y a une chemise marquée « Allemagne 1943/1945 ». Et d'un coup je m'aperçois qu'il ne s'agit pas en premier lieu de la succession de Jean et Édith Debaisieux, née Le Guen, envers leur fille unique Clémence qui n'est mentionnée que par la nomination de Gérard Vallin, mon père, comme exécuteur testamentaire en cas de malheur, mais bien de celle de Louis et Simone Debaisieux, née Hoste, envers leur fils Jean ! Les deux se sont confondues presque immédiatement parce que les parents de Clémence sortaient de l'étude du notaire, peu après le décès de Louis, quand le camion les a écharpés. Sur le bordereau récapitulatif des pièces de cette chemise je repère des mentions qui indiquent que Louis a tenu à officialiser après sa mort ces deux années allemandes : Cinq photos STO Allemagne. Douze lettres. La carte de Landarbeiter est également répertoriée, ainsi que l'avis de mutation adressé en avril 1943 au dernier employeur, la convocation de début mai, même année, au lieu de rassemblement avant départ pour l'Allemagne, et, étrangement, « treize feuillets manuscrits, signés de la main de M. Louis Debaisieux, contresignés en notre présence ». C'est quoi ce roman ? En quoi doit-il figurer au bilan d'une succession ? Et surtout, il est où ? Jamais maman ne l'a mentionné, je ne l'ai jamais vu, et toi Clémence ? Et tout le reste, c'est passé où ? Clémence ne sait pas, elle ne sait pas, son ton monte, elle pose les mains sur sa tête, elle ne peut plus rester ici, est-ce que je ne vois pas que ses années de bonheur s'y sont écoulées, qu'elle n'y retournera plus, qu'elle est venue dire au revoir à la vie et que déjà ses parents, ses grands-parents viennent de l'accueillir, ils lui ont montré les papiers de décès, comme si elle était déjà morte, qu'ils la cooptaient au paradis ! On fout le camp, Florent !

Le temps de couper l'électricité, de boucler la maison, la clé dans Simplet, je jette le dossier « Succession Debaisieux » sur la banquette arrière de mon auto, Clémence est déjà installée à la place du passager, livide et frigorifiée.

– Est-ce que tu as le courage de passer voir ce notaire, Morel ou Phalempin ? Ou bien tu veux que je te dépose d'abord, ou tu veux manger ?

– Notaire. J'ai pas faim…

Bien. On repart, comme des qui vont affronter le Jugement dernier bardés d'indulgences, et sûrs d'être envoyés en enfer.

À l'étude Phalempin, Phalempin et Morel, la chance nous sourit : j'essaie d'amadouer la demoiselle de la réception, une galeuse à poil triste, j'explique, je montre des papiers d'identité, quand maître Phalempin, Pierre-Henri, le père, revient de déjeuner. On se présente, il s'enquiert, parfaitement, il se souvient de cette tragédie, première semaine que son propre père l'associait aux affaires, maintenant c'est lui qui a associé son fils Hubert, *sic transit tempus*, Morel est décédé d'ailleurs, c'est désormais Phalempin, Phalempin et Phalempin, sa belle-fille Maud, oui donc, la succession Debaisieux, et si nous passions dans mon bureau ?

On le suit, portes capitonnées, meubles Empire, odeurs de salon de coiffure, et lui, renard argenté, la gueule d'un acteur de sitcom, habillé cher, désinvolte et raide, un fruit sec parfumé au sent-bon. Pierre-Henri nous fait asseoir sur des fauteuils assortis et Clémence le fixe comme si elle allait le bouffer, il m'écoute, les mains sous le menton, avec des mmm de gorge, et l'air de ne rien comprendre. Même quand on lui montre les bordereaux, les chemises à en-tête de l'étude…

– Donc, ces pièces vous manquent… Pour quelle utilisation, si je peux me permettre ?

Clémence se penche à peine, presque transparente, un souvenir de femme :

– On va m'enlever une partie du cerveau et il y a des chances que je ne sache plus jamais si je suis vivante ou morte. Avant, je voudrais juste savoir pourquoi mon grand-père nous a caché une période de sa vie. Il en avait honte ? Et pourquoi il voulait que son fils l'apprenne quand même après sa mort…

Pierre-Henri, pas si mauvais bougre, prend son masque grave de circonstance, et toujours élégant, avec de la lenteur de gestes, du soupir incoercible, c'est plus noble. Les notaires font ça parfaitement, comme du chagrin, de la compassion matérialisée. Il refeuillette le dossier, vérifie les cotes, parle sur une ligne intérieure, repointe les bordereaux au stylomine, ouiiiii, ouiiii…

– Ces feuillets ont été remis à Gérard Vallin, votre beau-père et père adoptif, exécuteur testamentaire désigné *in extremis* par votre père, avec tout le reste de sa succession… Rien n'est demeuré à l'étude sinon les expéditions concernant les actes de propriété. Ces feuillets qui ne constituaient pas un testament, sinon ils auraient été enregistrés comme tels, nous n'en avons aucune trace, pas plus que du reste des objets personnels dont M. Gérard Vallin a disposé après le décès de vos parents… Cela dit, je vous l'accorde, pour que ces feuillets figurent à l'énoncé du legs, Louis Debaisieux devait vraiment tenir à voir son fils en prendre connaissance… Peut-être le récit de sa captivité, j'ai souvent vu le cas de cette transmission voulue post mortem… Un hasard malheureux a fait que son fils Jean n'a pas pu tenir compte de cette lecture…

Il penche la tête vers moi, très décent dans le deuil partagé :

– … J'ai cru comprendre, puisque vous êtes en quête de ce document, que votre père, M. Vallin, n'a pas eu le loisir de vous le transmettre avant…

– D'être assassiné en Allemagne, exactement, maître.

Sitôt à la maison, Clémence retourne à son bureau, allume une cigarette, enfin, se penche sur le puzzle en désordre des souvenirs muets, fatiguée, une fine suée aux tempes, déterminée pourtant, un roseau fragile mais incassable :

– Maintenant Florent il faut me promettre d'aller au bout. Que je meure sans connaître la vérité, j'en serai chiffonnée si je reste consciente, ce qui m'étonnerait. Mais je veux être sûre que tu prendras le relais, que Maxime sache. Et même si ce n'est rien, des radotages de vieux qui raconte sa petite guerre de petit pétainiste, rédige un journal pour tenir le coup parce qu'il se rend compte qu'il s'est fait avoir par la propagande de Vichy… Je pense tout haut, Florent, et toi tu penses quoi ? Faut aller aux archives, ou en Allemagne, sur le terrain, ou les deux, ils ont aussi ouvert des archives là-bas… Et la solution y est si elle n'est pas ici ! Promets, Florent, promets ! Selon maman Sylvie, la seule vivante à l'avoir connu, mon grand-père n'a jamais rien réclamé, pas de pension, donc personne n'est allé vérifier nulle part sa qualité de déporté… Et aujourd'hui, cette carte du STO, le témoignage de Charles Vandenberghe, le notaire, je n'ai plus aucune certitude sinon qu'une sorte de gouffre vient de s'ouvrir dans le passé, et que je suis au bord…

– Bien sûr. Tu peux compter sur moi. Je fais des pâtes à la carbonara ?

Distrait comme je ne devrais pas. Clémence se regarde partir et Lena me revient au cœur, la violence de son corps, et cette idée imbécile de jouer les amoureux courtois, pas se voir un an durant, perversion ! Si je vais en Bavière enquêter, je peux provoquer le hasard, ça ne rompt pas notre contrat… Après tout, je cherche un manuscrit… Qu'est-ce que papa a pu foutre des documents qui lui ont été remis par le notaire ? Et là, d'un coup, une hypothèse surgit : et si mon père était mort à cause de cette poignée de feuillets qui ont disparu ? Parce que ce qui n'est plus ici à Lille, il l'avait avec lui au moment de sa mort. Or, de mémoire, ses bagages ne contenaient rien de la succession Debaisieux !

Quand même, je prends le temps d'appeler maman, on ne sait jamais, si elle est de retour dans la réalité, loin de ses mirages. Là, elle est entre deux mondes, a oublié ma visite de ce matin mais affirme qu'on lui a rendu toutes les affaires que papa avait dans sa voiture à sa mort, elle a tout rangé soigneusement, argent, papiers et vêtements. À moins que les Allemands n'aient volé des choses, avec eux on ne sait jamais… Et brutalement elle change de voix, devient craintive et pleine d'attente :

– Qui est à l'appareil ? C'est toi, Jean ? Oh Jean, j'ai une bien triste nouvelle : mon Gérard…

Je l'entends commencer à sangloter doucement et je raccroche. Maman a quitté le temps.

Le soir, après avoir appelé Zina, je rentre directement demain rue de Tournon pour la réunion, sans passer au bureau, elle m'y rejoint avec le matériel, je prends Maxime à part, faut qu'il soit un grand garçon désormais, et qu'il envisage de venir vivre avec moi à Paris si la santé de maman… Le voir sidéré que ce soit si grave, est-ce qu'elle va vraiment mourir, je vais faire des efforts en classe, de mon mieux, qu'il me tombe au creux de l'épaule, chiale, j'en suis aussi retourné. Je pense aux filles d'Hermann, quel âge elles ont, est-ce qu'elles ont digéré la mort du père ? Moi j'étais trop petit, Clémence pareil, on n'a pas réalisé vraiment, pas été scandalisés en tout cas… Est-ce que le spectacle du monde est supportable après la disparition d'un proche ? Non, le monde en ordre de marche est une offense, un outrage à sa disparition, il devrait se dérégler, battre la breloque, un chien, un cheval, un rat sont en vie et toi plus un souffle, je pense au roi Lear sur le cadavre de sa fille Cordélia et je pleure avec mon gamin.

Et puis quand Maxime est au lit, je prends soin de Clémence. Elle a des accès, me reproche de partir tôt demain, c'est pas pour le travail, mais ma pute de l'Est me réclame, Zina, elle est ordurière, se vante de baises sauvages avec des inconnus, arrache la nappe et envoie la vaisselle au diable, et le fracas retentit tellement à l'intérieur d'elle qu'elle s'effondre, se blottit contre moi, me demande de promettre à nouveau, oui je ferai la lumière sur Louis Debaisieux, les archives, les documents confiés à mon père, je chercherai partout, elle me mange de baisers, laisse filer les larmes, voudrait qu'on fasse l'amour, pose mes mains sur ses seins, gémit, et je peux pas, je peux pas Clémence... De mon désarroi elle perd toute vitalité, s'abandonne... Et je la porte dormir dans sa chambre comme un grand sac mouillé.

Avant le petit jour je suis en route avec l'impression verlainienne que nos pleurs à tous, hier soir, n'ont pas eu le temps de sécher sur la ville. Mocherie de temps, files de camions, j'arrive juste pour le début de la réunion de représentants rue de Tournon avec une humeur d'auguste triste. Ils sont une vingtaine dans une petite salle sombre, d'anciens portraits d'écrivains disparus aux murs, et chaque fois j'ai une conscience aiguë que Gérard Philipe est mort à l'étage, presque pile au-dessus de la longue table encombrée de synopsis et de biographies des auteurs bientôt publiés. Voilà, écrire c'est se souvenir de ça et apprendre à le faire, un *memento mori*, un *disce mori*. Une longue vanité. On fume, on boit des cafés, certains raclent les miettes de viennoiseries, les font tomber dans leur paume et ne savent plus où les mettre, alors, mine de rien, ils les laissent tomber sur le plancher et se frottent les mains discrètement. Zina a apporté tout notre matériel pour les offices de janvier et, après les salutations, les retrouvailles souriantes avec les représentants de province, quelques questions sur la Buchmesse, les blagues que j'y aurais commis un double crime, pendant qu'elle distribue les dossiers, je fais l'article pour nos publications. Un roman noir en particulier, *Épaves*, écrit par un jeune type, raconte comment chaque dix ans, vers Manosque, on assèche la Durance canalisée pour en curer le lit bétonné. Et on le trouve plein d'épaves de voitures, de motos déclarées volées, en réalité balancées là pour escroquer l'assurance. Forcément les enquêteurs des compagnies se pressent sur place. Dont le narrateur du livre. Or, cette année, dans une carcasse qui vient au jour quand l'eau s'est retirée, il y a le cadavre d'une femme. Celle de notre homme… Juste devant le centre de recherche sur l'énergie nucléaire de Cadarache… L'autre roman, j'en parle, ils écoutent à peine, discutent déjà si *Épaves* est noir, d'espionnage, polar, quand est-ce qu'on peut le lire ? Zina fournira des épreuves non corrigées dans la semaine. Bon, et donc, ça, le deuxième roman, ah oui, le suicide d'un prof, remarque, bien écrit, la mode de se supprimer a déteint de France Télécom, il y a un lectorat c'est sûr, on pourrait pas mettre un bandeau, « l'administration en accusation », un truc du genre ? Un poil d'humour funèbre, on reprend des cafés, ils griffouillent quelques notes, nos commis voyageurs du livre, je sais qu'ils font partie des derniers grognards de la culture, les soutiers, les pelleteurs de charbon, jamais en famille, plus proches des personnages de romans que de leurs gosses. Je suis content de leur serrer vraiment la main, aucun ne truque, ils s'émerveillent devant une belle histoire, on n'est plus beaucoup à avoir cette capacité, et je dépends de leur enthousiasme. Et nous deux Zina, le joli couple, l'expression est de Jacky, qui visite les libraires d'Alsace, on plie bagages, on rentre rue Jacob à la maison mère.

Là, dans la grisouillerie du vieil appartement pas bien lumineux, pourrait bien neiger, l'air a une odeur d'acier mouillé, les lampes de travail allumées, la porte ouverte entre nos bureaux, je raconte Clémence et Maxime à Zina. La cruauté de voir cette femme à la fière intelligence mourir de ce qui a fait sa beauté, comme la Merteuil est défigurée à la fin des *Liaisons*, mais elle, elle le mérite, c'est une malfaisante ! Vieil adage catho de mourir par l'épée si on s'en est servi ! Et Louis Debaisieux, qui a survécu à la guerre, laissé croire à la déportation, pour un peu à l'héroïsme tranquille alors qu'il était volontaire du STO, qui a engraissé dans une ferme bavaroise pendant que des résistants crevaient de torture, de quoi il est mort ? De chagrin, de remords, aucun rapport… Jeune, d'accord, et après ? Il aurait dû s'étrangler avec une saucisse… Et son fils écrabouillé par un camion, bien trop jeune, je suis sûr que c'était une marque allemande ! Nom de Dieu, voilà que je parle comme maman !

– Tu parles qu'on comprend rien surtout, patron !

Zina s'est plantée sur le seuil entre nos bureaux, mains aux hanches, en longue jupe de lainage violet, genre tsigane, aucun déni de ses origines, bien trop moulant pour ses formes à la déborde et son pull mauve à falbalas qu'il vaut mieux pas trop y regarder de près de peur de se crever les yeux, c'est une chanson de Brassens, elle m'y fait penser sans cesse, Zina. Alors je lui explique l'énigme de la vie de Louis, ses deux ans en Allemagne, et les coïncidences avec la mort de mon père, et les lacunes dans le dossier de succession, ce qui manque, pourquoi c'est troublant. Et la promesse que j'ai faite à Clémence de tirer ces énigmes au clair. Bien conscient qu'on n'a guère le temps, que la boutique doit tourner, faut se préparer, me préparer à prendre Maxime en charge, en charge c'est le mot, que je me suis monté le bourrichon avec Clémence, que personne n'en a à foutre de ces minuscules graviers charriés par l'histoire, qu'on garde encore bien trop de vieilleries, faudrait jeter, oublier… Pourtant, on le fait pas, on jette pas, un bouquet de fleurs séchées tient une petite femme en vie et un visage de petite femme dessiné de mémoire sur un morceau de chiffon de papier pouvait donner à un déporté des camps la force d'espérer. Et moi je ne veux surtout pas que mon fils puisse me reprocher de ne pas avoir adouci les derniers mois de sa mère. Alors Zina, si tu veux bien m'aider, on va se faire un planning, nonobstant les aléas bien sûr, et le fait que j'aime Lena Vogelsang, définitif. Pardon Zina, je suis un salaud.

Zina, les tableaux de marche, les agendas, elle en salive, elle aime tellement l'attente que plus les événements sont cadrés plus elle jouit de les voir se rapprocher, et ils n'ont plus aucune saveur quand ils surviennent. Les surprises l'emmerdent :

– Elle est opérée quand, ton ex ?

– Dans les quinze jours, au pire à la Toussaint.

– Donc tu remontes à Lille. Prends cinq minutes et passe aux archives départementales vérifier le point de départ : le STO de Louis. Son affectation est peut-être mentionnée. De toute façon, ensuite on donne un coup de collier ici et au moment des fêtes on boucle la maison. Direction l'Allemagne. Toi et moi. La Bavière et Berlin. Je parle allemand mieux que toi et puis on va débaucher ton mec qui a des relations, là, l'Américain…

– Fitz ?

– Oui. Préviens-le, qu'il ait le temps de se retourner. Et ta donzelle, t'es sûr que tu peux pas la joindre ?

– Pas avant un an. La prochaine Buchmesse, on a juré…

– Dommage : ex-journaliste, elle a dû conserver des contacts…

Sa remarque me pousse à expliquer l'enquête menée par Fitz sur nous, sa volonté de nous faire absorber par Lena qui disposerait de textes à traduire et aurait surtout une tête de pont en France, pourrait reproduire son concept… La guerre n'est pas finie. J'explique aussi ma parade, me cacher derrière l'incapacité juridique de ma mère, actionnaire majoritaire, et mon refus purement éthique de vendre avant sa mort. Si ça gagne pas, ça débarrasse, dit-on en rugby pour un coup de pied meuhmeuh depuis son camp. Donc méfiance dans les relations avec M. Sean Fitzgerald… Zina a compris, elle va me laisser me remettre à flot des affaires courantes, faut juste qu'elle demande avant, gourmande :

– Elle te manque ?

– Oui.

– Je peux pas la remplacer, patron, un CDD du cul sans charges sociales ?

Elle soupèse ses seins, le regard d'une sans illusions, grommelote, soliloque qu'évidemment non, monsieur patron donne dans la Prussienne gauchiste, alors toi, tu t'es regardée, pétasse roumaine qu'a même pas fait les JO en gymnastique, t'es juste bonne à attendre, et puis elle sort et ferme la porte de séparation.

Les jours suivants j'ai plusieurs fois Fitz au téléphone. Rien de neuf sur le double meurtre de Francfort. La police semble effectivement penser à la responsabilité d'une extrême gauche terroriste qui se restructure sur le modèle al-Qaïda. Des Turcs seraient dans l'organigramme… Version officielle pour justifier des contrôles intérieurs à l'Allemagne. La veuve d'Hermann va peut-être reprendre la direction de la Lilaserie… Il donne ainsi dans le potin puis revient à la charge, propose qu'on se voie à Berlin au siège de B.V., les obstacles peuvent sauter dans une discussion directe. Et puis Lena sera forcée d'assister à une réunion où elle est intéressée au premier chef… C'est minable comme appât, les affaires de ce niveau autorisent des dépoilages plus crus, des cadeaux de bienvenue comme aux footballeurs, est-ce que dans ce cas, si je viens discuter, elle pourrait être nue sur la table des négociations? Il faudrait le lui demander, qui sait, elle n'est pas regardante… Vieille pute de Fitz : non, non et non! Si je cède des parts de ma société une fois ma mère disparue ce sera en dessous du seuil de majorité, d'ici là, on oublie. Moi j'essaie d'oublier l'échéance Clémence, qu'elle va appeler, une date d'entrée au CHR, une heure d'intervention, le nom du chirurgien, et qu'il faut que je sois là, veut pas aller en taxi ou métro se faire charcuter, peut-être son dernier voyage ici-bas, elle veut être avec son fils et son mari, je suis son mari, toujours, est-ce que je m'en souviens?

Son coup de téléphone a bien cette couleur du deuil de soi porté avec une discrétion ostentatoire. Elle parle en filigrane, une transparence sonore, elle est rien d'autre que ce souffle qu'elle écoute vibrer dans mon oreille avant qu'il s'éteigne. Oui à tout, j'accepte tout, jour, heure, lieu, notés, promis j'y serai. Bises à Maxime et bonsoir.

Et le 2 novembre je mets le sac de Clémence dans le coffre de mon auto, tout juste si elle n'embrasse pas la maison avant de la quitter, dolente, ridicule de pathos et en même temps, allez lui jeter la pierre, le diagnostic transmis par notre toubib Francine me laisse penser qu'elle ne traversera pas un autre automne, ne verra peut-être pas l'été, donc oui, je vais rester jusqu'à sa sortie de l'hôpital, m'occuper de Maxime. Ensuite, on avisera. Et oui, j'ai promis de faire la lumière sur son pépé Louis. J'ai beau faire le fort, que la mort se mette en rogne si tôt, l'irréversible de la maladie, mon gamin qui serre sa mère contre lui à la casser en deux, les mots pour le dire je les bifferais du dico.

Le lendemain, dans l'après-midi je reviens à la cité hospitalière pendant l'intervention, j'attends la sortie du bloc, un tour en coulisses ménagé par Francine avec le chirurgien qui m'adresse un signe épuisé, et laisse l'anesthésiste me faire le point. C'est un petit brin de rousse aux traits tirés, encore en sabots et défroque verte, qui garde les mains dans les poches et n'essaie pas de m'arrondir les angles. L'ablation de la tumeur s'est déroulée aussi bien que possible mais plus difficilement que ne le laissait prévoir l'imagerie. On n'a pas pu la garder éveillée comme on essaie de faire dans ce type d'intervention, oui c'est surprenant, mais le patient peut parler et renseigner sur ses sensations au fil du travail. Trop risqué cette fois. Et on n'est pas loin du stade IV, terminal. Pronostic mortel à six mois, un an, quatorze mois selon les statistiques. D'ici là, peuvent survenir des variations d'humeur, des troubles du comportement qu'il est impossible de déterminer aujourd'hui. Il faut guetter sa conduite, s'y adapter. Surtout ne plus être surpris par Clémence, juste essayer de la désarmer en douceur si elle veut me décapiter à la hache, par exemple. Et elle sourit, l'anesthésiste, l'humour noir, elle a pas mieux pour mettre la souffrance à distance, c'est du parler de carabin au féminin, du discours de carabine, elle me dit, ajoute qu'elle lit les romans que je publie, vous faites un beau métier monsieur Vallin, et sort de sa poche une main à la peau sucrée de cassonade rousse pour serrer la mienne, tremblante. Mme Vallin sortira dans une petite ou une grosse semaine, pas plus, pas moins. Il serait préférable que je revienne dans vingt-quatre heures, pas la peine avant…

Le soir j'explique, avec des gants, à Maxime, l'état de sa mère. D'abord avec des gants, ensuite, au fil des questions, est-ce que c'est grave, elle va mourir, j'en arrive à la vérité nue, au moins tout ce que j'en connais. La mutuelle santé de Clémence va lui procurer une aide médicale à domicile dans les premiers temps. La femme de ménage s'occupera de la maison. Est-ce qu'il veut venir à Paris ? Non. Tant que Clémence est en vie et à la maison, il reste près d'elle. Il change, mon gamin, il dégueulait notre séparation, nous défiait, puisqu'on n'était plus des parents ensemble on ne méritait qu'une merde de gosse, un rien du tout à l'école, une écorce avec rien dedans. Aujourd'hui il a perdu son air goguenard, il se cogne au réel, au pas juste. Une part de sa jeunesse vient de lui filer des doigts avant qu'il profite de l'insouciance. On est dans le bureau, devant les reliques de famille classées dans de grandes enveloppes. Selon l'étiquetage qu'elle avait improvisé lors de son premier classement à peu près, Clémence en a marqué une « Renoir (*Une partie de campagne*) » avec les photos de sorties champêtres, une « City lights » avec ce qui est pris dans le contexte lillois ou urbain, et puis la fameuse « Zola », les zingueurs… Elle a fait un travail d'archéologue, redressé des fragments de ruines, laissé à imaginer, comme on fait à partir d'un bout de mur, d'une amorce de mosaïque, ce qu'a pu être ce pique-nique de 1946, une sortie dans les dunes vers Malo-les-Bains, peut-être que la brunette au premier plan avec sa petite robe blanche à manches à gigot était pompette au moment du retour, qu'elle s'est laissé lutiner dans l'auto par le zouave gominé en chemisette debout devant la 201, à l'arrière-plan, qui la pelote des yeux ? Possible. Les enveloppes sont alignées, ordre chronologique supposé, elle a réfléchi, daté approximativement les documents douteux, tenté d'identifier ce Marcel qui envoie cette carte d'Alger. On dirait qu'elle a mis ses affaires en ordre pour des héritiers. Au milieu du bureau, posées avec une symétrie maniaque, les deux lettres gothiques de bas de casse, *l* et *d*. Quel rapport avec Louis ? Clémence les aurait trouvées dans le carton avec le reste ? Louis aurait travaillé dans une imprimerie, pas dans une ferme ? À voir avec Clémence réveillée, j'espère. Demain matin j'irai aux archives départementales. Et j'ai presque honte de penser à Lena.

Derrière l'ancien hôpital de la Charité transformé en lycée européen Montebello, dans un quartier qui fait ce qu'il peut, je n'ai pas beaucoup de mal à me garer. Parmi le petit peuple des universitaires, des étudiants, des retraités en quête de monographie à écrire, les employés des archives s'occupent de moi sans lever un sourcil. J'aurais dû déposer une demande de consultation hier, remplir l'imprimé avec la liste, les cotes. Tout ce que je trouve à répondre est qu'hier on a ôté du cerveau de ma femme une tumeur de la taille d'une pomme, je n'ai pas trouvé le temps de venir, j'aimerais bien être à son chevet quand elle reprendra vraiment conscience et lui donner le résultat des dernières recherches que j'effectue pour elle. Dans un mois, deux, elle ne sera plus… La blonde rondouillarde qui me prenait de haut regarde les cotes des documents que j'aimerais consulter, passe un coup de téléphone interne à Jean-Claude, explique, tape sur son ordinateur, dit oui, oui, merci Jean-Claude… Je lui laisse mon passeport, pas très fier d'avoir mis ma douleur sur le comptoir, et elle m'installe seul dans une pièce… Elle a des yeux de bestiole fidèle et je la remercie d'un battement de paupières, comme si j'avais la gorge trop serrée pour parler. Cabot sans cœur.

Dans tout ce que Jean-Claude m'apporte à lire, je ne trouve guère que la confirmation de ce que je sais déjà. Mai 1943, un convoi de travailleurs pour la Bavière. La liste des déportés du travail par ordre alphabétique, date de naissance, dernier employeur. J'y retrouve sans difficulté Charles, plombier-zingueur, et Louis, ouvrier agricole. Ces deux-là étaient volontaires, et combien dans cette litanie, mais rien ne les distingue des autres, requis, raflés, même si finalement tous ont subi le même sort une fois en Allemagne. Il me vient que devraient figurer aussi sur cette liste, en regard, tous les réfractaires qui sont entrés en résistance, se sont cachés, ont traversé la France et rejoint le maquis. Les listes de retour à partir de 1945 sont moins exploitables encore : elles sont fragmentaires, établies au fur et à mesure des passages en préfecture du Nord, selon que les Russes ou les Américains, les Français ouvraient les portes d'un camp où logeaient des travailleurs et les renvoyaient en France par train, les libéraient simplement ou les internaient provisoirement de nouveau ailleurs. Certains revenaient des environs de Berlin très tard après un séjour dans un autre camp en Pologne, en Russie… La seule origine indiquée était le kommando de rattachement en Allemagne, ou le camp, jamais le lieu de travail. Un tableau établissait pourtant des correspondances : ceux de Neuengamme par exemple travaillaient pour Hanovre-Stöcken, l'usine d'accumulateurs Varta, ceux logés à Pfersee, comme Charles, pour Messerschmitt. Mais aucune exploitation agricole n'était notée : on y logeait au maximum en petits groupes, mélangés à des prisonniers venus de partout… Aucun moyen de savoir donc où Louis Debaisieux est resté deux ans ! Au passage quand même je parcours quelques témoignages versés par des héritiers au fonds départemental. La vie de journalier logé dans une ferme des régions de grande culture semble avoir été moins rude que dans les camps, sans parler de ceux de la mort. L'ordinaire était parfois amélioré : les colis, le courrier parvenaient à destination, on prenait des clichés, on utilisait les fruits, les légumes pour confectionner des plats et pâtisseries. Louis a vraisemblablement mené cette existence austère et rude, son choix, après tout, mais dans le pittoresque terrible de ces années noires je suis toujours incapable de satisfaire la curiosité de Clémence.

Je repasse à la maison et en attendant Maxime, l'heure d'aller prendre des nouvelles de Clémence, je regarde de nouveau très attentivement la carte de Landarbeiter de Louis, à la loupe, en lumière frisante et je note des numéros probables : 59 K, presque sûr, une barre, puis quatre chiffres, 1288, ou 1268, ou 66 ou 86… ? Quand Maxime rentre de classe, ses jeunes yeux me donnent confirmation : le début est bon et il opterait à la fin pour un 88 ou 66. À vérifier aux archives bavaroises… Ici je crains que la piste ne s'arrête net. Si je ne trouve rien, je prendrai des photos d'une jolie exploitation du côté de Munich ou d'Augsbourg et j'inventerai une histoire pour Clémence, que son pépé a séjourné là, que cet arbre c'est lui qui l'a planté, dit-on, parce que rien n'est plus assuré, toute la famille de fermiers de l'époque a disparu… Un pieux mensonge, non, un mensonge digne.

Ensuite, dans l'auto où on se tait, Maxime et moi, par trouille de trouver Clémence en légume, je repense aux documents qui ont disparu de la succession confiée à mon père. Admettons, puisqu'ils ne sont plus dans leur dossier officiel entreposé parmi les rangements méticuleux de maman, dans le sanctuaire à la mémoire de papa, admettons qu'il les avait avec lui en Bavière quand il a été assassiné par la RAF et qu'on les lui a volés. Pourquoi ? Est-ce que dans cette poignée de feuillets Louis faisait des révélations datant de la guerre et propres à discréditer quelqu'un ? Schleyer et consorts, Quandt, les grosses familles avec qui il était en relations d'affaires ? Ou bien un sympathisant actif de la RAF, le propriétaire d'une cache, un fournisseur d'armes ? Avant la vague d'attentats de 1977, papa, avec ses amis anciens nazis sans cesse accusés d'avoir du sang sur les mains, avait pu vouloir renverser la vapeur et compromettre à son tour la RAF pour les mêmes motifs par une campagne de presse dans les mêmes journaux de Springer ? Pas impossible : ce serait quand même un comble que cette opposition extra-parlementaire, qui récuse l'héritage nazi de l'Allemagne, dénonce la présence d'anciens bourreaux à des postes clés du pays, soit porteuse de la même pourriture… À vérifier, second couteau par second couteau, les chefs sont trop jeunes et leur vie étalée au grand jour, sans faux-pas de ce genre…

Au CHR, la cour, entre les hautes ailes de brique, est tourmentée de courants d'air glacés, comme exprès, ici on ne rigole pas, les ascenseurs sont du type omnibus, arrêt à tous les étages, retour en arrière, finalement on grimpe à pied, sportivement, et le souffle nous manque quand on entre timidement chez Clémence. Alors qu'elle, hors son turban de blessé de guerre, respire librement, l'œil clair, tend les bras à Maxime, doucement, doucement, tout va bien, le professeur Vidal, le chirurgien, est content, les examens sont satisfaisants. Normal, au cours de ses études elle n'a jamais raté un concours, et elle se fricote un petit rire pour nous impressionner de bonne santé et de bonne humeur. Et nous, on mange bien, on ne s'entre-tue pas ? À mon tour de sourire, pas facile, je connais les échéances médicales, je vais bredouiller du banal et masquer l'émotion, mais Maxime sort fièrement de son blouson son carnet de correspondance, le tient ouvert devant sa mère qui plisse les yeux :

– Quinze en allemand, dix en maths, pas top mais je remonte, et douze en français…

Bravo ! Félicitations et tout, il est rose de fierté notre fils, c'est sa façon de participer à la lutte. Pourvu qu'il garde ces dispositions une fois sa mère en allée ! Il donne quelques détails, le calendrier des devoirs à venir, conseils de classe, Clémence écoute, un peu saturée maintenant, son univers professionnel qui la poursuit elle n'aime pas, alors elle m'interroge : Louis ? Bon, je lui résume mes démarches, mes déductions, mes projets d'aller suivre la piste allemande sur le terrain, dans les archives bavaroises, sûrement vers la fin de l'année, et Maxime explique comment on a presque lu le numéro sur la carte de Landarbeiter. Sa mère imagine déjà comment interroger la poste allemande pour savoir… Houlà, faudrait calmer ce petit monde, ne pas fatiguer Clémence qui s'emballe, qu'elle confirme avoir trouvé les deux lettres en bas de casse dans le dossier Debaisieux me suffit, ce qui ne prouve pas qu'elles soient un souvenir de STO, Louis a bien laissé un manuel corné à l'os, le dos en compote, à l'usage des soldats allemands cantonnés à Lille, *Sprechen Sie Französisch?*, imprimé rue du Faubourg de Douai et tous les clichés, les cartes postales et le courrier n'ont rien à voir avec ses années bavaroises… Donc, pas d'extrapolation, informations à manier avec des pincettes. Et puis je rassemble mon Maxime tout éparpillé, excité, inquiet, embrasse maman, on va y aller, Clémence annonce qu'elle sort dans six jours, on la garde une semaine en tout… Est-ce que je serai encore là ?

La semaine écoulée, quand Clémence traverse la cour du CHR à mon bras pour rentrer chez elle, je suis épaté de sa vitalité intellectuelle après une telle épreuve, Maxime porte son sac, fini le gamin, il a pris dix ans d'un coup, est prêt aux initiatives familiales, et le temps d'automne mourant est doux comme incroyable. Clémence sait que je suis obligé de rentrer à Paris, Zina ne peut pas pourvoir à tout. Valérie, l'aide qui nous accueille, une brave d'ici, solide du biceps et du jarret, une tête à tenir une boucherie chevaline, avec des intonations où les *a* sont fermés, on entend presque des *o*, « Ço vo bien se posser, modome ! », Valérie va s'occuper d'elle à domicile. Elle plaît à Clémence, ni trop ceci ni pas assez cela, on verra à l'usage. Pour la suite de son traitement, chimio, radio, pas d'inquiétude, les ambulances existent. Je demande juste qu'on me tienne au courant, je serai là pour Noël, avant de partir enquêter en Allemagne, le calendrier te convient Clémence ? Parfaitement, il faudrait juste que je me rende compte que je suis obsédé par l'assassinat de papa Gérard, elle l'a toujours appelé ainsi, plus qu'elle n'a jamais été tracassée par Louis dont elle ne connaissait pas les erreurs de jeunesse, alors il serait bien que je profite de mon voyage pour me vider aussi le sac à dos, laver mon propre linge sale, pleurer à l'endroit où il est tombé, foutre le feu à une Mercedes, à quelques BMW, ou refaire les étapes de la vieille enquête pas à pas, mais vite, que je ne trimballe pas des lambeaux de nuits sanglantes après sa mort, tais-toi Florent, je sais ce qui me reste… Je veux que Maxime ait un père sans fantômes, sinon le mien. Quoi répondre sauf lui embrasser les mains et prendre l'autoroute?

Les cinq jours où Clémence était encore hospitalisée, je me suis assuré ne passer à côté de rien ici, aux archives, dans le dossier étalé sur le bureau, chez maman. J'ai croisé la liste des ouvriers employés par les établissements Debaisieux de 1935 à 1945 et les requis du STO, ai interrogé les mairies des derniers employeurs pour savoir si d'autres du même convoi, une quinzaine également marqués comme travailleurs agricoles, étaient encore vivants. J'en ai retrouvé un, quatre-vingt-dix ans, Amédée Dekeyzer, d'Englos, la banlieue vers Armentières. Mais personne ne savait où il résidait désormais. Tant pis. Je suis aussi retourné voir maman chaque jour, pas une sinécure. Une fois elle était lucide et aussi définitive qu'à son habitude : toucher aux affaires de papa eût été un sacrilège. « Eût été… ! » Maman ! Donc, tout ce qui était dans ses espaces de rangement à sa mort s'y trouvait encore, y compris ce qu'on avait rapatrié du siège de ses sociétés à Lille. Et ni les collaborateurs d'alors ni ceux qui avaient repris les rênes n'auraient eu l'idée de garder quoi que ce soit de personnel ! Moins une que je ne prenne une claque pour avoir douté des uns, des autres, et d'elle… Mais elle n'aurait pas pu : elle ne savait que faire du verre d'eau que je l'avais aidée à porter à ses lèvres parce qu'elle avait oublié le simple geste de le poser sur la table. La voix dans le vestibule appelait Jérôme avec des sanglots. Oui, la mort commence d'être de fort mauvaise humeur.

Quand j'arrive rue Jacob, dans nos mobiliers austères et pas assortis et la surchauffe pour compenser les courants d'air provoqués par des huisseries antiques fermant à peu près, Zina est encore au travail. Une Tzigane en pagaille, parfumée cocotte et l'air d'une diva. Elle finit d'établir un bilan des ventes de l'année, sur dix mois. Je me poste debout derrière elle, lis par-dessus son épaule. Pas si mal, les livres qui ne gagnent pas d'argent sont nos dernières publications, ils ont encore une petite chance sur le temps, plus le passage en format poche. Évidemment, les acquisitions de Lena nous font pétiller le compte en banque et les sorties du premier semestre 2010 sont calées. Résultat :

– À condition que tu ne tombes pas dans la débauche, patron, caviar et parties fines avec des demoiselles hors de prix, on n'est pas trop mal comparés aux confrères. Je parle pas des cachalots de l'édition. Tu peux t'offrir des vacances en Allemagne…

– Avec toi.

Je me doutais qu'elle minauderait, pourquoi moi, tu peux y aller seul, je vais t'encombrer, être importune, tu ne vas plus me supporter, et puis je suis fatiguée… Je la laisse épuiser sa litanie, à voix de moins en moins forte, se taire, et je pose les mains sur ses épaules grasses, elle est en pourpre et gris, les couleurs de nos romans, juste sous mes yeux sa poitrine palpite à déborder de son corsage bénitier, et je lui redis par le menu Louis, Clémence, l'espèce de mission dont je suis investi, accomplir les dernières volontés de la femme avec laquelle je ne vis plus, et mon père pardessus le marché, regarder son cadavre moche en face, me libérer de maman-dictateur et malheureuse et autoritaire sa vie durant, essayer enfin d'assumer les parts d'ombre, arrêter le déni, de faire l'autruche… Je parle et Zina a fait pivoter son fauteuil, pris mes mains et les embrasse, comme moi celles de Clémence :

– Je viens, tu le sais. Mais quelle femme je serais si j'acceptais sans protester ?

– Une fille avec de l'appétit !

Elle rit, se lève, essaie de me broyer sur sa poitrine, sauf que je suis pas du genre peuplier, le chêne robuste résiste, alors on se bisoute, on rit pour pas déraper, c'est bon, on laisse filer les chagrins dans les poches intérieures, descendre aux chaussettes et s'envoler par les trous, je sais que son mari l'installait dans une grosse Mercedes, en Roumanie, je t'emmène promener, belle, maquillée, habillée concert à l'opéra, et il la livrait à domicile chez des dignitaires locaux du Parti se faire tringler, je sais combien elle en a bavé jusqu'à réussir à cesser de l'aimer, voir le bidon de son mariage, fuir, je sais d'où elle est remontée ma petite Eurydice, sans Orphée, toute seule, et sans regarder les enfers derrière :

– C'est pas l'appétit qui compte, mais ce qui est dans les assiettes…

Là on se bidonne franc du collier, on se sépare, encore un bisou patron, et on s'installe bien studieux pianoter à son ordi, réserver des hôtels, organiser les trajets, tout à l'heure avant de valider l'ensemble, j'appellerai Fitz, on aura besoin de lui…

Ainsi, au soir tombé comme le rideau d'un vieux beuglant, brutal et lourd, Zina a accepté de nous tambouiller un truc à la fortune du pot, et on grimpe chez moi. Elle a un regard rapide pour le couteau de Lena que je sors de ma poche et pose sur le plan de travail :

– Faudrait pas que ça devienne une habitude ces dînettes, patron, sinon les gens vont jaser…

– Qui veux-tu?

– Moi, je vais nous dénoncer à l'opinion comme un couple illégitime!

– T'es con, Zina.

Pas dû le dire sur ce ton, elle marivaude pour m'empêcher de trop dramatiser Clémence, et que je supporte mal, elle n'y peut rien :

– Pardon Zina, en réalité t'es trop bien pour moi, même comme maîtresse…

Elle a son air lisse, elle a mal de mon rabrouage, je le sais, et tout le sentiment qu'elle me porte je le connais, et merde :

– C'est pas un obstacle patron, je n'ai pas de préjugés de classe et comme maîtresse officielle je travaillerais gratis!

Et voilà, on est de nouveau dans les clous de nos autodérisions, on rit, elle sort les gamelles nécessaires, de la viande. Un goulasch on va s'en lécher les doigts, et moi je compose le numéro de Fitz, haut-parleur enclenché, que Zina se fasse une idée du zèbre :

–… Le projet serait de venir te retrouver à Berlin au lendemain de Noël, jour exact et heure à préciser… En gros : tu nous récoltes des informations, tu nous prépares des rencontres, des dossiers, tout ce qui peut nous faire comprendre la RAF, son action entre 1968 et 1998, ensuite on descend ensemble à Munich et Augsbourg, je t'expliquerai…

– Pas la peine : tu seras avec Lena Vogelsang, et on réveillonne en Bavière ! Faut que je me trouve une fiancée d'ici là…

– Un : il s'agira de trouver des archives sur le STO, entre autres. Deux : je serai avec Zina, mon assistante, fais attention à ton cœur, elle est roumaine, genre romano, vampire et voleuse dans l'âme, une croqueuse, et un petit cœur lui fait à peine un repas…

Zina stoppe ses préparatifs, me grimace de loin. Fitz a sa brève toux rigolarde :

– Elle est jolie ?

– À tomber, prends des béquilles !

Zina me fait les gros yeux mais elle est en chair de poule, contente, je le parierais :

– Je viendrai dans un lit à roulettes…

Et il rit, satisfait d'avoir eu le dernier mot.

– Tu veux que je te réserve quelque chose ou Lena le fait ?

– Fitz, si tu parles de moi à Lena, je te tue. Je serai à la pension Seifert, derrière le Kudamm. Zina y est déjà allée, elle va booker si tu es d'accord pour le programme.

– C'est OK, bien sûr. Et Lena ne saura rien. Mais d'ici là réfléchis à nos propositions de rachat… Tu sais, Céline disait que le français est une langue de traduction, académique, sans chair, bonne pour faire lire Pindare ou Cicéron… Si on publiait d'abord en allemand, peut-être en américain, ou d'autres langues, les textes que tu découvres et que tu publierais en français en second lieu, retraduits de l'allemand ? Comme ça, tes romans prendraient toute leur force, comme des oncles d'Amérique de retour au pays cousus d'or !

– On en reparle fin décembre, Fitz… Et ne te fous pas de moi…

– T'as peur que j'aie raison, hein ? Ou que je raconte des bêtises ? Et pourquoi tu ne viendrais pas tout de suite ?

– Parce qu'il ne faudra pas me mentir, Fitz, sur rien, ni t'étonner de rien, et après rien ne sera plus pareil, alors oui, j'ai peur de ce que je vais découvrir.

Je raccroche. Zina a pris le couteau de Lena et découpe la viande, gaiement.

3

CETTE ANNÉE L'HIVER a ôté ses moufles vite fait et nous a pris à la gorge sans prévenir. Neige sur toute l'Europe étranglée de froid. Zina et moi, au pire le trajet jusqu'à Berlin n'est que de l'autoroute, donc au départ de Paris, le lendemain de Noël. On espère ne pas rester bloqués sur une aire de repos, au fin fond d'un Land écologiste, parce que les Verts, *die Grünen*, ont convaincu les autorités que le sel était mauvais pour la végétation, donc on laisse l'automobiliste se mesurer à la nature et se découvrir tout petit face à elle, bien fait pauvre crétin morgueux! On pourrait prendre un avion puis un autre, non, j'ai décidé l'autoroute allemande, première expérience, ensuite si je peux, au moins entre Berlin et Munich, plonger dans le pays, le sentir sous la paume, l'écouter, regarder ce territoire à légendes, ces terres noires, fertiles, le sombre des forêts, le blanc des bouleaux, traverser les villages lents surveillés par des *burgs* perchés, oser, à mon âge et sans acrimonie, entrer dans la maison immense d'un ogre qui regrette les enfants autrefois dévorés.

Zina porte des bottes fourrées et un manteau de fausse bête mauve, chapka assortie, moi mon pardessus de notable, mon seul, et un borsalino noir, pas l'air mafieux…

Les six semaines qui viennent de couler en tumulte, bien sûr j'ai fait l'aller-retour Paris-Lille souvent. Une grippe m'a mis sur le flanc quelques jours, j'ai tenté de rattraper les lectures perdues de manuscrits, je me suis rongé de questions, Louis, papa, Lena, Sandor, Fitz le grand appariteur du *bookcircus*, tout ce mirage brillant et éphémère de l'hôtel au moment de la Buchmesse, comme la fête au château du grand Meaulnes, même Ilse et Hermann morts m'apparaissaient comme irréels, partie prenante d'un cruel paradis perdu… Face à Clémence je fais pâle figure, avec ma toux de bois mort et mes humeurs de chien. Elle se porte aussi bien que possible, elle épate de rajeunissement, n'était le foulard noué sur sa nuque, ce crâne rasé, terrifiant comme une blessure de guerre, à demi entrevu un jour de pansement par Valérie qui jacassait on se fout sur quoi. Elle a décidé de refaire la décoration de toute la maison elle-même, un défi. Quoi objecter ? Elle en parle, c'est tout. Pour l'instant elle n'a pas de traitement d'accompagnement, trop lourd semble-t-il. Mais elle a du mal à se concentrer, est un peu coq-à-l'âne. Sauf sur le dossier de Louis, les hypothèses pour expliquer l'assassinat de papa. Elle en fait un univers sonore, une sorte de radio funèbre où une seule personne gloserait à l'infini sur deux autres, proches d'elle, et mortes depuis longtemps. À force je décroche, je ne l'écoute plus déduire. S'il ne tenait qu'à elle je serais en Bavière depuis longtemps, je me battrais sur le terrain, comme dans les films. Calme-toi, Clémence, tout est prévu, je t'ai promis… Maxime tient ses promesses, le conseil de classe a voté des encouragements pour son redressement spectaculaire. À la maison, il est modèle. Jamais en retard, serviable, attentif à sa mère, les devoirs rien à dire… Ses mails à Sarah, je ne sais pas à quoi elle ressemble cette dulcinée, il en parle des fois comme si le monde était au courant de Sarah l'unique, les SMS qu'il ne peut pas s'empêcher d'envoyer en plein repas disent qu'il tient debout, un gamin qui chausse grand.

Ce qui fait, Valérie partie dans sa famille à Roubaix, on passe Noël ensemble, un Noël païen, sans petit Jésus et ses bougies d'anniversaire : fallait pas abandonner la race humaine. Par chez nous, dans le Nord, le Christ a dû s'arrêter à Ostende comme James Ensor le pensait, et passer un moment chez des dames accueillantes, je ne lui jette pas la pierre, mais Lille, les jeunes mères en train de crever, il s'en fout. D'où mon attitude de mécréant : on se borne au sapin artificiel, surtout pas de crèche ! Dessous j'ai mis un ordinateur portable pour Maxime, qu'il envoie des mails, à Sarah, à son père en toute discrétion, et Proust, le temps perdu, pour Clémence. Un cadeau moins cruel elle me le foutait en travers de la gueule. J'ai reçu une carte routière d'Allemagne et deux bouteilles de châteauneuf-du-pape, que je sache où je vais en me souvenant d'où je viens, commentaire de Clémence. On a bricolé le repas tous les trois, dinde, sauce aux marrons, en boîte, et pâtes fraîches, c'est là qu'on en a sué, faites avec la machine exprès qu'on ne s'en était jamais servi, bûche de supermarché, saumon du même en entrée, du blanc et du rouge débusqués à la cave, on a touché l'éternité du mieux qu'on pouvait. Ensuite le jour de Noël a traîné un soleil roux, on n'osait pas le regarder en face, il venait de si loin, des années d'enfance, on l'a laissé pâlir et foutre le camp sans l'effaroucher, qu'il revienne, même pas beau, triste, on s'en fout. Et à la nuit installée comme un grand apparat de deuil, je suis parti. Au moment de monter en auto Clémence m'a offert les deux lettres minuscules, le *l* et le *d*. Il m'est revenu que j'avais cherché leur généalogie et je lui ai dit mon boniment, que c'était des Fraktura, des caractères gothiques allemands utilisés depuis le XVIe siècle jusqu'en 1941 où Hitler décrète leur abandon, surprenant n'est-ce pas, pour la Normalschrift, l'écriture normale… Elle les a cherchées toute la journée, les a retrouvées par hasard parce qu'elle les avait rangées dans le réfrigérateur, comme son collant et les œufs qu'elle a sortis pour une omelette. Pas bon signe.

À notre entrée dans Berlin illuminé, la circulation dense du Kurfürstendamm, après une nuit passée dans un motel des environs de Hanovre, manger nourrissant et vite et dormir profond, et une seconde étape sans encombres notables, je sens ces deux lettres griffer ma cuisse à travers ma poche de pantalon, comme un signal. Zina a refermé les épreuves de romans qu'elle a corrigées tout du long, me guide avec le plan de la ville et on trouve la pension Seifert, doigts dans le nez.

Dans le hall serré, rouge et or, la jeune réceptionniste, Susanna, en gilet noir et chemise blanche, blonde, disons blonde, visage niais, plat, de boxeuse faire-valoir, zyeute la pelisse mauve de Zina, ma carte bleue, hop une empreinte, deux fiches à remplir, elle nous donne une clé et nous oublie déjà. Je tousse, elle relève les yeux, je montre la clé, le 17, puis Zina, puis moi, et je dis « *zwei* ». Elle me répond sans me regarder et je ne comprends rien, faut que Zina m'entraîne en riant tout bas :

– Mme Zina ne te fera pas de mal, patron ! Ne panique pas : nos chambres donnent sur un vestibule privé, donc une seule clé !

Et elle glousse pendant qu'on grimpe nos sacs dans l'ascenseur grillagé. Pas compliqué, le 17 est une double porte en façade de l'hôtel, qui donne sur une sorte de bref couloir sans fenêtre, à droite une chambre, à gauche aussi. Zina prend celle de gauche : parce que les patrons sont de droite. Pas bien malin, une blague pour garder une contenance, elle est aussi nouée que moi, l'autoroute est un pays en soi, avec un peuple où domine la caste des routiers, le langage des appels de phares, la même nourriture du nord au sud, les mêmes relais. Ici on vient d'arriver vraiment dans une Allemagne urbaine, pas celle du palace de Francfort. Zina ne nous a pas ruinés, l'ensemble est propre mais suranné à un point, on se croirait dans l'univers d'Alfred Döblin, un coin épargné par les bombardements, plein des ombres de types sans âme et de filles qui rêvent de Lida Baarová, l'exemple des maîtresse fatales à leur amant, cette foutue actrice tchèque aimée de Goebbels. J'ai l'impression que Berlin-Ouest était une île en RDA dont les habitants sont encombrés désormais de liberté, par l'absence de frontières. Pendant que Zina s'installe, tout ouvert entre nos chambres, dans le bruit des cintres qui coulissent, j'appelle Fitz sur son portable, comme prévu on est là, à ta disposition, veux-tu que nous… Pas d'étonnement de sa part, son sourcil a dû se hausser à peine, le monde est un village, et je suis assez vieux jeu pour en être agacé, cette putain de désinvolture, cet homme saute dans un avion à la seconde, va rencontrer les cinq plus gros agents littéraires du monde à Tel-Aviv, Reykjavík ou Toronto, décider en petit comité du bon goût en littérature et de la mondialisation de l'édition, faire des carrières et en défaire, amasser du pognon, que les textes soient admirables ou médiocres, même écrits par un nègre, alors qu'un petit éditeur français fasse Paris-Berlin discuter politique, où est la performance ? La Buchmesse est un aimable pique-nique paroissial à côté des véritables enjeux traités en coulisses… Je l'entends bâiller :

–… Dînions ensemble ? Le contraire me fâcherait. Quelle heure est-il ? Dix-huit ? Je suis encore au siège… Dans une heure tu prends un taxi, tu viens à la maison. Tu as ma carte et l'adresse, n'est-ce pas ? Sur Savignyplatz. Vous êtes où ?

– Uhlandstrasse. Le Seifert…

– Alors le voyage est possible à pied… Juste de l'autre côté du Kudamm. À vous de voir ! *Bis bald!*

Et il raccroche. Zina qui va entrer sous sa douche et n'en fait pas une affaire, choisit les pieds, la bagnole ça suffit. Bien. Je me fais également propre, le couteau de Lena dans ma poche, ne jamais le laisser traîner, et nous voilà en route, bras dessus bras dessous, en vrai, Zina a ses bottes mais des escarpins dans son sac, sa pelisse mauve, sa chapka et une robe mettable par personne d'autre, argentée et insolente. Moi, le velours noir me sied, pas d'états d'âme.

Savignyplatz, il ne fallait pas s'attendre à une garçonnière. Zina change de chaussures dans le hall de marbre. L'ascenseur mène directement dans l'appartement de Fitz, tout l'étage, le dernier. Il n'a pas changé, l'animal, nous accueille chaleureux, en bras de chemise blanche, son éternel gilet à carreaux ouvert, indigo et miel cette fois, le pli du pantalon aussi marqué que celui de sa paupière basse, cette dégaine de prédicateur cathodique, ou de politicard, pareil, dans le décor minimaliste d'une vaste entrée à peine meublée de tableaux contemporains, j'y suis total étranger, et d'une sculpture sur un socle, éclairée comme on caresse, un Giacometti, ma culture va jusque-là. Zina fait aussi grosse impression sur Fitz que les lieux sur nous, je l'entends au bref silence, rien que leur respiration quand il lui prend son manteau, cette fourrure d'animal imaginaire. J'accroche mon pardessus dans le vestiaire, un pas et je découvre avec à peine une seconde d'avance l'espace où il nous invite à entrer, le temps de voir une femme châtain très clair, le cheveu ondulé large, mince aux traits durs, la pommette marquée, cet air de dédain affiché souvent par Marlene Dietrich, elle lui ressemble d'ailleurs, debout, en tailleur noir, une pelisse noire sur le bras, elle arrive ou va partir. Fitz nous présente en allemand et français, un mélange mondain :

– Rina Schulmeister… *Florent hat Hermann in der Buchmesse*…

Voilà, la veuve dont j'ai connu le mari brièvement, je suis un éditeur parisien et mademoiselle, euh, Zina, *seine Sekretärin*… Au regard de Rina, son rictus, il se rend compte que Zina est une incarnation d'Ilse, les collaboratrices briseuses de ménage, et embraie sur la grande nouvelle, c'est fait, Rina reprend la Lilaserie. Bravo ! Et toutes nos condoléances, Zina traduit vite, sans un battement de cils, en secrétaire qui s'en fout de la dame au mari mort. Poignée de main distraite, effort de sourire, *ich muss Heim, Fitz*, d'une voix grave, un signe de tête pour nous et Fitz la raccompagne à l'ascenseur, on les entend échanger bas, pendant qu'on découvre le lieu, les trois canapés noirs tournés vers les grandes baies et la terrasse derrière, et la ville, la salle à manger à l'opposé, verre et acier chromé, le couvert dressé pour trois, sans fla-flas, et des bibliothèques sur tous les murs laissés libres par les tableaux, un grand Soulages au-dessus d'une sorte de buffet bas, ça aussi je peux identifier…

Fitz revient vers nous, sémillant, une trace de rouge au coin de la lèvre. Un extra de traiteur italien est déjà en cuisine, mais on a le temps, prenez donc place, champagne ?

Et nous voilà assis chacun dans un canapé, flûte en main, Zina très danseuse de charleston en visite chez un bootlegger, Fitz soupire :

– Donc voilà la fameuse Zina ! Vous êtes ici chez vous, on dirait que j'accueille la reine de l'Atlantide… Sais plus son nom… Enfin… L'enquête n'avance pas… Rina dit tant mieux, l'assassin de ce salaud d'Hermann doit rester libre, il devrait même être décoré… Une façon de supporter la douleur… Ses deux filles souffrent qu'elle dise du mal de leur père… Et toi, le tien, pourquoi d'un coup, après trente-trois ans, tu rouvres le dossier de ton père assassiné ?

Tout à trac, que je sois déstabilisé par la question abrupte. Zina a levé les sourcils, je prends le temps d'une gorgée et je joue franc jeu :

– Parce que ma mère avait tiré un rideau épais là-dessus, se souvenir mais ne pas avoir affaire à ces barbares d'Allemands, et qu'aujourd'hui Clémence, ma femme, va mourir, qu'elle veut connaître la vérité sur les deux ans passés par son grand-père Louis en Bavière, comme Landarbeiter, de 1943 à 1945… Il n'en a jamais parlé, même pas à Jean son fils, mais après leurs morts très rapprochées, mon père a été nommé exécuteur testamentaire. Tu peux me dire pourquoi il avait avec lui l'essentiel des documents contenus dans cette succession dont une vingtaine de feuillets manuscrits et pourquoi ils ont disparu quand il a été assassiné en avril 1977 par la RAF et justement dans le coin d'Augsbourg ? Et si la RAF est bien coupable du meurtre, qu'est-ce qui l'intéresse dans ces documents ? S'il n'y avait pas ce journal annoté par Baader retrouvé sous le corps de mon père je n'y croirais pas…

Fitz tortille du cul, se le cale au canapé, ouvre les mains, paumes en avant, coudes aux genoux, les lèvres plissées pour une réponse ni blanc ni noir, très réunion informelle de comité de lecture, le regard plus souvent sur Zina de marbre que sur moi :

– Je n'ai pas de réponse. Juste un rappel : en mai 1972, le 11, la RAF commet un attentat au QG américain de Francfort, un mort, des blessés, le 12 elle fait aussi exploser des bombes à la police d'Augsbourg et à la criminelle de Munich pour protester contre la mort d'un militant abattu par les flics en mars à Augsbourg… Donc ton père meurt dans leur sphère d'action violente… Il doit payer ses relations avec Schleyer, l'ancien nazi, responsable SS de l'industrie en Tchécoslovaquie occupée, donc aussi de l'extermination par le travail, payer ses liens financiers avec Ponto, directeur de la Dresdner Bank, qui sera tué en juillet…

– Fitz, tout ça je le sais, et que le procureur Buback, ennemi de la RAF, est exécuté le 7 avril, trois jours avant mon père, comme si sa mort était programmée dans le cadre de la guérilla urbaine contre un appareil d'État à la solde de l'impérialisme, issu du Troisième Reich et blanchi… J'ai compris la démarche ! Mais dis-moi le rapport avec les papiers d'un déporté anonyme du STO !

Il écarte à nouveau les mains, regarde derrière moi :

– Toujours pas de réponse ! Maintenant, si vous voulez bien… Madame est servie, nous aussi d'ailleurs, ahah !

Il se lève, fait signe oui à l'extra qui vient de se mettre au garde-à-vous sur le seuil de la cuisine, et on le suit, en bout de table il tire pour Zina une chaise, je dirais en plastique transparent moulé, la lui repousse sous les fesses, une main furtive sur son épaule nue, Zina en a la chair de poule, j'en jurerais, et on s'installe de chaque côté d'elle :

– Merci en tout cas de m'avoir accordé un temps précieux pour remuer ce passé qui me concerne, Fitz…

Il regarde l'extra, noir de poil, brigand calabrais d'opérette, verser un rouge sombre dans le verre de Zina, et tout uniment, pas un mot plus haut que l'autre, comme une confidence désamorcée depuis longtemps :

– Pas seulement toi : mon père travaillait au QG de Francfort. L'officier mort dans l'attentat portait le même nom qu'un sergent, son meilleur ami, mais aussi, il l'a découvert à cette occasion parce qu'elle a hurlé de douleur en le croyant mort, ce sergent était l'amant de ma mère. Peu après, oh il a essayé un bon mois de supporter cette idée de trahison, mon père s'est suicidé avec son arme de service sous les yeux de ma mère pendant que j'étais en classe, au *Gymnasium*. Quelle farce tragique ! J'y pense à chaque Buchmesse qui est un pèlerinage. Tu vois, je suis également en compte avec la RAF. Mais la politique n'entre pas en jeu… Ton père est peut-être mort dans un vaudeville similaire, parce qu'il baisait la femme d'un militant… Excuse-moi, je dis n'importe quoi…

Avec Zina, on a échangé un regard de malheureux rouges d'embarras. Fitz agite la main, surtout ne pas s'apitoyer, pas de pathos, je comprends ça, et il ajoute :

–… Mais que Horst Mahler par exemple, ancien avocat socialiste, ancien membre du noyau fondateur dur de la RAF, soit devenu SPD, néonazi, ne m'inspire pas confiance… Pas plus que Verena Becker qui a collaboré avec la Bundesverfassungsschutz… Ces gens-là étaient des voyous diplômés, des bourreaux sans idéaux, rien d'autre… Oh, et puis je n'en sais rien au fond, je suis comme toi, je ne comprends pas… Je réagis comme ta mère et l'opinion de l'époque, la presse inventant les terroristes, la bande à Baader comme la bande à Bonnot, les assoiffés de sang, pour faire peur, créer un réflexe sécuritaire. Ce Rodewald qui accepte d'héberger Meinhof et la dénonce, qu'on vienne l'arrêter chez lui, la presse aurait dû le qualifier de monstre lui, pas Meinhof… Terroristes, ils ne l'étaient pas, ils combattaient le gouvernement… Mais tuer le chauffeur de Buback était une faute : ils ont accepté par ce meurtre l'image que la presse donnait d'eux… Foutus hommes de lettres qu'on est nous autres de croire en la justice… Alors, je sais plus ce qui est juste mais, pour qu'elles soient volées sur le cadavre de ton père, ton Louis avait dû écrire des lignes qui pouvaient servir à la RAF…

L'extra nous a servi *il primo piatto*, des pâtes *alle vongole*. Ce Fitz, il a le chic pour nous mettre en porte à faux, qu'on le soupçonne des pires culpabilités et qu'il soit finalement la victime élégante. Son papa suicidé, le mien assassiné. Un cocu, un moyen pourri, des Christ de nos sociétés… On regarde nos assiettes et Zina, toute ruisselante de sa robe argentée, machin là, Salomé, beauté antique et barbare à réclamer des têtes coupées, elle m'y fait penser tout droit, dit d'une voix que faudrait pas essayer de l'interrompre :

– Le journal annoté par Baader trouvé sur Gérard Vallin prouve que la RAF est mêlée au meurtre, ou qu'un proche a fourni exprès une piste, mais le vol des feuillets prouve que ce meurtre prend racine dans les années de STO de Louis, bien avant la RAF. Or personne n'a utilisé ces documents par la suite, avant même la mort suspecte de Baader, Ensslin, Raspe et Moller et l'affaire de Mogadiscio où un groupe de Palestiniens détourne un avion pour négocier leur sortie de prison ! Donc, je conclus à l'inverse, il s'agissait plutôt de faire disparaître le passé douteux d'un proche de la RAF que ton père, Florent, menaçait d'utiliser pour mettre tout le monde à égalité de « sympathies » nazies avec ses copains, président de Daimler, propriétaire de BMW, financiers, les Schleyer, les Quandt, les Flick, et discréditer le mouvement révolutionnaire. Sinon, ils le tuaient froidement, comme les autres, et rien à faire de ses bagages en français ! Reste à savoir qui ces feuillets concernaient, parce que ce n'est plus un acte politique, c'est un crime de droit commun... Maintenant messieurs, on fait quoi ?

On en reste comme deux ronds de flan, bouche ouverte, fourchette levée. Avant de hocher la tête, mmoui, rien à objecter, et de déduire comme Fitz :

– À Berlin, je ne vois pas où on peut fouiller. À moins que : j'ai quelques liens avec Otto Schily, l'ancien avocat de Mahler, d'Ensslin, ex-ministre de l'Intérieur de Schröder entre 1998 et 2005... Bien sûr il n'est plus au gouvernement mais j'ai encore des relations parmi les fonctionnaires qui l'entouraient et sont restés en poste... Demain matin, je demande si je peux avoir discrètement communication des procès-verbaux suite à la mort de ton père... Après, c'est sûr, les deux affaires, le travail obligatoire et l'exécution par la RAF, relèvent des archives bavaroises. J'essaierai d'obtenir des recommandations auprès de mes contacts du ministère... Donc dans vingt-quatre heures au pire, on descend essayer de boucler l'affaire. Avant de remonter fêter la fin de l'année... Sauf si toi tu restes là-bas, que Lena...

– Ta gueule Fitz.

Bas, très ferme. Il me provoque, je sais bien maintenant que mon affaire sordide le replonge dans du désagréable, papa avec la tête en morceaux, maman aux cent coups, mais fous-moi la paix, Fitz, je sais que ton objectif, au bout de tout, est toujours de me racheter, tu nous reçois, nous tolères pour cette seule raison, alors ta gueule ! Pietro sert de tampon, il s'appelle Pietro, il a desservi et annonce des escalopes milanaises, point d'interrogation ? Parfait. On boit, on croit avoir fait le tour de nos soucis, que demain sera une rude journée, et Zina sourit, son sourire de danseuse du ventre, on entend déjà tinter les sequins de sa ceinture :

– Pardon patron mais j'ai fait le nègre, préparé la documentation, fallait être un peu chez moi dans votre histoire, sinon, j'étais que décorative dans la maison d'édition, une boule sur votre sapin. Vous vous souvenez, en mai 1972, l'attentat contre l'immeuble Springer, le magnat de la presse, « Bild » et compagnie ? Il y a des blessés parmi les ouvriers, les civils, l'opinion se retourne contre la RAF qui a pourtant averti qu'il fallait évacuer, elle s'en justifie dans un communiqué et même la direction admet avoir été prévenue, mais tard... D'accord le groupe se prend une claque parce qu'une partie de l'opinion comprend que cette direction préfère ignorer une menace qui lui ferait perdre des sous... Mais j'en déduis que la RAF ne tuerait pas un civil innocent, étranger de surcroît !

– Donc ?

– Soit ton père était coupable de quelque chose d'important, patron, soit la RAF n'a rien à voir là-dedans !

Fitz s'est totalement immobilisé et fixe Zina, l'œil allumé, jamais vu aussi brillant :

– Tu sais Florent, quand ton sapin En Colère sera à vendre, je rachète aussi les boules…

Humour américain, Las Vegas, casinos, à chier ! Même que t'es orphelin, Fitz, des excuses et tout, je ne ris même pas.

En fin de matinée, fait gris, et bien froid, pas de neige annoncée, Fitz refuse de monter dans ma Peugeot, non on va avoir l'air de profs alternatifs là-dedans, m'oblige à la remiser dans son garage et à monter dans son Porsche Cayenne noir. On dit *un* Porsche, comme on dit *der* Wagen, masculin la voiture ici, un truc viril, pas féminin comme en France. En réalité il s'en fout, il veut souligner que les langues résistent, mènent leurs combats, il faudrait les parler toutes, traduire est un pis-aller. Comme ça, avec son petit prêchi-prêcha, son costume couleur chagrin qui pendouille sur sa silhouette de naufragé décharné, l'œil fatigué, il nous sort de Berlin, fait le guide touristique exprès qu'on n'en puisse plus d'attendre des nouvelles de son contact au ministère, prend soin de longer le nouveau siège de B.V., une sorte de palais, d'ambassade, qui fait grogner Zina, installée sur la banquette arrière, que Ceausescu aurait aimé habiter là. Je parviens à me taire sans impatience marquée, il serait trop content l'animal, jusqu'à être certain, Fitz roule à 200 à l'heure, que nous en avons pour un sacré moment d'autoroute, vers Bayreuth, Nürnberg, Ingolstadt :

– Il n'a rien voulu te communiquer ton fonctionnaire de l'Intérieur ? Je comprends que l'époque de ton influence soit révolue. Plus personne ne te connaît en haut lieu… Il n'a pas souhaité te rencontrer. Secret défense… Avoue : tu n'as rien obtenu !

– *Yes of course!*

La fierté outragée : premier réflexe en anglais. Et puis il comprend mon piège à sa vanité, pas relâché longtemps mon Fitz, faux désinvolte, et s'incline :

– Le téléphone et le scanner existent, pas le secret. Zina, tu lis l'allemand?

– Oui.

Il la tutoie maintenant, ce type est mégalomane, on s'en aperçoit lentement, aux détails, je comprends son pouvoir énorme dans le groupe :

– À côté de toi, mon portefeuille vert, tu le vois? Ouvre-le, une chemise jaune, tu peux traduire les mails tout haut? L'essentiel...

J'entends Zina obéir, froissements de papier, grosse respiration et :

– Alors... Mmmmm... donc un promeneur de chien a repéré deux jours de suite un coupé Mercedes immatriculé en France et garé en lisière de forêt, vers Siebenbrunn, il y a un plan je te montrerai, mmmmm... On est donc le 12 avril 1977 et la police en ouvrant le coffre de la voiture découvre le corps de Gérard Vallin, né le mmmm... Premières constatations : tué à l'arme blanche, au poignard, trois coups au thorax dont un mortel... Un dessin est posé sur le visage avec l'étoile rouge à cinq branches et la mitraillette, emblèmes de la RAF... Bagages intacts, portefeuille intact... Une mallette avec des documents professionnels à l'en-tête de Daimler-Benz et, nous y voilà, un dossier notarial de l'étude Phalempin, Phalempin et Morel, la succession de... où manquent par rapport au bordereau récapitulatif cinq photos, douze lettres et treize feuillets manuscrits... Sous le corps un vieil exemplaire du *Frankfurter* annoté de la main de Baader qui authentifie l'exécution par la RAF… Expertise graphologique de Baader postdatée… Manifestement pas tué sur place, pas saigné dans la voiture, donc au moins deux meurtriers : nécessité d'une deuxième voiture…

– Tu avais raison, Zina, voler ces documents précis nous renvoie au passé de Louis mais ne nous dit pas la nature du lien…

Je tends la main en arrière :

– Fais voir le plan…

Plusieurs plans en fait, un qui situe l'endroit tout près d'Augsbourg, vers le sud-est, du côté d'Haunstetten, un quartier périphérique, d'autres plus précis par rapport à Siebenbrunn, sa forêt. Bon, on ira se rendre compte…

– Et pour le STO ?

– Rien.

Fitz corrige :

– Des recommandations pour des chefs de service des archives du Land de Bavière à Munich et Augsbourg. Des sections à consulter de préférence. Ce n'est pas rien quand on est pressé…

Zina complète :

– Une mise en garde aussi… Les nazis ont beaucoup brûlé avant l'arrivée des Américains et les bombardements n'ont pas épargné la région !

Fitz réfléchit tout haut :

– Il faudrait retrouver les listes des Landarbeiter affectés à telle ou telle ferme de la région… Si les archives ne donnent rien on ira sur le terrain, possible qu'on ait de la chance. Faudra juste être moins pressés.

– Louis est descendu du train à Augsbourg, un des copains me l'a confirmé. Et mon père est mort plutôt dans le même coin… Donc…

On double une file de camions et je n'en mène pas large, à cette vitesse si l'un d'eux déboîte, aïe aïe aïe, et Fitz peu lui importe, il a son ton de salon :

– Dommage, j'ai réservé au Vier Jahreszeiten, sur Maximilianstrasse, à Munich, j'y descends toujours… Le lobby est magnifique, vous verrez. Oh, on fera un peu de route, voilà tout… On ne va quand même pas habiter là où on a tué ton père, c'est morbide !

– Je crains que…

– Ce ne soit un peu dispendieux ? J'aime ce mot : dispendieux… Qui occasionne des dépenses qui font mal ! Pas d'inquiétude : vous êtes les invités de B.V., à valoir sur le futur prix de rachat de ta maison, Florent…

Et il a son rire en conserve, content qu'il n'y ait jamais d'obstacles pour lui. Même pas mal si on le cogne ! Et puis il tend la main et me touche le bras, et le geste est fraternel, tous les deux on a grandi sans voir vieillir nos pères, ni pouvoir leur pardonner ou les haïr, l'un participait à distance aux massacres du Vietnam, l'autre niait l'héritage nazi, Fitz connaît la partie sentimentale de la réponse, pas l'idéologique, il comprend que j'aie envie de savoir aussi.

J'y pense pendant qu'on traverse en trombe des régions de carte postale, du romantisme où qu'on regarde, avec Wagner et les Niebelungen au détour des bois en pente, les terrains rapiécés de neige, à écouter le Ring, sûr que cette musique collerait au paysage qui nous mène vers Bayreuth… Au lieu de quoi Fitz nous a réglé une station troisième âge où Camillo Felgen, la star des années 1950, tient la vedette, *warum, sag warum bin ich allein*, « *Die Rosen vom Bodensee* » et compagnie... Et il écoute attentivement. Juste à un moment il dit :

– On va y aller sur la pointe des pieds, parce que mon contact m'a averti que le dossier de Verena Becker, Paula de son nom de code dans la RAF, qui vit libre à Berlin, graciée en 1989, allait être rouvert avant la fin de cette année... Un procès à Stuttgart-Stammheim, là où Baader, Ensslin et compagnie ont été jugés, dans le tribunal construit pour l'occasion à grands frais par un ancien nazi.... Ironie du sort, hein ? Pas impossible qu'elle ait dénoncé Wisniewski comme tueur du procureur Buback pour être mise hors de cause. Or on a retrouvé un de ses cheveux dans le casque de moto porté par un des assassins... Tout cela respire encore le secret défense, même avec des recommandations... De plus, d'après mes contacts il semble qu'à l'automne la police ait laissé s'essouffler l'enquête sur la mort de ton père : les journaux allemands, ceux de Springer, le *Frankfurter*, n'ont pas aimé que la presse française rappelle le passé nazi de Schleyer, ses années de prison après 1945. La bande à Baader devenait une organisation de justiciers, comme les services de Wiesenthal, pas un gang de bandits terroristes...

– Et mon père était français en même temps, disons-le, que collabo à retardement... Il valait mieux enterrer l'affaire, je comprends.

Derrière nous Zina s'est endormie. Dans ma poche je sens les lettres de plomb et le couteau de Lena, vers qui on roule, le Vier Jahreszeiten ne doit pas être très loin d'où elle travaille, je ne connais pas son adresse personnelle, si elle est dans le centre comme l'hôtel et le siège éditorial, pourvu que… que le hasard nous mette en présence ? Ou fasse que nous ne nous croisions pas ? Va savoir, *mektoub* et *alea jacta est* !

Vers Nürnberg Fitz observe un arrêt café, éclair, le plein d'essence, se dégourdir les jambes, j'appelle Clémence, ça va ? Valérie répond que « ço vo », Maxime « avec », comme on dit à Roubaix, Maxime aussi, quand même Clémence ne répond pas au téléphone elle-même, n'a rien à me dire. Je raccroche et on repart. La nuit est tombée quand on sort à Ingolstadt, au lieu de filer droit, pour prendre une nationale vers Augsbourg, ensuite on ralliera Munich par l'ancienne route, j'ai la carte sur les genoux, Mering, Fürstenfeldbruck, Gräfelfing… Je veux traverser la campagne où mon père a perdu le souffle, même dans l'obscurité, sous les phares, m'en fous, me glisser dans les coulisses de cette région si douce et ouverte, une Provence allemande, sans me découvrir encore. Pas la peine d'expliquer deux fois à Fitz, il a ses repères, et on traverse des villages déjà déserts, avec des Maibaum désolés sur de petites places publiques, fait très froid dehors, le pays paraît pétrifié, on se laisse glisser sur le flanc d'Augsbourg, Haunstetten, Fitz souligne à mi-voix qu'un Brigadeführer, Sylvester Stadler, responsable du massacre d'Oradour, y est mort voilà peu, et on prend l'itinéraire campagnard que j'ai indiqué, vers Munich. Fitz l'a fait exprès, j'en suis sûr, d'ouvrir avec la fausse naïveté d'un guide la porte aux ombres anciennes, elles se lèvent derrière la nuit et je pense à Ulysse qui les avait convoquées à s'abreuver de sang. La terre d'ici en a assez bu, Dachau, le travail dans les usines, les combats de 1945, pour que les âmes des morts y vivent éternellement et qu'elles me parlent. Il faudrait pour mieux les débusquer que je sois un chasseur d'âmes en souffrance, ou un écrivain, c'est pareil.

Et puis l'entrée dans Munich, une ville qui bombe le torse, qui ne discute pas, qui s'impose d'abord, costaud, des immeubles comme des régiments à l'uniforme boutonné, pas Berlin l'effrontée, la distraite, séduisante tout de suite même pour un soir, et puis on va vers le centre et on en prend plein les yeux, Zina grommelle en roumain, quelqu'un a volé un morceau d'Italie, l'a remonté ici, Fitz continue ses détours complaisants, nomme la Theatinerkirche, Marienplatz, la mairie, on longe le fleuve Isar, rien que de la beauté, je sens que cette ville demande qu'on soit à sa hauteur, foutument princière, tout a été reconstruit à l'identique, palais, cathédrale, théâtres, l'histoire ici c'est l'histoire d'avant, des époques à gants blancs, pas de ruines qui attestent de la Seconde Guerre, pas comme à Berlin l'église du Souvenir laissée avec ses mutilations, qu'on se rappelle l'apocalypse, ici on oublie. Nous on est venus pour se souvenir.

On enfile une large avenue, au ralenti, je trouille de voir Lena attendre à un feu rouge, marcher au fil du trottoir, et je voudrais bien aussi, je guette, à gauche le Kammerspiele, théâtre célèbre par le monde, la contestation devenue institutionnelle et applaudie par la Schickeria, j'ai retenu le mot de Lena, trahison des idéaux ou victoire de la révolution, je ne sais pas, et Fitz prend à droite, la petite piste en demi-cercle sous les oriflammes de parade qui marquent l'austère façade de l'hôtel, le Vier Jahreszeiten, où piétine le voiturier. À l'instant où Fitz stoppe, on nous attend déjà, un portier, à l'entrée de l'immense lobby meublé cuir et tables basses, une sorte de patio central, le desk est à droite, une galerie en léger surplomb à gauche et le plafond est une aile de papillon géant, une rosace de vitraux multicolores qui diffuse une lumière bigarrée sur la clientèle bon ton, rires en sourdine et contacts sensuels furtifs, le public feutré des palaces. La vache !

Quelques formalités, les bagagistes en attente sur nos talons, à la fois la situation est flatteuse, pas tous les jours le luxe, et encombrante de rituels imposés et vains, *guten Abend Herr Fallinne*, Vallin, on prononce Va-lin, *ach ja*, la salle de bains ici, les serviettes, un billet de dix, *danke sehr*, et ces politesses de surface me fatiguent. Mais j'aurais mauvaise grâce de me plaindre. Chambre cossue, tout le confort, douche, mon peignoir, mes mules, une chemise propre, Fitz nous a donné rendez-vous dans le lobby : on dîne en ville, surtout pas ici, cela reviendrait à manger nulle part.

Et il nous mène ainsi, à pied, à travers le centre historique et le gel, un gel de luxe qui légitime les pelisses, les fourrures, un froid pur, direct importé du pôle… Fitz souffle dans ses doigts et déballe son petit commentaire érudit, par la Hofbräuhaus où Hitler a tenté son coup d'État en 1920, l'année où Louis naissait, la Marienplatz, la librairie immense Hugendubel tu devrais aller te présenter à eux, puisque les traductions de tes publications vont sortir, là-bas à Isartor, le musée Karl Valentin, un rigolo pour qui Brecht jouait de la clarinette, jusqu'au Schneiderweizen, un restau sans concessions à la mode, longues tables et bancs, bois sombre, du bruit, service à l'emporte-pièce, des odeurs de bière, de charcutaille, de chou, des rires et chaque mot plus haut que l'autre, pas question de rester sur son quant-à-soi, serveuses en dirndl, la sueur au décolleté, mais pas de racolage, pas de jeunesses tape-à-l'œil, rien en dessous de la cinquantaine, des balèzes capables de porter quatre chopes dans chaque poing, plus de quatre kilos, en chaussures plates et sourire de commande, faut quand même pas trop en demander. Mais les *Zigeunerschnitzel* avec de l'Aventinus en veux-tu en voilà, cette bière aigrelette, la dame à ma droite, une petite pomme qui boit du *Liebfrauenmilch* et me parle avec des soupirs, sa main sur mon bras, et une joie nostalgique, sa jeunesse sûrement, un mari tôt en allé et encore aimé, que je ne comprends rien, Zina non plus, en tout cas ces *Schnitzel*, cette bière, je me damnerais pour, et ces confidences obscures de gens que je ne reverrai jamais, je le sens bien clair qu'ici, on est tous semblables, le cul à la même enseigne sur les bancs et les gosiers aux mêmes chopes, comment peut-on haïr, maman, un peuple capable de ce coude à coude ? C'est l'antidote de l'autre Munich, à quoi Fitz nous initie en accéléré. Il commence sa *Leberwurst* et avoue :

– Dommage que vous ne puissiez voir l'Oktoberfest : des poissons empalés par la gueule sur des pieux, qui rôtissent, alignés le long d'un fossé empli de braises, et des centaines de types alignés en train de pisser leur bière, gros salaires et travailleurs confondus... Vous avez un carnaval dans le Nord qui rabote aussi la société, non ?

– Dunkerque.

– Dunkerque, j'aimerais y aller... Ici, j'ai voulu vous saturer de couleur locale, de folklore, que vous puissiez dépasser le superficiel, les mirages, et plonger dans la chair des gens d'ici, comme les prêtres mayas, vous vous souvenez, ôtaient le cœur de leur victime avec un poignard d'obsidienne, d'un seul geste... Parce qu'il va falloir du courage pour faire saigner à nouveau les anciennes plaies, rouvrir les stigmates.

Et c'est tout, il mange ses *Kartoffeln* vapeur, sa *Leberwurst*, le plat du pauvre, tout benoît, paie, et on rentre. Les sacrifices humains, il avait bien besoin de les mentionner à table, putain d'Américains, m'étonne pas que vous vous preniez au sérieux. Moi, toujours la trouille où je pense de croiser Lena, même que j'ai beau me traiter de pauvre couillon, à mon âge on ne joue plus à ces jeux, on n'a pas peur, surtout pas de ces épreuves à l'ancienne, ceinture de chasteté et serments rougissants, alors qu'on a fait l'amour à la cosaque, pas se voir un an durant, et puis quoi, jouer les moines qui ont envie et se réfugient dans la foi, merde non, la donzelle je devrais chercher son adresse et débarquer, elle serait en déshabillé, non j'arrête, crétin, fantasmes pour feuilletons télévisés !

Dans le lobby animé, les couples prennent des alcools, dès que quelqu'un entre, les regards sont inquiets, encore des couples de plaisir, comme à Francfort, des groupes d'hommes sont contents d'eux, cravate relâchée, visage de vainqueur, nous on dresse notre petit tableau de service. Zina est crevée, elle n'a presque rien dit de la journée, elle m'a souri souvent et a gardé les yeux sur Fitz. Si jamais elle était une nouvelle fois contaminée d'amour pour un pareil sans cœur, elle en mourrait. Un Américain citoyen du monde capitaliste, le livre est un produit, penser et puis quoi encore, et une ex-Roumaine romanesque, cœur d'artichaut et conscience historique aiguë, sans compter leur âge, encore que, bon, c'est pas le couple people du siècle. Quand même, ne pas oublier de crever l'abcès avec elle. Fitz pose les bornes temporelles : demain on est lundi, faut se grouiller, nous reste trois jours, si on veut remonter jeudi soir réveillonner. À moins qu'on ne reste ici, ou qu'on fasse la surprise à Sandor ! De ça on reparle plus tard, s'il te plaît Fitz. D'accord, demain neuf heures, on vérifie les sources officielles, la paperasse, 11 Ruppertstrasse, les archives, ensuite on se frotte aux êtres, à ceux qui parfois descendent des bourreaux ou des lâches, et sont parfois de braves gens et parfois des cyniques à beaucoup de zéros en banque. Bisous, trois en tout, comptez si vous voulez, les effusions sont rapides, et je suis à peine au lit que rideau.

Le lendemain, petit déjeuner expédié, tous les trois habillés chaud, Fitz en parka de luxe, taupe, gilet à carreaux noirs sur fond gris, plus *clergyman* frappé que jamais, on affronte les administrations, les employés absents pour cette prétendue trêve des confiseurs, et le peu d'enthousiasme de ceux qui sont de corvée. Sur les recommandations fédérales de Fitz, on ouvre des portes, mais sans précipitation ni zèle. Tous les sites munichois qui peuvent avoir un fonds où traînent des traces de la Seconde Guerre. Dans l'un d'eux, une cour d'honneur, veille un très beau cheval de bronze. Des heures à s'user les yeux, chercher à se garer, oublier de manger, pour guère de résultats, sauf des adresses d'exploitations agricoles proches de Munich ayant employé de la main-d'œuvre STO. Des listes de Landarbeiter aussi, mais pas connectées aux exploitations, et dans lesquelles ne figure pas Louis Debaisieux. De toute façon, ces documents ne reflètent qu'une partie de ce volet de la déportation… Reste à voir à Augsbourg. Si les archives d'Augsbourg ne donnent rien, il faudra aller au hasard dans les fermes poser des questions que les gens n'aimeront pas et que nous n'avons pas le droit de poser. Et la journée est déjà avancée.

Peu importe, on reprend cette vieille route de la veille, dans un jour cassant de froid, Zina le visage perdu au col de sa fourrure mauve, inquiète de ma déception qui grandit. Clémence n'a pas les moyens d'attendre longtemps le fin mot de l'histoire de Louis.

Si seulement maman n'avait pas fait l'autruche, enterré le vieux chiendent avec l'espoir imbécile qu'il ne repousserait pas! En chemin Fitz fixe le tableau de service :

–… Pour les administrations il se fait tard, quand même on passera vérifier les horaires pour demain première heure, mais d'abord Siebenbrunn, là où la voiture de ton père a été retrouvée, Florent…

– La voiture et le corps…

Et l'idée intolérable me vient, ça me remonte comme une aigreur d'estomac, un dégueulis que tu peux pas t'empêcher, ou faut cogner quelqu'un ou balancer ton poing dans un mur et avoir mal :

– À condition que les deux soient différents. Parce que mon père était tellement vendu aux Quandt, à Schleyer, entre autres, et je sais ce que je dis, le montant de la fortune que je gère pour le compte de ma mère, les possessions et les capitaux en Suisse ou offshore, qu'il aurait aussi bien pu avoir le pavillon bavarois ou l'étoile à trois branches tatoués sur le front… ! Au lieu de quoi il a eu une étoile à cinq branches griffonnée sur un bout de papier, l'emblème de la RAF qui ne s'est pas trompée de cible! Bien fait!

Silence dans la voiture, Fitz fredonne la valse de *La Veuve joyeuse*, *die lustige Witwe*, pourquoi je connais ce mot inutile, diffusée par sa radio en *Lederhose*. Moi, je sens des fourmis me courir sous la peau, un grand calme blanc me couler dans la poitrine, je peux pas arrêter, pas avant d'être nu, qu'on me voie la mocheté bien net :

– Et tout ce fric vient de la collaboration avec d'anciens nazis dédouanés, blanchis, ou de leur héritage transmis à des capitaines d'industrie sans morale sinon celle de l'actionnariat. Allez, je vaux pas mieux que tous ces anciens bourreaux, je vis d'argent sanglant, du salaire de morts terribles, pire qu'un tueur à gages… Maman s'est interdit tout contact avec l'Allemagne pour éviter d'en concevoir une conscience coupable qui l'aurait tuée de honte, de rendre sans cesse sensible sa complicité avec mon profiteur de père, et pour nous préserver, Clémence et moi… Merde, qu'est-ce que je fais de cet héritage inhumain ?

– Tu as cessé d'exercer le droit des sociétés pour publier des textes qui dénoncent les abus des nantis, de tes anciens patrons, ainsi tu donnes la parole aux petits… Tu paies le salaire honorable d'une fille comme moi qui offrait son cul gratis. Tu m'as rendu ma dignité depuis longtemps. D'accord que tu sois maudit, toi, à jeter aux chiens, mais ta rédemption, patron, tu peux pas l'éviter si tu rachètes les autres.

Et il y a sa main froide sur ma joue, calme-toi patron, calme-toi…

Comme Fitz ralentit sur la petite route que j'avais même pas vue quand on y est entrés, parcourt un kilomètre, vérifie une photo transmise par mail et se gare tout chaotique sur le remblai gelé du bas-côté, coupe le moteur. En lisière de forêt la route étroite s'élargit d'une courte esplanade bitumée, de quoi laisser deux tracteurs se croiser, ou garer une remorque agricole.

– Nous y voilà.

Zina remarque :

– D'habitude la RAF exécutait à la sauvage, non ? Pas au couteau, et en pleine rue. Fallait du spectaculaire. Ils ne prenaient pas le risque de trimballer un cadavre…

– Sauf pour Schleyer. Ils ont envoyé un communiqué avec la marque de l'auto, une Audi, et le lieu où ils l'avaient laissée, rue Charles-Péguy à Mulhouse... Ici ils n'ont pas prévenu...

– Donc j'ai peut-être raison de penser à un crime maquillé en exécution par la RAF, conclut Zina, à voix basse, comme pour elle, n'empêche qu'elle le donne à entendre, j'ai entendu, Zina!

Surtout : tout est possible et son contraire. On descend dans le léger vent qui longe les sapins, il devait faire plus chaud quand papa est mort, la terre craque sous nos pas, et tout est presque immobile dans l'odeur métallique du froid étincelant. On reste une courte minute à regarder le sol, les traces de pneus, le jour en train de fermer boutique, comme les visites formelles sur les tombes à la Toussaint, on a honte de pas y rester la journée entière, bouffer avec nos morts comme faisaient les Romains, on ferme les yeux dix secondes et c'est bien assez pour ne pas passer pour des sans-cœur, y compris à nos propres yeux! Alors c'est moi qui donne le signal :

– Merci pour le pèlerinage mais on va aux archives? Je ne vois pas comment, avec quels nouveaux éléments, j'éclaircirai le meurtre de mon père, même pas sûr d'en avoir encore envie. Alors on se concentre sur Louis, faut que je rapporte du concret à Clémence... De toute façon s'il y a un rapport avec le voyage de mon père dans le coin, on le trouvera en suivant la piste STO...

Fitz s'incline, pas loin d'être un peu excédé, je le sens, et je m'en tape... On repart. Salomon-Idlerstrasse, la partie augsbourgeoise des archives bavaroises, les gens de Munich nous ont donné l'adresse.

On y est en rien de temps, place de parking on ne peut plus proche, mais c'est fermé. Fitz, sans aucune gêne, appuie sur la sonnette, recommence… Zina et moi on renonce déjà, demain on sera là aux heures d'ouverture. Et miracle, un bonasse craintif en uniforme foncé de gardien entrouvre, *ja*? Il lit un papier que lui tend Fitz, lève des yeux pas rassurés, écoute, et fait non de la tête, puis je le vois s'éclairer, prendre un stylo dans sa poche de poitrine, écrire, sur le document qu'il rend à Fitz, *Gut'n Abend, vielen Dank*, Fitz nous rejoint :

– Évidemment demain tout est possible ici, on rase gratis, mais j'ai l'adresse et le téléphone d'un Herr Doktor, Moritz Idler, il y a pensé à cause du nom de la rue, un spécialiste de l'histoire locale, le genre, si j'ai deviné, à écrire des monographies, collectionner des noms, des listes. Souvent ce sont les pires amateurs mais ils possèdent des trésors de documentation étonnants… Au siège B.V., le service des manuscrits en voit défiler…

Il a sorti son portable, numérote, parle un bon moment, je saisis « Debaisieux », « Lille ». Il raccroche :

– Il nous reçoit tout de suite. On est à cinq minutes…

Effectivement, une drôle de maison, un bloc cubique énorme aux murs de bardeaux. Je m'attends à une vieille barbe, un clerc de notaire pensionné, la pantoufle hésitante, un mis à la réforme qui sent pas bon. Pas à cette beauté, plus jeune que moi, une blonde pas si grande en dirndl, jupe de velours marine mouchetée de fleurettes ciel, corselet lacé noir, et le corsage à courtes manches et tout ce qu'elle n'arrive pas à faire rentrer dedans, des fossettes aux joues, au menton, un sourire imprimé au visage, zyeux gris doux, cheveux en grosse natte sur l'épaule, une fille-gâteau, Sissi avant son destin. On doit rester raides tous les trois, pas savoir quoi, pas foudroyés amoureux, non, Zina et Fitz je commence à comprendre leur manège, les manières de profiter du rétro de l'auto, tomber pile ensemble au petit déjeuner, se frôler à regarder un document, et moi, j'ai Lena, Clémence encore dans un coin, j'ai plus la place pour quelqu'un de plus à aimer dans ma poitrine, mais admirer, rendre hommage sans arrière-pensée, je peux. Fitz dit quelque chose, Zina dit Zina Dumitrescu, la dame a chaque fois une petite flexion, un salut de cour, et je bredouille, *Grüss Gott, ich bin Florent Vallin*... Pas brillant mais j'ai droit à la même petite révérence, Cornelia Idler. Cornelia ! On entre dans un vestibule tout bois clair, lambris, plancher, elle ferme derrière nous, appelle Moritz. Et un gaillard, la trentaine à peine dépassée, en col roulé rouge, déboule de l'escalier, poil blond court, nous saisit les mains, les secoue, dit des trucs pas clairs en allemand, ouvre une porte, *bitte*, on est dans un bureau immense, des étagères de livres partout, ouvert sur un jardin à rhododendrons défleuris, *bitte nehmen Sie Platz*, et il traîne trois trucs en cuir, mi-fauteuil mi-chaise, lui pose une fesse sur son bureau, et il continue en français, accent de mauvais film, il le sait et grimace, drôle :

– Je suis Moritz Idler, j'enseigne en université, à München, l'histoire contemporaine... Et chez nous l'histoire, si on écoutait les Bavarois fortunés, elle commencerait aujourd'hui, n'est-ce pas ? Ou bien elle finirait en 1913 ! Donc je ne suis pas dans un département important... Certains pensent que j'étudie une parenthèse vide, où personne n'a rien fait de sa propre initiative, où personne n'est coupable de rien. Moi je ne suis pas juge, je ne sais pas ce que j'aurais fait autrefois, ni dans les années de plomb, je sais juste que je veux savoir à qui je serre la main. Donc je constitue mes propres archives à partir de celles du Land, réorganisées, et des travaux de mon père historien... Le père du père de

Cornelia travaillait pour l'administration des camps nazis, nul n'est parfait… Mais qu'il ait nourri ses enfants avec un tel emploi, il faut bien s'en souvenir, même si on ne se suicide pas… Cela dit il fallait bien qu'ils mangent, le père de Cornelia et ses frères…

Et il pousse une sorte de grand soupir d'embarras, comme un couillon amoureux de deux filles, continue :

–… oh, Herr Fitzgerald dit que vous cherchez l'affectation d'un Landarbeiter entre 1943 et 1945… Exact ?

Il me regarde droit, souriant.

– Exact, celle de Louis Debaisieux, le grand-père de ma femme…

J'ai répondu en le quittant des yeux parce que Cornelia est entrée déposer un plateau, des verres et des bouteilles de bière près de lui, qu'il l'a remerciée, un bisou chipé, je vous regarderais être heureux longtemps mes beaux…

–… et voici le numéro de sa carte… Les solutions possibles, parce que les chiffres sont assez illisibles… Son nom aussi. Il venait de Lille, dans le Nord… Nordfrankreich….

Comme s'il ne parlait pas français… Il prend mon papier, un geste du menton à Fitz qu'il fasse le service, et contourne son bureau orienter l'écran d'un ordinateur, un gros Mac, l'allume, attend pendant qu'on décapsule, commence à pianoter, lit, cherche, grommelotte tout seul en allemand, dit *ja, geh' mal*, grimace, sourit, lève soudain les mains du clavier :

– Le plus souvent ce ne sont pas les victimes qu'on me demande de rechercher mais les petits bourreaux de hasard… Ah ! venez voir !

Tous les trois on fait le tour du bureau, on se penche. Sur l'écran une liste de noms est affichée et Louis Debaisieux figure devant un numéro de carte, la liste suit ces numéros, pas l'ordre alphabétique. Vite il le note sur mon bout de papier, ferme le document, en rouvre d'autres, qui tiennent compte de paramètres multiples, jusqu'à obtenir deux noms qu'il imprime aussitôt :

– Voilà. M. Louis Debaisieux était dans une de ces deux fermes de Mering. Chez Weber ou chez Stockler. C'est une petite ville à coté… Vous avez les adresses, sûrement encore un peu en dehors, dans la campagne…

On sait. Et ça fait tout bizarre d'avoir la solution, qu'il ne reste qu'à aller poser nos questions, on ne peut plus se tromper qu'une fois… Au pire je prendrai des photos, avec du roman réaliste autour, les travaux et les jours de pépé Louis, le champ où il binait les patates, le bâtiment où il dormait, Clémence aura son petit monument au cœur. Moritz doit avoir les mêmes craintes :

– Évidemment, peut-être vous ne trouverez plus personne qui se souvient du Opa, n'est-ce pas… ? Ou que ces fermes n'existent plus… Mais…

Il est content, laisse l'ordi allumé, se lève se décapsuler une bière, Cornelia est venue s'accoter au chambranle de la porte, lui sourit, et clairement elle ne doutait pas qu'il s'en tirerait haut la main son amour de mari. Et puis à l'étage pleure un enfant et Cornelia se précipite. Nous reste à reposer nos chopes et remercier à deux mains, tout bêtes du tour magique effectué par Moritz, sans forfanterie, de son optimisme lucide, et de la beauté de sa femme.

Après c'est trop tard pour battre la campagne de Mering, chercher les deux fermes, interroger, plus de lumière pour les photos, on rentre à Munich et demain on boucle cette affaire, merci Fitz.

Mon père ? Rouvrir son dossier sans éléments nouveaux ? Si même j'avais les moyens de mettre au jour les causes de son assassinat est-ce qu'il en sortirait pardonné, je serais assuré de son paradis ? Non. Et personne d'autre n'est désormais concerné, surtout pas maman.

Donc on se fait le chemin de retour à la débonnaire, traversée de Mering quasiment au pas, tâcher de repérer des exploitations agricoles, les noms des rues, des chemins triviaux, et puis la route souple sur les coteaux ronds de la campagne, le tracé tortueux de la route qui se faufile entre les parcelles labourées. Un trajet fantomatique comme une excursion lunaire, dans une lumière citron. Et ainsi, on retrouve Munich. Trop sur le qui-vive pour dîner ailleurs qu'à l'hôtel, pique-niquer sur le pouce du room service dans la chambre de Zina. Entre deux j'appelle Clémence. Calme plat, je lui dis notre enquête qui avance, que bientôt elle en aura le cœur net, et elle est atone, demande s'il neige en Allemagne, Valérie avoue peu à peu que Maxime a refait des siennes, convoqué chez le principal à lo rentrée pour avoir mis sur le Net une photo prise avec son portoble du… du derrière d'une grande de troisième dans une boum. Une skin party, ils disent. Non, pas de plainte, les porents s'en foutent, c'est le collège qui règle o l'interne. Modome ? Des hauts et des bos. Putain d'accent de Valérie ! Je raccroche, faut respirer, pas monter en épingle alors que je suis à perpète, Maxime je vais le foutre entre les mains de Zina aux vacances de février et elle va te lui raconter sa vie, qu'il mesure la sienne, de petit con, même si sa maman va mal.

En avalant des *Knödel*, bouche pleine et la sauce chasseur au menton, je ne dis rien, et après, tous les trois le rot au bord des lèvres, bière au poing, on fait notre bilan. Demain on peut clore le dernier chapitre des aventures de p'tit Louis au pays vert-de-gris, satisfaire aux désirs de Clémence, alors on a parlé du terrorisme en général, de la RAF parce qu'ils sentaient bien tous les deux que j'enterrais définitivement mon père sans avoir le fin mot. Est-ce qu'il avait été suffisamment important, symbolique d'un nouveau fascisme d'État à abattre, un fascisme qui opprime le peuple par les institutions et l'économie de profit au lieu d'être l'expression d'une volonté d'émancipation populaire, mon père était-il suffisamment représentatif de cette autorité violente dévoyée, récupérée dans les cendres du Troisième Reich et recyclée dans un appareil d'État, pour être l'objet d'une exécution de la part d'un ennemi intérieur dont la capacité à tuer était l'unique reconnaissance possible, et la manifestation de l'engagement pour la liberté ? J'ai posé la question, complexe, bordélique, j'aurais eu tendance à répondre oui, qu'il était un voyou en col blanc, sans morale, que les terroristes de la RAF étaient appelés ainsi mais c'étaient pas des Robespierre au pouvoir, représentant du peuple qui guillotinait à tout-va, la presse Springer les avait affublés du nom pour légitimer auprès des masses la répression sanglante, jusqu'à parler cyniquement de suicide collectif de Baader, Ensslin, etc., en prison, oui pour installer dans les mentalités de la rue son pouvoir de vie ou de mort, alors qu'aucun citoyen lambda, sauf employé proche d'un Schleyer ou d'un Buback, n'était menacé, mais je ne savais pas, je pensais au 11-Septembre, à la vraie terreur replacée dans le cadre de la guerre entre États et qui peut toucher n'importe quel être humain, y compris les chiens. Voilà, j'y revenais : possible que le meurtre de mon père ait eu sa justification. Évidemment, Fitz a tiqué, rappelé par exemple que les enfants n'étaient pas un obstacle pour ces clandestins de la révolution, Ensslin a purement et simplement abandonné son petit Felix, pas des monstres non, ils estimaient marxistement que les gosses devaient être pris en charge par la collectivité, mais ils oubliaient les enfants de leurs victimes civiles, y compris moi, lui étant le fils d'un ennemi militaire, des enfants punis de quoi ? On a argumenté, sans s'affronter, juste à essayer de débroussailler la question en général, que ma déception intime en soit atténuée, jusqu'à ce qu'on ait bu tant de bière qu'on allait pisser sans cesse et qu'on perdait le fil. Et puis Zina qui s'est beaucoup tue vient de dire :

– Je persiste et signe : la RAF n'a pas revendiqué le meurtre de ton père, patron. Verena Becker, Christian Klar, Wisniewski, tous ses membres valides et capables d'un tel acte avaient un alibi pour ce jour-là et les procès ultérieurs l'ont écarté en tant que chef d'accusation parce que c'était le seul nié en bloc par tous. Donc il s'agit d'un crime crapuleux déguisé en attentat politique par quelqu'un qui a eu contact avec Baader, qui a pu se procurer le vieux *Frankfurter* annoté par lui, c'est bien suggéré par les conclusions au terme de l'enquête de la police criminelle, que Fitz nous a communiquées.

– Tu veux dire que mon père a été tué par un guérillero urbain cocu, surpris au lit avec la femme du Che d'Augsbourg ?

– Si la dame en valait la peine, c'est plutôt un départ plein de panache ! Maintenant t'as trop bu patron, va te coucher !

Bon, je pense à Hermann et Ilse, tués au combat si on va par là, et j'obéis, je rentre pendant que Fitz passe encore aux toilettes, foutue Spatenbräu.

Dans la matinée blafarde, l'odeur mouillée de neige qui s'annonce, la ferme Weber on la trouve une fois sortis de Mering en direction de Fürstenfeldbruck, un bâtiment aussi impressionnant qu'un manoir séculaire en brique à l'écart de la route. L'entrée de la grande cour carrée est surmontée d'un pigeonnier, les bâtiments s'élèvent sur un étage et si on boucle le portail massif, on peut soutenir un siège. Chaque côté doit bien mesurer cent mètres, le corps d'habitation au fond, avec des volets peints en losanges vert et blanc, au centre une fosse bétonnée où l'on descend par une pente douce, qui a dû contenir un fumier. Moteur du Cayenne coupé, on entend les bruits de l'exploitation, le tracteur qui sort de la grange, à droite, énorme, ses roues bien plus hautes que moi. Tous les trois, Zina en fourrure mauve, on longe une laiterie, le meuh des vaches invisibles dans l'étable, une portion avec des fenestrons, qui ressemble à une école d'autrefois ou une gare, ou un dortoir. Parmi les gens qui s'affairent, certains ont interrompu le travail, nous considèrent de loin. Nous on frappe à la porte vitrée d'une pièce d'accueil où les trophées de chasse sont accrochés au-dessus de portemanteaux entre des armoires anciennes décorées de fresques naïves. Une dame vient nous ouvrir, reste sur le seuil pendant que Fitz s'explique, cette fois Zina se mêle à la conversation, moi je souris de mon mieux, le col de mon manteau relevé et les oreilles rouges. La *gentlewoman farmer*, la cinquantaine, est en pantalon de velours marron, des bottes de cuir, doit guère aller dans les labours, une chemise de bûcheronne, un gilet matelassé marron, solide, brune à fils d'argent, l'air à pas se démonter et des yeux bleus, façon comédie américaine des années 1950, Doris Day, voilà. Elle sourit gentiment, puis seulement poliment et s'écarte, *Wollen Sie herein*, comme à regret, et on entre, elle pousse une porte à droite, s'efface encore et on est dans une salle pour banquets de chasseurs, des hures de sangliers et des ramures de cerfs pendues tout autour, une longue, longue table, vingt chaises rustiques, je les compte illico de chaque côté, une cheminée à rôtir un chevreuil, au fond, où brûle un incendie, et devant, assez loin pour ne pas prendre feu, des canapés genre écossais, des fauteuils à bajoues et rouflaquettes, qui ressemblent à des vieillards, et des guéridons au hasard. La dame s'est présentée pendant le trajet de nous y emmener, Erika, Erika von Rau. J'ai compris son nom, et qu'elle ne parle pas français, anglais si on le souhaite. Non, Fitz secoue sa tête d'évangéliste rusé, monsieur comprend assez et nous traduirons. Commence bien : s'appelle pas Weber ! Elle passe le nez par une espèce de sortie dérobée, deux mots sèchement et revient vers nous, prend place après nous avoir fait asseoir, elle est prête, ses sourcils levés le disent, et ses mains croisées sur ses genoux, au fond elle est bien belle, un chêne solitaire à la bifurcation de chemins. Et elle écoute, fronce un peu, le laïus de Fitz, corrigé par Zina de temps en temps. À la fin elle me regarde, moi seul. Et parle en homme d'affaires, de ceux compromis dans un scandale et relaxés, amnistiés, qui s'expliquent ensuite aux médias sans regrets. Fitz traduit à mi-voix, penché à mon oreille, très conférence internationale :

– La famille Weber s'est éteinte au tout début des années 1960. Les trois fils n'étaient pas revenus du front russe. Le père, Anton, a payé sa dernière tournée de schnaps après des milliers d'autres, en souvenir de ses héros, et en est mort, la mère a vendu, mon beau-père a acheté. Frau Weber était déjà très âgée, comme son mari, encore quelques années dans un appartement d'Augsbourg et au revoir. C'est eux qui employaient des Landarbeiter pendant la guerre. Restait une fille, mariée en Autriche. Si elle vit elle n'a pas loin de quatre-vingt-dix ans aujourd'hui… Moi je n'ai jamais rencontré ni les uns ni les autres. Encore moins Louis Debaisieux et les autres étrangers à travailler ici.

Erika marque un silence, ses yeux restent dans les miens, juste un instant pour décider si ce qu'elle va dire vaut la peine, ou si moi je vaux qu'elle parle, et puis, rapidement, une sorte de révélation, sur un ton désinvolte de bon débarras, on ne pourra m'accuser de rien, surtout pas de ne pas avoir aidé un Français :

– La seule qui puisse se souvenir de cette époque est Waltrud… La fille d'un couple de journaliers des Weber, elle est de 1930 et n'a jamais quitté cette ferme. Vos Landarbeiter elle les a connus, elle et personne d'autre puisque le rare personnel éventuellement survivant de l'époque a pris sa retraite, peu nous importe où… Elle est restée comme cuisinière… Je peux la faire appeler…

– *Bitte… Wenn es möglich ist…*

C'est moi qui ai risqué trois, non, cinq mots, *wenn* ou *ob* j'ai hésité et merde pour la grammaire, cinq mots pour l'impressionner, lui donner l'impression que j'ai décidé de ne pas parler un allemand que je maîtrise par ailleurs. Elle s'incline légèrement, on s'attend à ce qu'elle fouette ses bottes d'une cravache, et retourne à sa porte dérobée, masquée dans les lambris presque noirs, se borne à l'ouvrir, les yeux au sol, et attend qu'une silhouette en vêtement traditionnel, pas le dirndl élégant et sexy de Cornelia Idler, les vraies hardes de travail, l'uniforme des servantes, vienne sur le seuil, une toute petite vieille mince, juste l'embonpoint de l'âge, grise, même le tablier et le corsage boutonné jusqu'au ruché du col, gris pâle, et sa peau et ses cheveux et ses yeux trop lavés d'averses. Ou de larmes. Elle était derrière la porte, aux ordres, immobile tant que la maîtresse von Rau n'était pas venue la chercher et elle ne sait pas pourquoi mais elle est là, avec les sarments de ses mains qui chiffonnent son tablier sur son ventre, son regard vers la maîtresse, qu'elle lui dise ce qu'elle souhaite. Erika le dit, vite, répète plus haut certaines expressions, fait signe à la vieille, Trudi, *komm*, de venir devant la cheminée, revient s'asseoir en la laissant debout. Alors je me lève, je vais à Trudi qui a presque peur, avance une main vers moi comme si j'allais la frapper, et cette main je la prends, j'amène Trudi s'installer dans un sofa aux coussins de tapisserie verdâtre, à côté de Zina et sa fourrure mauve, qui lui donne le départ d'une inclinaison de tête, maintenant je peux l'écouter. Et Trudi parle, d'une voix d'enfant bronchiteux. Fitz traduit, Erika regarde à travers nous :

–… *Ich war so jung…* Pardon, j'étais si jeune… *Entschuldigung, Trudi…* Pendant la guerre, les hommes étaient soldats, beaucoup, sauf les trop vieux, comme Herr Anton, le patron, mais ses fils oui, les valets aussi, comme mon père. Et on avait beaucoup d'hectares à cultiver avec pas beaucoup de paysans… Alors sont arrivés les prisonniers, les kommandos de prisonniers, des Polonais, des Russes, et à partir du printemps 1943, des Français… On les logeait là, dans le dortoir des journaliers…

Elle tend le doigt, montre la direction de l'espèce de casernement sommaire qu'on a longé.

–… La plupart, je les ai encore au fond des yeux, je les vois, j'ai seulement oublié leurs vrais noms, leurs surnoms c'est bon, j'étais gamine, curieuse, j'allais leur parler, il y avait Raspoutine, un Biélorusse, un géant barbu, son copain Minsk, d'autres, et sur la fin il restait deux Français, Philippe et Louis, j'ai retenu, comme des rois de France ils disaient… Parlaient pas allemand au départ, à l'arrivée des Américains, Philippe a fait l'interprète… Tous les deux ils étaient pas vraiment paysans à l'origine, ils avaient menti pour être dans une ferme… Le père de Philippe était cultivateur mais lui, il vendait du tissu aux Anglais, Louis il était fort en soudure… Ils étaient pas vraiment amis, Philippe se mettait en colère contre Louis… Tout le monde aimait bien Louis : il réparait les toits, les gouttières, les machines, travaillait aux champs… Au début, Herr Anton les criait : ils savaient pas bien le travail de la ferme. Et puis à force… Les Américains ont renvoyé tout le monde, et ils sont partis comme ça, leurs affaires dans un bout de serviette noué. Beaucoup ils voulaient pas rentrer chez eux, à l'est, ici ils étaient pas malheureux. Nourris, au chaud, loin du danger, ils avaient même des amis ici, oui on peut dire des amis… Herr Anton avait confiance dans Philippe et Louis, surtout Louis… Il les envoyait même à Augsbourg, chercher des pièces pour les machines… Des fois ils ramenaient des gens en ville… Louis, il m'a appris à faire une tarte au Romadur, notre fromage… Chez lui en France, ils la faisaient avec du… du…

Je complète :

– Du maroilles.

– *Ja, genau,* « maroalles » …!

Rien que le mot, Trudi prend un coup de jeunesse, plus une ride, la taille cambrée, elle l'aimait bien le Louis, et de la tendresse au bord des yeux.

– *Er war der Grossvater meiner Frau… Von meiner Frau?* Le grand-père de ma femme…

Alors là, tout le Walhalla lui aurait débarqué sur les genoux elle n'était pas plus émue, elle se lève, elle a quinze ans, et vient s'agenouiller devant moi, prend mes mains, les baise comme à un évêque, que j'en suis tout retourné, elle me chuchote des confidences, je secoue la tête, *tut mir Leid*, désolé, je ne comprends pas, et je la relève, la rassieds, reste à ses côtés, mon bras autour de ses épaules, le regard froid d'Erika sur nous, et Trudi essaie de revivre, vite, ces années enfouies, tâcher de retrouver une dignité dans leur récit à un parent de Louis.

– Il faisait des photos aussi, ce qu'il pouvait payer de pellicule avec son salaire pour ses onze heures de travail par jour… Et c'était Frau Hollinger qui lui faisait développer les photos… Parce que des fois, au lieu de la messe du dimanche, Herr Anton prêtait Louis ou Philippe à Frau Hollinger, qu'ils s'occupent de son jardin ou rentrent son charbon, ou lui apportent du bois et le fendent…

– *Wer war diese Frau Hollinger?*

Fitz a dressé l'oreille, c'est qui cette Hollinger?

– La femme d'un grand ami d'Herr Anton… Un ami plus jeune, un grand chasseur… Regardez…

Elle a tendu le bras comme quand elle a désigné le dortoir des ouvriers agricoles, vers des trophées, sangliers, cerfs, celui-là, celui-là…

–… Herr Anton et Herr Leopold ont tué presque toutes ces bêtes. Malheureusement, Herr Leopold, je ne l'ai connu que vers la fin de la guerre, il est revenu pas longtemps, et après il s'est fait tuer je crois, il était sur le front de l'est, comme les fils d'Herr Anton… C'était un quatrième fils… Chasser ensemble, avant-guerre, c'était très souvent, mais attention aux lois, les gardes-chasse de Göring ne toléraient rien, j'étais toute petite, j'avais peur des cadavres et du sang quand ils revenaient.

– Et il habitait dans le coin ce Hollinger ?

– Haunstetten. Il travaillait sûrement chez Messerschmitt, puisqu'il était logé dans le lotissement, les habitations réservées aux employés… Des petites maisons doubles avec un jardin et une clôture basse en bois… Ou bien c'était elle qui était chez Messerschmitt ? Peut-être je n'ai jamais su, mais je me souviens de la rue : Hochstiftstrasse. Un jour d'été 1944, avant la moisson, aux jours creux où on attend de pouvoir battre le blé, l'orge, je suis allée livrer du bois ou je ne sais plus, avec Louis, que tous les deux et le camion gazogène, chez Frau Gisela Hollinger. J'ai eu de la bière. Ils ont parlé du débarquement, que les Américains et les Anglais ils ne savaient pas s'ils viendraient jusqu'à Haunstetten mais Frau Hollinger avec son Leopold au front elle a pleuré, je me souviens, et puis j'ai dormi parce que j'avais bu cette bière…

Et Trudi, pendant que Zina note déjà Hollinger, Hochstiftstrasse, Haunstetten, Trudi à la pensée de sa petite cuite de gamine rit derrière sa main ouverte.

– Oh, il a fait de belles photos, Louis, ce jour-là, de soleil, et tous ces mois ! Tout le monde était dessus, et les fois où il faisait la tarte au Romadur, les lessives qu'ils étendaient et on jouait à se cacher dans les draps suspendus, les cochons égorgés et une des fois où je lui coupais les cheveux…

Sa voix se casse, Trudi regarde Erika imperturbable, pas un poil de la stricte fermière n'a bougé, et ferme un instant les paupières, avec Louis derrière j'en suis sûr, et les autres, les Russes, les Italiens, le monde venu visiter son coin de Bavière, et elle oublie qu'ils étaient esclaves de guerre, sûrement requis pour Philippe, volontaire pour Louis, tous deux tricheurs du STO et pas ruraux du tout.

– Les lettres qu'ils recevaient, est-ce qu'ils en ont laissé que vous auriez gardées, ou des photos ?

Zina, pratique, a chuchoté la question à Fitz qui l'a traduite :

– Non. Souvent je suis allé dans le dortoir écouter les voix anciennes, longtemps après les Américains ici, pendant qu'on n'avait plus d'ouvriers, que la ferme donnait plus rien, ni blé, ni lait, ni cochons, et qu'on crevait de faim, avant qu'elle démarre à nouveau, d'abord avec Herr Anton, vraiment finie la guerre, et ensuite que Herr von Rau, le père, fasse tout aménager mieux, en petites chambres, et rien ne restait, que des odeurs de travailleurs, Philippe, Louis, les autres, ils étaient des ouvriers agricoles…

On a refusé le thé ou café d'Erika, embrassé Trudi, merci, ma femme, Clémence, allait être ravie que je lui rapporte tout ce passé de son grand-père. J'ai offert à Trudi une photo de Clémence chez nous, les belles années, celle que j'ai dans mon portefeuille, elle a vingt ans, lui ai répété qu'elle était la petite-fille de Louis, avec mon téléphone j'ai pris un portrait rapproché de Trudi, pour Clémence, et on a foutu le camp, regarder pleurer une vieille dame, qui peut ? Au passage, Erika a tenu à nous faire visiter les dortoirs des employés, une sorte de pensionnat de cadets militaires avec des stalles individuelles impeccables, on pourrait manger par terre. Sur son iPhone, bien meilleur que mon crincrin, Zina a pris des clichés des lieux. On a remercié.

Et maintenant on roule calme, le Cayenne au ralenti dans Haunstetten, pas loin d'Hochstiftstrasse, à guetter comme si on cherchait à repérer un émetteur radio de la Résistance, dans les films on le voit souvent… Peu de monde à pied, ça trottine vite, nez rouge et col relevé… On n'oserait pas demander son chemin à ces gens frigorifiés. Fitz n'a pas sollicité le GPS, qu'on respire le quartier. Qui a dû évoluer depuis la guerre. Des maisons bien ventrues bordent les rues et les autos garées devant affichent une belle santé. Le lotissement Messerschmitt a été rattrapé par l'expansion de la ville, englobé. Du coup la Hochstiftstrasse nous surprend après un virage à droite, un alignement de petits pavillons mitoyens, groupés par deux, un peu semblables aux modèles les plus évolués de nos corons du bassin minier. Quelques-uns ont été transformés en une seule habitation : le jardinet devant est d'un seul tenant, une des portes d'entrée a été supprimée. D'autres sentent le vieux, ont conservé les clôtures à croisillons, des massifs ordonnés. Les modèles des voitures indiquent des niveaux de vie assez différents. Ici on reconquiert une périphérie urbaine et les prix doivent grimper. Autrefois vivaient ici des employés, des ouvriers qui fabriquaient des bombardiers, des chasseurs, de ceux qui ont pilonné l'Angleterre en 1940, mitraillé les routes de l'exode en France… Les héritiers cyniques des criminels d'industrie ne sont pas ici, évidemment… Nous cherchons juste la trace d'une petite dame, l'épouse d'un soldat, qui s'est montrée humaine avec un ennemi. Qu'est-ce qu'on fait ? Prendre la rue à chaque bout, sonner à toutes les portes, est-ce bien ici qu'habitait Frau Gisela Hollinger ?

On est là, garés le long du trottoir à hésiter et j'entends Zina ouvrir sa portière, saluer, une voix lui répondre. Je me retourne, Fitz pareil, une femme emmitouflée, une touffe de cheveux roux hors du bonnet, de dos, montre à Zina une direction derrière nous. Zina remercie, remonte : Frau Hollinger habitait au 21 jusqu'à peut-être quatre ou cinq ans… On est devant le 33, Fitz a déjà engagé la marche arrière.

Le 21 et le 23 sont devenus une seule maison avec une BMW X5 garée du côté opposé à l'entrée, à droite. Pas de barrière, une pelouse jaunie d'hiver descend jusqu'à la rue. Toutes les huisseries sont récentes, en alu noir. Et les trois vieux bouleaux nus du jardin, au fond, visibles quand on a sonné et qu'on attend, sont assortis au temps de neige, aux minuscules flocons qui commencent à tomber comme des cendres après un incendie de forêt ou pendant certaines éruptions volcaniques. Zina prend des photos. Nos souffles montent en buée, les fantômes des mots jamais prononcés, de nos silences. Je me rends compte que je continue à mettre les pieds dans les traces de Louis, qu'il a pris soin des plantations d'ici, élagué ces arbres, s'est peut-être assis sur ce seuil à boire une bière, et que ces bêtes remontées du temps, le récit de Trudi qui l'a tant fréquenté, suffisent à me rendre les lieux, tout le coin, d'une certaine façon familiers. Et puis mon père est mort pas loin, comment oublier ?

La dame nous ouvre et sourit à la neige avant même de nous saluer, les enfants vont adorer ! Mon âge à peu près, grande, cheveux bruns aux épaules, qu'elle repousse sans arrêt, col roulé blanc, jupe longue en lainage noir, elle a la couleur des bouleaux et doit dormir en souriant, sourire dans son bain, en conduisant, en faisant l'amour, ses yeux verts toujours plissés, son petit nez pareil, on ne sait même pas si elle est jolie ou séduisante, elle est contente. Fitz explique en deux mots, un peu plus, je crois comprendre qu'il essaie d'attendrir, vieux sagouin, tu ne dis pas que Clémence va mourir hein, ou je te tue à coups de poignard, Fitz explique et elle met la main devant ses lèvres, je crois qu'elle réprime un fou rire, et non, elle dit *ach Gott* d'une voix navrée, insiste pour qu'on entre, mais si, mais si, elle raccroche des manteaux de gamins entassés dans une penderie ouverte et nous introduit dans un vaste living au plancher blond à larges lames. Le mur mitoyen a été abattu et l'ouverture consolidée par des poutres métalliques apparentes, peintes en noir. Des portes-fenêtres ont été ouvertes sur les arrières, les bouleaux du fond, et parmi une odeur de gâteau à la cannelle, des meubles de prix, des antiquités chinées avec goût, des choses d'inspiration Bauhaus, un gros sapin décoré, des livres, c'est un bordel joyeux de jouets, de vêtements abandonnés. Pendant qu'on entre le bla-bla de la dame ne cesse pas, elle a cinq enfants qui regardent la télé, jouent sur Internet, lisent, etc., à l'étage, elle leur a interdit de descendre avant d'ouvrir : elle ne nous connaissait pas, n'est-ce pas ? Elle s'appelle Petra Boden, son mari est avocat, et nous fait asseoir après avoir dégagé un canapé bois et velours, assez raide, de ses journaux et de quelques bestioles en peluche. Elle tire une chaise face à nous et attend. Se sentir bien comme ici, dans ce capharnaüm, c'est rare. Fitz réexplique notre quête de Louis, pose les questions, elle répond immédiatement, on sent qu'elle voudrait tant faire plaisir, elle remue les lèvres, articule les phrases de Fitz en écho silencieux à peine plus tard que lui. Ensuite, pour répondre, elle bégaie de hâte, parle avec ses yeux verts dans les miens :

– Nous avons acheté les deux maisons voilà cinq ans. Une très bonne affaire : une succession qui ne finissait pas, une dame qui vieillissait, sans être malhonnêtes nous avons eu du flair ! Et nous avons abattu notre mur de Berlin entre les deux habitations…

Elle rit, juste un hoquet joyeux, elle ne peut pas s'empêcher, nous on reste le dos redressé par le dossier du canapé, et puis :

–… L'une était inhabitée, dans l'autre vivait encore Frau Hollinger. Elle était divorcée, ou veuve, seule en tout cas, et avait toujours vécu ici, je crois, avec sa mère qui travaillait chez Messerschmitt, elles ont acheté quand la firme a vendu ces maisons… Pas de M. Hollinger à la signature de la vente, ça c'est sûr !

Zina se penche, les coudes aux genoux, me parle au-dessus de Fitz :

– Ce serait la fille de Gisela Hollinger, celle qui a connu Louis…

– Ou Gisela elle-même. En 2005 elle aurait eu 85 ans, 90 maximum…

Fitz traduit, Petra secoue la tête :

– Non, non, Frau Hollinger avait environ 60 ans, 65 maintenant… Mais elle avait du mal à marcher, elle a vendu parce que le quartier n'a guère de commerces, qu'il faut se déplacer… Je crois qu'elle était tombée amoureuse de notre famille : elle nous a choisis comme acheteurs à cause de nos cinq enfants. Elle-même en prenait souvent en pension et les adorait. Des gosses d'amis qui avaient à se déplacer quelques jours, une semaine… Les voisins les plus anciens nous en ont parlé en riant, ils avaient fini par croire, dans les années 1970, 1980, qu'elle avait ouvert une crèche clandestine, sauvage… Le bruit a couru qu'elle recueillait les enfants de gens en prison, d'espions, qu'elle en faisait un trafic pour l'adoption, que c'étaient des gosses enlevés, n'importe quoi ! Et puis elle a cessé : les enfants des amis avaient grandi j'imagine, on n'avait plus besoin d'elle !

– Savez-vous où elle est allée ?

J'ai demandé en allemand, ma petite phrase bien préparée dans ma tête, *wissen Sie wo*… et elle a de nouveau son rire bref, étonné cette fois :

– Nous avons fait suivre son courrier quelques mois, un an, des lettres qui échappaient parfois au facteur chargé de les renvoyer… Laissez-moi un numéro, je vais chercher le papier où j'ai noté l'adresse et je vous appelle… Voulez-vous un café ?

Merci, non. On l'a dit tous les trois en même temps et on se tait. Elle nous regarde, comprend :

– Je suis sotte. Vous venez de loin. Votre grand-père a entretenu cette maison, ce jardin, il y a laissé forcément quelque chose de lui… Pardonnez-moi… J'espère seulement ne pas vous décevoir… Vous avez raison : peut-être Frau Hollinger a entendu des récits de sa mère, elle peut raconter…

Elle court à un meuble costaud, une sorte d'armoire rustique pour géant, verte et peinte de bouquets jaune et rouge, entre les fenêtres de façade, j'aurais parié qu'elle abritait un bar ou l'installation stéreo. Non, Petra ouvre les deux battants et c'est plein de tout, des verres, des piles d'assiettes, des magazines, des bouteilles aussi, le bar je m'en doutais, des nappes, du linge de maison, des vases où tintent des clés, des stylos quand elle se met à fouiller, renverse tout au fur et à mesure sur la table de la salle à manger Biedermeier. Dehors la neige tombe dru, mine de rien, surtout pas de bruit.

Je commence à croire que Petra ne va rien retrouver parce que son sourire l'a quittée, qu'elle se met les mains aux hanches, s'ébouriffe, et soudain, gamine, elle bondit :

– *Ich weiss!*

Elle sait. Et nous abandonne, on l'entend parler aux enfants là-haut, le ton monte, se calme, des portes s'ouvrent, claquent, l'escalier qui sonne quand elle descend quatre à quatre et elle fait son entrée, épanouie, ravie d'avoir retrouvé une grande caisse très peu épaisse, assez sale, au bois noirci à cœur, tenue contre son ventre. Elle va la poser sur la table et nous fait signe de venir :

– En partant Frau Hollinger m'a laissé ça en cadeau… J'ai mis le papier avec son adresse dedans, pour ne pas l'égarer ! Venez voir, c'est une pièce assez rare que j'ai suspendue dans le bureau de mon mari…

On s'approche et déjà je devine : une casse d'imprimerie ! Des casiers avec les blocs de plomb gothique, Fraktura, servant à composer un texte ! On a laissé un exemplaire de chaque lettre dans chaque niche… Inutile de vérifier, je sais déjà que deux minuscules manquent au bas de cette casse, le *l* et le *d*. Pendant que Petra prend un papier plié glissé sous le *a* majuscule, je sors les deux lettres de ma poche et les remets en place. Presque elle s'en arrêterait de lire :

– Hollinger Louise, Pfisterstrasse 14. Erste Stock. München…

Il faut que je m'explique, dise Clémence fouillant son maigre héritage, ces deux lettres perdues parmi des photos, que Louis a dû rapporter ses initiales en souvenir de sa déportation, qu'il a dû les voler à Frau Hollinger, qui les tenait d'on ne sait qui, sûrement un parent, il y a les initiales LH gravés maladroit sur les petits blocs… Zina traduit, Petra en gémit de plaisir comme un chiot qui rêve, Fitz a pris le bout de papier, l'a mis dans sa poche, revient me le donner, après tout je suis le premier concerné, et il est comme un gosse qui en a soupé d'une visite en famille, il va et vient entre le living et le vestibule, il neige beaucoup les amis, on s'en va, quand est-ce qu'on s'en va ? Petra ne sait rien de plus mais elle refuse de reprendre la casse, il faut que je la donne à Clémence, si, si, elle y tient beaucoup. Et comme je refuse toujours de la prendre, Zina s'en charge, se cale le bazar sous le bras, et qu'est-ce que je peux donner en échange, moi, j'ai laissé ma seule photo de Clémence à Trudi… Qu'est-ce que je peux vous offrir, Petra ? En remerciement.

– Rien. Ne cherchez pas.

Et elle me tend la main, le nez tout plissé de plaisir, Fitz est déjà à la porte, l'entrebâille, à peine poli. Je serre la main de Petra, reconnaissant et au-delà : je rapporte du concret à Clémence ! Merci, merci ! Et c'est elle qui m'attire, et m'embrasse sur les deux joues et me garde un instant contre son corps tout chaud et dit :

– *Clémence wird niemals sterben. Sie ist hier…*

Et elle touche ma poitrine et me raccompagne dehors, fait encore signe à travers la neige quand je monte dans le Cayenne. Bon, direction Pfisterstrasse maintenant…

– Tu crois que c'est utile ? Qu'est-ce qu'elle va te raconter la vieille Hollinger ?

– Peut-être rien, elle est morte si ça se trouve, mais c'est mon affaire, Fitz, j'irai au bout. Tu m'aides ou pas ?

– Je t'accompagne. Je ne suis pas sûr d'être une aide maintenant que tu as assez récolté pour la curiosité de ta femme...

– Si Louise Hollinger a des photos prises par Louis, je peux les faire reproduire... Et je t'avais demandé de ne pas évoquer la maladie de Clémence...

– OK, OK... Mes excuses... Fallait du pathétique pour que Frau Boden se livre...

Il a levé les mains et reprend le chemin de Munich en réfléchissant, qu'est-ce qu'il y a de mieux par ce temps ? Zina, je la sens spectatrice de nos recherches depuis un moment, pas qu'elle s'en retire, non je crois qu'elle essaie de comprendre un ensemble, quelque chose ne tourne pas rond. Rencoignée dans sa fourrure mauve, la casse à côté d'elle sur la banquette, elle réclame la campagne plutôt que l'autoroute. Alors ! Mais vite avant les congères...

– Inningerstrasse... Ensuite Krankenhausstrasse... C'est tout droit...

Il s'est déjà engagé dans la rue, le Cayenne n'éprouve pas encore de difficulté à rouler, pas en zone urbaine. On se tait, on rumine, j'essaie de ne pas trop espérer de Louise Hollinger. Appeler Clémence ce soir. Fitz a remis sa station radio pour troisième âge, on a droit à des valses de Waldteufel, et Fitz, très dans le ton, joue les guides dans un bus de vieux :

– Maintenant, toujours tout droit, Siebenbrunnerstrasse... Tiens, pas loin de l'endroit où ton père, Florent... Pardon, ça m'a échappé... Restera à continuer sur la Münchenerstrasse vers

Mering… On n'aurait pas pu sortir plus simplement d'Augsbourg, côté Haunstetten s'entend… Demain on fait quoi ?

– Attendons d'avoir vu Louise Hollinger.

Fin de la conversation parce que sitôt dans les ondulations molles des champs, on pénètre dans une campagne où la route n'apparaît guère que par les fossés ou le léger talus du bord, comme des cicatrices sur une peau très blanche. Il fait assez froid pour que les roues tassent juste la neige, sans y laisser deux rails sombres, et derrière nous rien ne subsiste de notre passage. Dans les rapports sur la découverte du cadavre de mon père il est fait mention, outre celles laissées par les véhicules de police, de marques de pneus particulières imprimées dans la terre ameublie par la pluie de la nuit d'avant. Donc les seules qui pouvaient correspondre à la seconde voiture, celle qui permettait aux meurtriers de repartir. Mais les relevés avaient été faits un peu tardivement, la scène de crime très contaminée, et après recherches on a identifié qu'elles correspondaient à un type de voiture tout-terrain, assez rare à l'époque, utilisée par les reporters de la presse Springer, *Bild* par exemple. Donc par le reporter présent presque immédiatement sur le terrain. Piste en impasse, abandonnée.

Zina a ressorti le dossier et nous résume ce point tout à coup, qui lui donnait la migraine : et si un type de chez Springer avait assassiné mon père et tenté de mettre le meurtre sur le dos de la RAF, ennemi juré à l'époque ?

– Pas logique : le groupe Springer était du même bord que mon père… Autant dire qu'ils ont aussi commandité les autres attentats de la RAF…

– À moins que ce ne soit pas une affaire politique, patron, mais une affaire de sexe, par exemple…

– Alors pourquoi voler le dossier de succession de Louis Debaisieux ? Non. Mon père a été tué à cause de ce dossier… Il mettait en cause une personnalité de l'industrie ou de la politique, un ancien nazi, et mon père était allé arranger les bidons, négocier… Oui, mais alors… Non, je dis des âneries, je suis incapable de réfléchir…

Et effectivement, je ne tiens pas le fil du raisonnement, j'ai faim, je commence à être usé de notre périple, possible aussi que je me fasse un petit accès de culpabilité. Clémence, j'ai l'impression d'attendre sa mort, de me démener dans cette vieille histoire pour avoir l'impression d'avoir accompagné ses derniers instants. T'es un sale type, Florent, ton fils te le dira peut-être un jour… Et Zina, elle va en penser quoi ?

Comme ça, sur notre quant-à-soi, on entre dans Munich par un petit blizzard et on prend le chemin de l'hôtel :

– Hé, on va chez Frau Hollinger, pas à l'hôtel !

– C'est juste à côté, enfin, en face…

Il a l'air de connaître de toute éternité, trouve à se garer, descend, n'hésite pas sur la direction à prendre, et je suis épaté de sa connaissance de la ville, Zina pareil qui me regarde avec de grands yeux au-dessus de son col mauve. Voilà, le 14. Bel immeuble rénové, on entre dans le hall, Fitz aussi, mais bizarrement il reste sur le seuil, prêt à repartir :

– Premier étage. Les noms sont sur le panneau à côté de l'ascenseur…

Et il actionne la minuterie, qu'on y voie dans cette lumière de neige. Je vérifie, déjà prêt à appeler la cabine, Zina derrière mon épaule, et je lis, tout haut, une seule personne habite au premier : « Vogelsang Lena »…

Et la rage me prend, de Dieu, tout se dézingue dans ma poitrine, elle s'est payé ma fiole et Fitz est complice, on grimpe, elle va s'expliquer, mon éditrice fatale, ma déesse des nuits de Francfort, quel con mais quel con je suis, allez, viens donc pourriture d'ascenseur ! Savater les portes automatiques, taper du poing sur le bouton, et j'entends Fitz dans mon dos :

– Pas la peine, elle est au siège de New York pour deux mois. Rentre le 1er mars. Hollinger devait être le nom de sa mère. Qui est morte…

– Il y a un peu plus de trois ans, je sais… Mais si toi tu sais autre chose ne me dis surtout rien ! Donne-moi tes clés !

Machinalement il me les tend, je suis à un doigt de lui foutre en l'air ce regard de vieux chien, et putain de nom de Dieu je remonte à la voiture, la neige sur mon visage, je la boufferais, je prends la casse d'imprimerie et je reviens dans le hall.

– Zina, t'as une feuille de papier, un feutre ?

Elle fouille son sac, déniche un feutre, déchire une page d'agenda :

– Du vert sur du rose, j'ai pas mieux patron…

Fitz nous tourne autour :

– Je te jure, Florent, je n'ai reconnu l'adresse de Lena que tout à l'heure. Elle est entrée chez nous comme éditrice juste après la mort de sa mère. Je ne l'ai jamais rencontrée, elle a juste mentionné ce deuil au début, je ne connaissais même pas le nom, là je déduis…

– Arrête de déduire et de parler ou je te mords, Fitz ! Et garde pour toi tes renseignements sur Lena ! On fera le point quand je serai de nouveau moi-même, si ça arrive !

Je m'agenouille en plein milieu, prends une lettre de plomb dans la casse, passe du feutre dessus, j'ai du mal, les doigts me tremblent encore de fureur, la folie aliénante des stoïciens, c'est imbécile mais je pense ça, je suis fou comme un empereur romain, je me fous du feutre partout, Fitz et Zina me regardent faire, et vite, avant que l'encre ne sèche, ah ma traîtresse, faut pas nous voir pendant un an ni communiquer, on se met à l'épreuve, tu te fous de moi, oui, je presse chaque lettre sur le papier et ça donne : « Qui es-tu vraiment Lena? », en gothique. Et je signe à la main « Florent », un peu calmé, j'ai froid aux genoux sur ce marbre, avant de prendre l'ascenseur qui attend depuis un moment. Premier, un seul appartement, plaque de cuivre avec le nom de cette… Non, pas d'insultes, je glisse mon message sous la porte et je redescends en composant le numéro du portable de Lena, sur messagerie, évidemment :

– C'est Florent. Je suis devant ta porte. Quand tu rentreras en Allemagne, réponds à ma question, celle qui t'attend chez toi. Et sache que ma parole ne tient plus, je la reprends d'ici là et je te rends la tienne. Pour ce qu'elle vaut!

Et je retraverse le hall, sans même regarder Zina et Fitz, je sors et les flocons fondent longtemps avant de me toucher : je suis un incendie qui va.

Au moment où je rejoins Fitz et Zina dans le lobby, sa brume de rires et de conversations bien élevés, avant de passer au bar, après on sortira manger, peut-être, si les envies de cogner ne me reviennent pas, juste à ce moment j'entends le portier dire que la neige a cessé. Une phrase en allemand à ma portée de petit éditeur français dont on peut se payer la poire avec des cessions de droits et des serments d'amour. Pas vrai d'ailleurs : Lena ne m'a rien juré ! Et d'ailleurs c'est quoi son but ? Me racheter ma maison d'édition ? Elle peut courir ! Je suis au courant que B.V. essaie de vendre ses filiales de vente directe en France, peut-être sa chaîne de librairies, pour réinvestir dans un petit label débutant ? Et d'ailleurs, qu'est-ce qu'il lui a appris sur moi, Fitz, lui qui a mené une enquête ?

– Du purement administratif et éditorial. J'ai même négligé d'apprécier la part majoritaire de ta mère. Ce qui m'a conduit à suggérer que Lena et Ludwigsverlag, donc B.V., prennent justement cette participation majoritaire dans le capital d'En Colère... Rien sur vos vies privées qui n'ait été publié dans la presse littéraire. Eh oui je l'ai un peu poussée à te séduire... C'est le jeu. Je ne pouvais pas prévoir le feu d'artifice entre vous ! Et je ne peux rien te dire d'autre de Lena. Avant Francfort c'était juste la directrice d'une branche de la maison qu'on peut développer à moindre coût, et puis il y a eu les événements, sentimentaux et sanglants, et tout ce qui en découle ces derniers jours... Maintenant casse-moi la gueule si tu veux, mais tu as au moins autant d'éléments que moi pour comprendre ce qui se passe.

Fitz me répond alors que nos bières arrivent sur la table basse entre nous. Zina attrape la sienne, une *Weizen* obscurcie par la levure, trempe les lèvres dans son verre, elle en a une moustache de mousse compacte, de Père Noël :

– Ou ce qui s'est passé autrefois ? Maintenant qu'on est au chaud, qu'on n'est pas distraits par le paysage ou des gens dont on attend des révélations, regardons les choses en face : Louis Debaisieux en 1943-1945 travaille comme Landarbeiter du STO à Mering, le témoignage de Trudi et les Fraktura de Frau Machin,

Petra, prouvent qu'il fréquente la maison Hollinger à Haunstetten sur ordre de son patron fermier. En 1977 ton père, Gérard Vallin, est exécuté par la RAF pas loin de Haunstetten et pas loin de Mering. On ne lui vole que des éléments de la succession Debaisieux. Mais on ignore ce qu'il y a dans ces éléments. Si la RAF était coupable, elle aurait exploité ces documents, les aurait publiés, sinon pourquoi les voler ? Si ces documents étaient compromettants pour d'anciens nazis, comme ce Stadler, un des bourreaux d'Oradour, ou pour certains de leurs héritiers sans morale, les Quandt qui rachètent BMW en 1959, Schleyer, Flick le corrupteur de politiciens, etc., on a tué ton père parce qu'il allait s'en servir et trahir ces gens en place à qui il devait sa fortune… Je voulais en venir là : ton père n'était pas forcément un salaud. Une certitude : les deux affaires sont liées et sont liées à Lena Vogelsang. Je ne crois pas au premier hasard qui conduit ton père avec le dossier de succession sur les lieux de déportation de son beau-père, ni au second hasard qui aurait conduit Lena à tomber sur le fils Vallin et le petit-gendre Debaisieux…

J'ai l'impression de tourner en rond, être sur un manège de ducasse, et que parler n'avance à rien, plus on apprend, plus on essaie d'intégrer les nouvelles donnes à la vieille histoire, plus elle devient obscure ! Et les hasards comme clé unique…

– Moi non plus. D'autant qu'elle est devenue éditrice à la mort de sa mère, de Louise Hollinger, admettons qu'elle soit sa mère, dont elle ne porte pas le nom. Elle m'a tendu un piège et je ne sais pas quand il va se refermer…

Mais bien sûr que si !

– … rectification : c'est prévu en octobre, à la prochaine Buchmesse ! Mais on n'attendra pas jusque-là !

Fitz finit de vider sa chope, met les pouces aux entournures de son gilet écossais, bigarré genre clan Mac Miche, bon petit diable, et se lève :

– Une dernière chose et après je me tais… Si on n'imagine rien et qu'on croit juste aux faits : ton père est mort à Haunstetten, avant qu'il puisse s'entretenir avec Louise Hollinger. Et les tueurs sont repartis dans une voiture de Springer, une des camionnettes de *Bild.* Donc ils étaient à la solde du pouvoir, ou des Américains, ou des grands groupes financiers, industriels défendus par ce type de journaux… Maintenant, vous savez quoi ? On va aller manger, parler de sport et demain on rentre à Berlin, et j'appelle Sandor, qu'il prenne le train, vienne réveillonner avec nous, dans l'intimité.

– D'accord. Maintenant on se tait. On se tait pendant deux mois.

L'intimité de Fitz c'est une cinquantaine d'invités. On est rentrés par l'autoroute, sans trop d'encombres, le folklore habituel des camions en difficulté dans les côtes, dans le gris-bleu d'un jour sans soleil sur la neige. Tout le trajet Fitz n'a pas cessé de téléphoner, au traiteur, aux amis. *Alles perfekt!* En nous laissant devant la pension Seifert il était serein, on allait passer un sacré réveillon et oublier les mystères de Bavière jusqu'à demain. On a repris nos chambres jumelles et moi aussi j'ai appelé, Clémence. Valérie m'a embrassé, surtout bonne santé, monsieur Vollin, et bonne onnée 2010, puis m'a passé Maxime, meilleurs vœux et tout, qui m'a passé sa mère. Apparemment bien. Elle m'a demandé si j'avais découvert du neuf. J'ai amorcé le récit, qu'elle soit impatiente du reste, et qu'elle ait l'impression, avec ce que j'ajouterai à mon retour, de connaître toute l'odyssée de son père, l'Ulysse des temps modernes, Louis et toutes ses ruses, comment déjà : *polumekanos* Louis ! Je l'entendais frémir, bégayer, s'énerver, j'ai fait semblant de ne plus avoir de batterie, qu'elle ne fasse pas sauter les coutures neuves de son cerveau à tant s'exciter. Je serai là dans trois jours, dimanche soir, c'est ça, dimanche, on est jeudi allô… ? Allô… ? Et j'ai enfilé mon velours noir, chemise blanche, cravate j'ai pas, m'en passerai, et j'ai crié Zina si elle était prête. Un raccord de maquillage et elle était à moi, mais tu peux entrer patron !

J'entre.

Les femmes ont toutes le même talent pour rendre au monde sa beauté, son équilibre. Zina à sa toilette est aussi magique que Lena à son miroir, la regarder dessiner ses lèvres au pinceau, se retrousser les cils, c'est contempler la seule face divine qui nous soit accessible à nous mortels, voir le résumé intime de la création de l'univers. Les peuples qui se peignent le corps savent ce langage qu'il faut tenir aux dieux et à la mort pour les apprivoiser, les rendre amoureux de nous. La mort n'osera jamais regarder Zina, et moi j'ai du mal à fermer la bouche. Elle le voit dans la glace grossissante, se tourne, une main à la hanche, une jambe à peine pliée, ramenée devant l'autre :

– Alors, patron ?

– Tu devrais travailler pour une maison qui a les moyens de tes mérites.

Elle porte une robe longue de lamé noir, décolletée jusqu'à la taille, interdit de se pencher ou recommandé, allez savoir, qui lui épouse la chair sans mentir, voluptueuse d'ici et un peu grasse de là, mules noires à talons, une reine de la toundra au mariage du tsar, et des yeux lucides d'enfant précoce qui sait déjà les douleurs des hommes.

– Cadeau de Fitz. Il a fait porter les paquets ici tout à l'heure… Je crois qu'il est un peu amoureux et pas moi. J'aurais pas dû accepter… En plus, les chaussures rien à dire, mais le reste est une demi-taille en moins. C'est dans un bordel que je devrais travailler patron… Parce que je vais coucher avec Fitz parce que je n'ai pas fait l'amour depuis toi et que j'ai envie des étoiles… Mais je reste avec toi patron, t'inquiète pas, je te quitterai jamais…

Elle prend la pose, parfumée genre N° 5, reste ainsi, immobile, que je voie bien le morceau de femme, ce qu'elle a à offrir, humblement, le reste, l'intelligence, les langues, son goût sûr en littérature, elle n'y pense pas, surtout pas qu'elle puisse séduire avec, et moi, crétin et ému, ma voix se fend par le travers, pour tâcher de désamorcer, rigoler de cet instant de Zina sérieuse :

– Ce serait pas une déclaration, ma Zina ?

– Bien sûr que si, patron. Pas la première ni la dernière. Fais pas attention, n'y pense plus…

Et moi, il me revient du Victor Hugo, cette fille aux cheveux dans les yeux lui dit la même chose après une promenade où il n'a rien vu de ses avances, pauvre niais tout plein de lui-même, et il conclut que depuis il y pense toujours. Salauds de poètes, toujours le mot juste.

J'ai presque envie de faire la citation à Sandor qui nous accueille, flûte en main, à la sortie de l'ascenseur privé chez Fitz. Intact dans son smoking à la dérive sur son corps voûté, il a son visage en pelote de ficelle, ses rides enroulées serré, ses grands pieds dans des vernis et cette façon de parler comme si on n'entendait que l'écho de paroles anciennes. Il s'incline pour un baisemain à Zina, la débarrasse de sa fourrure mauve, la tend à un extra et offre le bras à ma Roumaine fatale. J'ai eu droit à un léger sourire, un clin d'œil voyou, et je les suis à leur entrée de souverains, vague ministre trois pas derrière, et rudement content que Zina éblouisse. Sandor entame déjà son boniment, ses contes des mille et une vies. Elle est roumaine, alors ils sont parents : une branche de son ascendance trouve racine en Roumanie, en Transylvanie exactement ! Allons bon, voilà du neuf, Sandor est parent de toute l'Europe centrale par les femmes, ou de toutes les femmes d'Europe ? J'ai envie de le dire, et puis Fitz me happe, veste de smoking, gilet à carreaux blanc et crème, jean et tennis, l'animal n'a trouvé que cet écart de tenue pour marquer le côté fortune du pot de la soirée. Dans l'appartement transformé en salle des fêtes chic, piste de danse, boule à facettes, et ravitaillement partout, il me présente à des tas de gens parfumés au champagne, qui ne parlent pas français, s'apostrophent et lorgnent les plats sur les buffets. Un bal de dignitaires.

Rina Schulmeister, en fourreau gris perle, coiffée à larges crans façon Hitchcock, daigne me reconnaître, trinquer même pendant que Fitz s'entremet, traduit et me fait les gros yeux : non, rien de neuf dans l'enquête sur la mort d'Hermann. Et celle d'Ilse ? je demande perfidement, Rina a un regard de foudre, et un sourire maîtrisé. Fitz rétablit la situation : parmi tous les projets de romans-réalité dont elle a hérité, la plupart elle ne les a pas encore lus, Rina va publier une « Lilaserie » sur les amours des terroristes de la RAF, peut-être que le fils de Gudrun Ensslin sera là ce soir, il est dramaturge vous savez… Pas encore là, dit

Fitz, il arrive des USA… Rina débite son argumentaire quand même. Il paraît, des psychiatres le prétendent, que les mères de famille sont les pires meurtrières en puissance, une fois qu'elles ont renié tout instinct maternel et basculé dans le crime. Dans le roman, elles abandonneront leurs enfants, comme Ensslin, pour jouir du frisson de l'action clandestine avec l'homme aimé. On peut appeler cela du « terromantisme » ! Pas mécontente de son pitch et de son néologisme, « *Terromantismus* » en allemand, la veuve, elle en devient presque amicale, me touche le bras, attend le compliment, je sens qu'elle va me demander de l'inviter à danser, sur ces saloperies électriques. Au lieu de quoi, pourri de Fitz on avait dit qu'on ne parlait plus de notre enquête, et tu en as parlé à Rina, sûr, alors je peux bien être désagréable avec tes invités, je pose une main vachement impolie sur la hanche de Rina, là, comme si on allait effectivement se chalouper un tango, je la sens se raidir pas loin de la gifle, et puis consentir, s'abandonner, elle est si satisfaite, elle serait prête à pousser le flirt plus loin, je dis :

– *Du hast nichts verstanden.*

Rien compris, ma belle ! Avec l'assurance des débats télévisés où chacun détient la vérité, et un tutoiement de lit défait au petit matin. Fitz a compris mes audaces et il en ferait pipi dans son jean prétentiard, il traduit, bave de plaisir :

– Tout simplement ces femmes, Meinhof, Ensslin, Becker, les autres plus anonymes, mettent l'intérêt public, le politique et la citoyenneté avant leur intérêt particulier, avant l'intime, la maternité. La société doit se charger de leurs enfants parce que ce sont aussi ses enfants et son avenir. D'autre part elles estiment avoir droit à l'action armée au même titre que les hommes. La guérilla urbaine n'a pas de front pour les soldats et d'arrière pour les femmes ! La lutte est immédiate pour tous parce que l'ennemi, le pouvoir gouvernemental, est évidemment partout.

Merci Zina de m'avoir dispensé un cours sur Action directe, ses descendants, à cause du bouquin qui doit sortir chez nous, le prétendu fils d'un membre d'Action directe, nos activistes armés de l'extrême gauche française… Il reprend la lutte et on s'aperçoit qu'il règle surtout sa relation avec ses parents, sa mère… Zina m'a fait le laïus, je l'ai tout frais et je viens de le servir à Frau Schulmeister. J'attends un regard froid, qu'elle me toise et se retire près d'une oreille plus flatteuse, Fitz pareil, il a cette moue d'avant de goûter un plat et qu'il va pas nous plaire, aucun doute. Il flaire l'esclandre, s'apprête à arrondir les angles. Le résultat est l'inverse. Elle s'assouplit, effacé tout le côté prussien, elle n'est plus en représentation la Rina, pour un peu elle tirerait machinalement sur l'élastique de son slip, le geste le plus vulgaire qui soit, et le plus nu. Et elle me tutoie, se rapproche :

– Florent, *Schätzchen*…

Fitz en profite pour s'esquiver, faux frère, aller accueillir son monde, enlever Zina, que Sandor a délaissée, aux empressements d'une sorte d'avocat sur le retour coiffé à la Jeanne d'Arc, une petite tape insolente sur mes fesses au passage :

– Tu as la situation bien en main mon petit trésor.

Décidément ce soir je séduis malgré moi, et j'ai pas le cœur bagatelle. Je suis un type à contretemps. Sûrement je n'aurais pas dû épouser Clémence, ma sœur, pas avoir d'aventure avec Zina, pas tomber raide passionné pour Lena… Tant pis.

Le réveillon se déroule ainsi, tellement de gens qui s'activent, dansent et boivent qu'à un moment on ouvre la grande baie sur la terrasse et l'air frais entre en même temps que le chuchotement de Berlin, une confession du vent qui a tout vu depuis des siècles et le murmure de sa voix sifflante, il me semble, ou j'ai bu, trop. Zina me fait du morse par battements de cils, trois points, trois traits, trois points, SOS, patron, qu'ils arrêtent de me souffler dans le cou, me plonger l'œil au profond des nichons et me palper la viande, chaque fois que Fitz est contraint de la confier à un danseur goulu. L'alcool ne manque pas, surtout les bières multiples, la nourriture non plus, et les trois extras éclairent la nuit de leur sourire à pleines dents. Le DJ a changé de répertoire insensiblement et, entre des sauvageries sans âme, on donne dans la musique de vieux, l'âge de la plupart des invités, avec sambas, slows de cinéma et tangos, ils aiment le tango dans cette belle société, les femmes surtout, faut les voir se renverser, cambrer les reins, s'emmêler les jambes avec leur cavalier, bien émoustillés tous. Longtemps j'ai écouté Rina me parler, *langsam und deutlich, bitte*, si elle parle lentement et de façon compréhensible, je saisis à peu près tout, même si j'ai beaucoup plus de mal à bidouiller des réponses intelligentes. Pas que j'aie scrupule à négliger les déclinaisons, massacrer les auxiliaires de mode et me foutre du rejet du verbe, et quand je manque de vocabulaire, je mets un mot anglais ou italien, ou je germanise le français avec des gestes explicatifs, *reflechieren* en me tenant la tête, *dormieren* en fermant les yeux… Elle en rit et me donne le mot juste, *denken, schlafen*, que j'oublie aussi sec, non, finalement je m'en souviens. Et pendant qu'on *spricht*, nous deux Rina on boit trop, on doit avoir 43 % de température, celle du single malt, tant au-delà du bien et du mal qu'en fin de compte je renie mes règles de vie : je tangote avec elle dans les facettes de lumière colorée et la pénombre de ce beuglant clandestin et chic, lui piétine ses escarpins, elle est pile à ma taille et elle a l'air d'un piquet prussien comme ça, à première vue, eh ben non, pas du tout, j'ai l'impression de danser tout seul, elle m'épouse les bras, la poitrine, et tout mon fourbi, cette femme-là, que c'en est doux à un point, et pourtant c'est plus Loulou ni Margot, c'est la reine de l'Argentine, une incendiaire, une carmencita d'outre-Rhin, le regard en feu, menton levé, rondeur du sein et de la hanche, et moi je suis son hidalgo, œil de velours et main câline, bourré comme tout le monde désormais, je passe un beau dimanche, autant que son fourreau sans bretelles retroussé à mi-cuisse lui permet de composer des chorégraphies à quoi je tâche de me conformer, benêt comme personne.

Après, on est un peu en eau, on devrait pas mais on sort dans le petit froid de la terrasse déserte, à force de tenter le diable du tango, elle est couverte à peine jusqu'aux tétons dressés, le dessus de ses aréoles brunes bien visible au bord du décolleté. Bêtement je le lui remonte à deux mains, péquenot sans désir ni éducation. C'est là, de ce geste, elle se met à pleurer, doucement, des sanglots de bonne facture, elle se laisse aller dans l'encadrement d'une porte-fenêtre obscure, son visage d'ange bleu déjà tout biffé d'eye-liner, et m'attire à elle, qu'elle puisse poser la tête au creux de mon épaule, et elle parle, avec mes lèvres sur sa nuque, ses joues, elle a la chair de poule, elle parle et cesse quand mes lèvres sont sur ses lèvres, elle m'embrasse, prend mon visage dans ses mains, vaches de baisers, et elle se détache, reprend son discours, *Hermann und diese Ilse*, ses deux filles, elle n'éprouvait plus de passion pour son mari, hait ses amis Mahler et Voigt, du NPD, ces types qui ont demandé le prix Nobel de la paix pour

Rudolf Hess, mais maintenant, comment tirer un trait quand elle poursuit son travail éditorial, met ses pas dans ses pas à lui et ceux d'Ilse, elle voudrait être à nouveau amoureuse folle, aimmmer, avec trois M, *liiieben*, abandonner ses deux greluches de filles à ses beaux-parents, partir en Italie, en France, aux USA, oui, aux USA, à la maison mère, puisque Fitz ne veut pas d'elle, Fitz a dit *nein*, au moins aller habiter Munich, chaque projet de roman qu'elle lit pour Lilaserie, et elle en a encore une bonne cinquantaine à examiner, même certains concernent des gens connus, peut-être ce M. Sandor qui est à l'intérieur, des collègues éditeurs ou éditrices, elle verra, Klaus Kreide, le *ghost writer* de Francfort fait un tri pour elle en ce moment, mais chaque roman la renvoie à son passé conjugal, elle me mange les lèvres, reprend son souffle, voilà, elle voudrait confier ses enfants à ses beaux-parents ou à ses parents, marre des filles, deux petites connes dissimulées, et être libre, se conduire comme une pouffe, une grue, profiter des derniers feux, vivre les amours de la Lilaserie, pas seulement les éditer, merde ! Et je comprends bien, pas d'équivoque dans ses gestes, ni sa poitrine qu'elle exhibe et ce putain de fourreau qu'elle remonte aux hanches, elle veut éprouver qu'elle vit toujours, déjà elle halète, son regard se voile, et non, merci, j'ai froid et toi aussi, viens, on rentre, et je lui remets tout son saint-frusquin en place, et ma veste sur les épaules et je la pousse dedans.

C'est bientôt minuit, les gens téléphonent, les extras distribuent serpentins, confettis et langues de belle-mère, on bande les muscles pour jeter ces cotillons comme des grenades, que ça fasse mouche, les messieurs ont le nœud pap' de traviole ou dénoué, ceux qui en ont un, les rouges à lèvres ont pas mal dérapé, et on sort le champagne des seaux, on a le pouce prêt à faire péter les bouchons, Rina s'est pendue à mon bras, un peu dans mon dos, le menton sur mon épaule, elle me récite du Desnos souvenir de lycée bas à l'oreille avec un accent raboteux, j'ai tant rêvé de toi, j'ai tant couché avec ton fantôme, Zina vient me faire face, ses yeux dans les miens, regarde-moi patron, je veux être la première, Fitz est monté sur une chaise, regarde sa montre et crie, *fünf, vier, drei, zwei, eins, happy new year!* Et on est en 2010, pas plus avancés pour autant, et on crie, les bulles frissonnent aux flûtes, confettis, serpentins, on s'embrasse, tout le monde, moi d'abord Zina, elle est dans mes bras, me parle en roumain et traduit ensuite, c'est long et elle bisoute entre deux, Lena, Clémence, que tout se passe bien, et ma santé, et la maison d'édition, et l'histoire de Louis, celle de mon papa, toi aussi Zina, du bonheur, du bonheur, parce que ta santé, hein, elle est éternelle, et je la chatouille qu'on en finisse avec le sérieux, j'ai dit on n'en parle plus avant le mois de mars de nos morts anciens, guiliguili et elle s'enfuit, rattrapée par Fitz, leur baiser ils trichent pas, Zina est toute sérieuse, et l'autre, sa gueule d'évangéliste en chaire, je vois bien qu'il lui dit l'émotion amoureuse, et Rina n'est plus contre moi, elle est adossée à une bibliothèque, encadrée de livres, à peine éclairée des lucioles de la boule qui tourne, une femme gris perle, la mèche sur l'œil, belle ma foi, et triste à mourir, les gens lui passent devant et même pas un petit bisou de bonne année. Alors moi j'y vais, je la lui souhaite en français l'année qui s'ouvre, pleine de succès littéraires dans sa collection imbécile, pleine d'amours, qu'elle prenne tous les plaisirs dont elle a envie, soit scandaleuse, envoie des fleurs à l'assassin de son mari et de sa maîtresse quand on l'aura trouvé, moi je ne peux pas t'aimer vraiment Rina, je suis le fils de pire qu'un ancien nazi, celui qui l'a tué, je comprends pourquoi, et ma femme, son grand-père n'était pas non plus franc du collier... Je parle vite, elle doit n'y rien comprendre, me répond en allemand, le baiser oui elle comprend, elle y met son cœur et le reste, et quand on stoppe, qu'elle reprend haleine, on me tape sur l'épaule. Sandor, aussi frais qu'en début de soirée. Bonne année, on sacrifie au rituel, et Fitz s'approche avec Zina, bisoute Rina, l'avocat coiffé médiéval vient nous secouer la main, il parle français, et Sandor lève les bras, soudain, et sa voix retentit, longtemps après que ses lèvres, sa langue, ont articulé les mots :

– Je suis le dernier hussard ! Savez-vous que le mot vient du hongrois qui signifie vingt ? Parce qu'un cavalier hussard vaut vingt fantassins ! Moi j'ai eu vingt vies depuis vingt générations et vingt vies dans mes bientôt quatre fois vingt ans... Et je suis la Hongrie à moi tout seul !

On fait cercle, au moins ceux qui entendent un peu le français :

– Mon prénom est Sandor parce que je descends de Sandor Petöfi, le grand poète hongrois, par les femmes !

Rumeurs incrédules, rires, Fitz lève un sourcil, Zina a une tête de gamine aux merveilles.

–... Parfaitement, messieurs dames ! Voici l'affaire : en 1848 une révolution a lieu en Hongrie, contre la maison de Habsbourg. On veut des réformes agraires, la suppression des féodalités et l'indépendance du royaume, les petits nobles, les bourgeois... Mais le mouvement des Jeunes Hongrois, avec Petöfi, veut prendre les armes pour établir une république... Et en septembre, les Autrichiens sont battus ! Mais Franz-Josef monte sur le trône d'Autriche-Hongrie, réorganise l'armée avec des Russes et en juillet 1849, à Sighisoara, Josef Bem, le général hongrois, est battu, et Sandor Petöfi meurt au combat, la révolution anéanie, Buda et Pest tombent dans les semaines qui suivent ! Où est le temps où les poètes allaient mourir à la guerre : Shelley, Byron, Péguy… ? Et leur dernière nuit, ils savaient qu'elle serait peut-être la dernière, et je crois que tous, ils ont écrit cette nuit-là la poésie la plus pure, ils ont aimé une femme, et leurs caresses à son corps ont été leur plus belle œuvre. Je suis ce qui reste d'un de ces poèmes, je viens du ventre d'une nommée Oksana, qui regarda se lever le jour du 7 juillet 1849 aux côtés de Sandor Petöfi ! Et mon arrière-arrière-grand-mère venait d'être conçue dans cette ville où est né un autre de mes ancêtres, Vlad Tepes, l'empaleur, Dracula ! Un jour je vous raconterai cette nuit, comment Sandor a dit à Oksana qu'il serait immortel s'ils faisaient l'amour et qu'un hussard serait au bout de sa descendance et qu'il serait un fléau pour les despotes et les barbares ! Je suis ce dernier des vrais hussards…

Il a étendu les bras, crucifié dans son smoking croisé, magnifique comme un vieil acteur au crépuscule, et on siffle, on applaudit, il a le choix entre dix verres qu'on lui tend, et il est heureux, un gosse qui a entourloupé les copains, surtout quand Zina l'embrasse, bravo. Moi, je regarde mes messages, Maxime m'a envoyé un SMS, des fautes d'orthographe en veux-tu en voilà, et des bises, « bonne année papa, pourvue quelle soit bone aussi pour maman, on t'atens ». J'en pleurerais. Fitz me tire à l'écart, son iPhone en main :

– Lena a eu ton message. Elle te souhaite la bonne année et t'appelle à son retour. Elle m'a demandé de te dire que maintenant c'est toi qui as l'arme. À toi de décider comment t'en servir… Tu es censé comprendre. Voilà, j'ai fait la commission. Tu l'aimes encore ?

– Ça peut te foutre ? Moi aussi j'ai un message de bons vœux : ne pas te moquer de Zina, parce que si tu lui causes du chagrin, je te tue, sans arme, à mains nues.

Je vais attraper mon manteau, un signe à Zina, je glisse mes clés d'auto dans sa poche de pelure mauve, qu'elle fasse ce qu'elle veut, et je fais neuf avec mes doigts, si on peut quitter Berlin à neuf heures, c'est bien.

Quand je me retourne, Rina est là, une fourrure, une vraie, genre vison roux sur les épaules, son mascara tout mâchucré aux joues, et elle dit :

– *Ich will nicht allein bleiben…*

Moi j'ai pas envie de rentrer à pied ni de céder à une Lorelei. Je reconduis Rina avec sa voiture, elle n'est pas en état, et je la mets au lit, seule. Sa voiture je la laisserai à Fitz, ou à l'hôtel… On verra, aujourd'hui est une autre année.

4

CES DEUX MOIS ONT PASSÉ à la vitesse d'une balle de fusil. Il a fait un froid à patiner sur les canaux belges, à allumer des feux dans les cheminées, neige, verglas, givre, un hiver d'almanach. Immobile.

À Berlin, Rina m'avait déposé à l'aube chez Fitz récupérer Zina et mon auto, passer à l'hôtel et rentrer à Paris. Finalement, j'avais dormi tout habillé à côté de Rina, et raconté, que les choses ne dégénèrent pas, Louis Debaisieux, *ein Landarbeiter während des Krieges, der Grossvater meiner Frau*, et Gérard Vallin, *mein Vater, in 77 von die RAF getötet*, des phrases bancales, incorrectes, de la confidence d'oreiller qui coulait comme des larmes, jusqu'à ce qu'on s'endorme enlacés et rien d'autre. Après un retour silencieux en voiture, assez gueule de bois, et Zina rêveuse, me pose pas de questions intimes, patron, j'étais exact au rendez-vous chez Clémence le soir du 3 ou du 4 janvier, le dimanche, ensuite mon emploi du temps et mon agenda ont rompu leur harmonie, j'ai improvisé les jours. Beaucoup à me sentir inutile auprès d'elle, me dire que j'étais nécessaire à Maxime qui flanchait, était souvent proche de la tête contre les murs, se raccrochait à la petite Sarah, la mailait jour et nuit, me sentir moche de laisser Zina se débrouiller seule rue Jacob. J'ai au moins surveillé de près la composition de mes publications par Nord Compo à Villeneuve-d'Ascq, la proche banlieue de Lille. J'ai tâché d'oublier Lena. Pas simple, pas simple de dire à quoi je pense quand Clémence ou Zina me posent la question. Je pense à elle, presque sans cesse, comme un filigrane constant de ma conscience. Et son couteau ne quitte pas ma poche.

Le premier soir, à mon arrivée, Clémence était pas mal sur les nerfs, mais l'esprit clair, il a fallu que je rende compte. Une sorte de récit de voyage avec les photos de Mering, d'Haunstetten, Trudi, chargées dans l'ordinateur portable de Maxime. Sans mentionner Lena, juste que Mme Hollinger était décédée, la piste s'arrêtait là. Et je suis allé sortir de mon coffre la casse d'imprimerie, voilà, le complément d'héritage de Louis, ce que l'Allemagne lègue aujourd'hui à sa petite-fille. Elle en a pleuré doucement, a voulu que Maxime imprime les clichés, et puis elle m'a demandé pour mon père, si j'avais trouvé le lien. Est-ce qu'il avait été tué à cause de Louis, quelles informations détenait-il qui l'ont condamné à mort ? J'ai été lâche, pas envie de retourner dans nos incertitudes frustrantes, ni avouer que j'attendais le fin mot de la part de Lena, peut-être, j'ai dit que Fitz avait eu confirmation par des contacts haut placés du caractère politique de l'exécution. Les assassins étaient morts ou amnistiés. Dossier clos. Étrangement, nos parents, nés dans la première génération à n'avoir pas connu de guerre sur le sol national, nos parents étaient morts jeunes, comme si le destin, les dieux ne s'étaient pas encore habitués à laisser vivre les mortels sans conflit sur leur territoire, ne voulaient pas qu'ils oublient la guerre, cessent d'être les imbéciles qui en crèvent tous et croient, comme papa, pouvoir les défier, les mettre au rancart grâce à la puissance de l'argent. Certes maman est une survivante, mais plus tout à fait en pleine lumière. Et Clémence, est-ce qu'elle paie une vieille malédiction, un sort genre Atrides, un maléfice tragique, à la Phèdre, à la Médée, qui se porte sur les descendances et perpétue la vengeance divine : que crèvent les gosses des salauds... Pauvre imbécile que je suis de dérailler ainsi, à cause de Lena et de mes scrupules d'aimer une femme qui se joue de moi, comment en douter !

Dès le lendemain Valérie me dressait un tableau fort contrasté de l'état de Clémence. Des montagnes russes, de la cyclothymie. Surtout, à son avis, des accès de démence qui se multipliaient, parfois verbalement violents. Des insultes qu'elle ne voulait pas répéter, pas grove, modome est molode. J'arrivais encore à sourire de l'accent de Valérie. Alors j'ai multiplié les séjours, même brefs. De son côté, maman se murait, refermait derrière elle ces portes d'ivoire et de corne qu'elle était seule à voir, comme les volets d'une maison à la fin des vacances. Le moindre geste lui coûte désormais et elle ne reconnaît plus certains objets usuels : une fourchette, un bol... Et de plus en plus j'ai eu la sensation de disparaître à mesure que la conscience claire du réel, le rapport rationnel à la vie, la maîtrise magique de cette vie par les mots, à mesure que leur mémoire dérapait, que je n'étais plus dans leur souvenir privilégié, ni dans celui de personne. Personne pour me rappeler mes paroles de gamin, ou mes serments d'amour. Il me semblait être un enfant à l'agonie. Et vivre dans un univers de conte fantastique.

Il y a eu ce jour où j'ai accouru au secours de Valérie : on avait livré à la maison de quoi exploiter un potager industriel. Des motobineuses, des semoirs, un petit tracteur, motoculteur, bêches, râteaux, semences, engrais, plus tous les vêtements de gentleman-farmeuse. Il a fallu tout faire reprendre et, sur le trottoir devant les voisins ébahis, Clémence sur ses grands chevaux qui ne comprenait pas, il y avait erreur, m'accusait d'intriguer, d'avoir commandé tout ce fatras pour la faire déclarer folle, l'interner ! Pourri, connard, et pire, j'y ai eu droit en public. Même après l'avoir rentrée en douceur, elle était près de s'ouvrir les veines avec un couteau à viande et puis, les livraisons remballées, fini le barouf, elle m'a trouvé l'air fatigué, s'est mise à lire sans plus se soucier de moi. Plus tard, elle a regretté de n'avoir jamais travaillé la terre comme son grand-père.

L'autre fois elle a décidé de tout changer dans la cuisine, mais sans consulter un installateur. Là elle n'a rien acheté d'avance, s'est attelée un matin à démonter les meubles en place, l'électroménager, le tout assez neuf, et pas mollo dans les moyens, marteau et pied-de-biche plus que tournevis ! Là encore Valérie m'a crié à l'aide, j'étais sorti au ravitaillement, et en descendant de voiture j'entendais déjà les coups sourds comme au cœur d'une mine de charbon : Clémence savatait le lave-vaisselle avec une expression de haine aux lèvres et dans le regard. Vu les dégâts déjà infligés à l'équipement, le processus était irréversible, j'ai commencé à faire ma part, arraché la hotte, l'ai balancée dans le micro-ondes qui a dégringolé, soulevé un plan de travail… Et Clémence, retirée sur le seuil à cause de mes gestes en tornade, Clémence a applaudi ironiquement, mis les mains aux hanches, non mais je me croyais où à tout casser de la sorte ?

– Je voulais t'offrir une cuisine neuve…

C'était différent. Elle m'a tanné jusqu'à ce que je l'emmène en choisir une qu'on lui installerait dès que possible. Ensuite, j'ai passé trois jours à bricoler et rafistoler, qu'on puisse quand même d'ici là se préparer des pâtes ou des œufs au plat. Valérie tenait le choc comme une professionnelle au grand cœur, Maxime avait de plus en plus de mal à tolérer les coups de sang de sa mère. Plus de rires, plus envie qu'elle le touche, l'embrasse et pourtant le manque à hurler de cette tendresse, et cette sorte de terreur devant la maladie des proches, le refus. J'ai fait supprimer tout crédit bancaire à Clémence, ouvert un compte où Valérie pourrait puiser les dépenses quotidiennes.

Entre deux, je faisais des sauts à Paris, épauler Zina qui gardait les émois de sa nuit avec Fitz affichés dans un sourire constant et béat. Même pas envie de la traiter de midinette ni rien, je la savais sans illusion sur la suite de l'aventure. Une Rom un peu grasse, qui a pas les moyens de sa sensualité, voilà ce que je suis, elle m'a dit. J'ai haussé les sourcils et pincé les lèvres, ben voyons. Surtout, on a réussi à ne pas évoquer ce qui était endormi quelque part du côté de Munich et allait s'éveiller bientôt, aux abords de cette saloperie de printemps mortifère.

Et on est retournés au CHR consulter. Le professeur a été parfait, rassurant avec Clémence, franc avec moi : il ne pouvait rien prévoir. On continuait le traitement mais il ne fallait pas trop compter sur les comètes miraculeuses. Clémence a tenu à lui raconter Louis, et m'a engueulé parce que je n'avais pas apporté les photos de la ferme. Le professeur a hoché la tête : il les verrait la prochaine fois. J'ai aussi hoché la tête à ma dernière visite à maman dans sa maison de retraite. Elle n'entendait plus cette voix de femme appeler Pierre ou François, et me prenait pour mon père.

Le mois de mars a débuté dans ces dispositions et le temps s'est remis en route : Fitz a appelé. Lena est rentrée des USA et notre Buchmesse privée 2010 avancée. Je suis censé comprendre. Rendez-vous vendredi en huit à Francfort. Zina a aussi eu un appel de Lena à mon intention : présence obligatoire, bien entendu. Pourquoi ne pas me parler, directement ? On joue aux espions ? Ou elle trouille que je ne déborde de fureur ?

Fitz a tout préparé avec Zina, le vol, les réservations d'hôtel. Et Sandor nous accueille en début d'après-midi. Identique à lui-même, des pieds de géant, toutes les pliures minuscules de son visage resserrées en sourire, et sa voix de doublure cinéma, on entend les mots tard après le mouvement des lèvres. Il nous amène lui-même à nos chambres, au quatrième. Le long couloir du meurtre, étrange sensation d'y guetter la plainte des âmes d'Ilse et Hermann, avec ses banquettes et la lumière safran de mars. Rien de neuf du côté de la police, on n'avance toujours pas, Sandor a un bref pas de mambo pour nous mimer cette impuissance : on piétine ! Nous sommes les premiers et j'ai, oublions les espions, l'impression d'être un diplomate arrivé en avance sur les lieux de la discussion d'un traité secret. Et d'être noué au plus profond, à respirer douloureusement, la glotte en déroute. On s'active encore à préparer les chambres libérées juste à midi, draps sales-draps propres sur les chariots, savonnettes, Kleenex, ce fourbi quotidien me fait penser à Magda, la pauvre qui a découvert les deux corps mutilés. Parce que, malgré mes ruminations pas gaies, je plaisante Sandor et son nouveau rôle de garçon d'étage, spécialement pour nous, il est tout joyeux, plus fier qu'un pépé, de nous apprendre que Magda a accouché la semaine passée d'un garçon. Prématuré mais fort vif. Il est allé le visiter à la clinique, beau bébé, maman magnifique. Peut-être Magda viendra le montrer au personnel de l'hôtel un de ces jours… Lui a déjà des photos, il nous les montrera. Magda est donc en congé de maternité et il joue au groom d'occasion pour nous. Demain il se met un tablier, des bas de coton, une jupe d'uniforme, il sera *Putzfrau*, fera le ménage, hohoho ! Il hennit tout seul de son humour pas rigolo. Et moi je ne vais pas m'éterniser, pas envie de cette bonne humeur maintenant ni de m'ébahir sur la vie familiale des employés, abrégeons : bien, mes félicitations à la maman. Puisse ce petit conjurer la part de ténèbres qui est entrée dans les yeux de sa mère, en octobre, sans le dire je le pense vraiment, à en être un rien soulagé de mes angoisses. Sandor commence de reculer : Fitz arrive à dix-huit heures. Parfait, nous serons au bar. Si on nous demande, le desk peut révéler notre retraite, ahahaha ! Et comme tous les deux Zina on ouvre nos portes respectives, Sandor ajoute, de dos, déjà loin, sur un ton d'anecdote :

– Frau Vogelsang sera là vers vingt heures au pire, et moi je risque de devoir m'absenter vers ce moment. Si je suis dans l'incapacité de l'accueillir en personne je lui ferai passer le mot.

– Elle a réservé une chambre ?

– Toujours la même. Comme vous…

Bien sûr il a regardé les réservations, il a compris que notre aventure de la Buchmesse vivait un deuxième épisode. Et ce soir il est le monsieur Loyal de cet hôtel, celui qui annonce les numéros, libère la piste et s'installe au bord des gradins. S'il n'est pas la vedette il est le maître. Qu'on se le dise.

Le temps de déballer mes bricoles, douche, un jean, une chemise, la couleur on s'en fout, ma veste à chevrons ciel, le couteau de Lena dans ma poche, et je toque à la porte de Zina qui m'ouvre en peignoir, sa chevelure de Tzigane encore humide, des frusques étalées partout, je repousse délicatement une robe chemisier vert d'eau et je m'allonge sur le lit, et j'en ai plein les bottes, j'ai laissé Clémence et Maxime, et maman, la mémoire vierge de mon fils, et celle de mes femmes qui s'enfuit, et tout est en suspens, la mort de mon père, ces énigmes bavaroises, et ceci et cela, et je tremble de retrouver Lena, ses séductions et ses mensonges. Zina pose une fesse contre mon flanc, pas maquillée, odeur de savon, elle connaît mes pensées à la virgule :

– Tu attends quoi, patron, de cette dame ?

– Qu'on en finisse.

– Tu l'aimes encore ?

– Qu'est-ce que je suis désormais capable de faire d'autre ?

J'ai fermé les yeux, je sens la main de Zina sur la mienne, et qu'elle se laisse aller contre moi et pourvu que je ne ronfle pas...

À mon réveil, Zina est toute belle dans la robe chemisier, un truc à trois sous, je vois bien, et alors ? Il est passé dix-huit heures, temps de descendre au bar, Fitz doit nous y attendre, et je suis flagada de sommeil inattendu, au point que Zina m'aide à m'asseoir, je passe la main dans mes cheveux, coiffés saut du lit comme toujours, et on y va, bras dessus bras dessous, vieux couple silencieux. Couloir, ascenseur, le lobby et le bar, encore bien désert. Fitz est à une table vers le fond, presque caché par la grosse colonne lotiforme, dans la lumière dorée du lieu, odeur de cuir et de moquette propre. Un de ses éternels gilets à carreaux, violet et mauve cette fois, et une sorte de manuscrit en bordel dans une chemise posée à côté de sa bière. Il nous accueille, Zina avec une tendresse sans chichis, moi une tape sur l'épaule, mais sérieux, une trace de sourire ancien, du raclement de gorge embarrassé, comme à notre virée bavaroise, et j'ai l'impression d'une famille réunie au bistrot avant un enterrement, la levée du corps, tout le tremblement du deuil, des condoléances, et là toute l'attente me revient, l'ivresse explose ainsi, plus bon à rien, pas de force, juste après le petit verre en trop, et j'ai envie de m'enfuir, disparaître de la civilisation, même à faire mes comptes en un éclair, les sous de maman j'ai procuration, les miens, je peux voir venir deux vies durant, je fais une rente à Maxime, la gendarmerie, aller déclarer à la gendarmerie qu'on ne me recherche pas, je suis vivant... Et puis je reviens à moi, Zina a posé la main sur mon genou :

– Tu vas bien patron ? T'es tout blanc.

Oui, c'est que je viens de réaliser que tout sera différent après aujourd'hui. Et je me sens blanc, effectivement, effacé, tout ce que je dois savoir et qui va régir ma vie à venir, je l'apprendrai ce soir, cette nuit. À peine cette idée formulée, je vois Fitz se lever, tendre la main à quelqu'un qui arrive : Frau Meyer, le tailleur et le chignon irréprochables, et son élan de gentillesse vers tous, clients ou pas, une sacrée femme.

– Bonjour, bonjour ! Les éditeurs français organisent une Buchmesse clandestine ?

– Uniquement avec l'Allemagne ! Mais il y a un espion américain, nous sommes foutus !

Elle rit, poliment, de mon dialogue série Z, et puis, sitôt Zina présentée, elles sont enchantées :

– Est-ce que vous avez vu Sandor ?

– Il nous a accueillis, tout à l'heure. Il ne devrait pas tarder...

J'ai répondu vite, les yeux sur un bout de papier qu'elle hésite à nous laisser. Fitz a vu aussi :

– Nous pouvons lui faire une commission ?

Frau Meyer prend un air contrit, montre son papier :

– J'ai trouvé ce message pour lui au desk. Je traduis : Magda lui demande de rapporter des couches pour le bébé ! Sandor refuse le portable et tous les jours il va visiter Magda, notre femme de chambre qui a accouché ! Alors, depuis qu'elle est rentrée chez elle, elle le charge des courses. Il est un peu la famille et le mari qu'elle n'a pas ! Le grand-père plutôt…

– Pourquoi permettez-vous à Sandor d'habiter l'hôtel alors qu'il est retraité, d'être au courant de tout ce qui se passe ici, intouchable ? Au point, vous la directrice, de lui faire des commissions qui n'intéressent pas le service !

Encore une fois j'ai parlé d'un coup et Frau Meyer ne sourit plus, elle s'assied lentement, entre Zina et Fitz, me regarde bien franc et j'ai rarement vu tant de douceur, certaines religieuses recluses ont cette évidence mystique du regard, nul doute, de la foi sans ostentation :

– Parce qu'il a racheté, pris sur lui, une part d'une barbarie dont il n'était pas responsable. Et qu'il fait le pitre, le clown, pour que personne ne le sache.

– Il n'est pas d'origine hongroise ? « Sandor », pourtant…

– Il est de la région de Hanovre. Je l'ai découvert en prenant mon poste ici. Il devait prendre sa retraite et n'avait nulle part où aller. Et j'ai découvert sa vie. Sur le site de Stöcken fonctionnait depuis avant la Seconde Guerre une usine d'accumulateurs, de batteries, pour les missiles, les U-boat, les chars, les avions de chasse, tout ce qui tue… Y ont travaillé pendant l'effort de guerre des prisonniers français du camp de Neuengamme ou d'une de ses annexes, des Juifs, femmes et hommes, des Polonais, dans des conditions abominables… Ils inhalaient des vapeurs d'acide, étaient contaminés par le plomb… Beaucoup mouraient, et beaucoup des survivants ont été incapables de travailler à nouveau, comme mes parents… Cette usine Varta devenue AFA appartenait à Quandt, un des industriels qui ont financé à coups de millions de marks, en 1931 et 1933, la montée au pouvoir du NSDAP, de Hitler, un de ceux qui ont racheté BMW et possèdent encore la firme. Un des fils a encore une écurie qui participe au rallye Paris-Dakar… Rien n'a vraiment changé après la guerre. Mes parents, Juifs polonais, ont survécu, sont restés en Allemagne, mais sont morts à petit feu.

Elle s'arrête un temps, respire large, ses yeux n'ont pas quitté les miens :

–… Quand j'ai pris mon poste ici, j'ai regardé le dossier des employés, évidemment, et je les ai convoqués un par un, qu'ils sachent ce que je savais d'eux et qu'ils rectifient si nécessaire. Sandor avait passé des années et des années en prison. Pour parricide. Après guerre, encore adolescent, il a tué son père, ancien membre du NSDAP, pour les violences qu'il faisait subir à sa mère. Jusque-là, vous me direz, je ne suis pas concernée. Mais ce père était chef du personnel de l'usine de Stöcken, il gérait les quatre-vingts morts mensuels sans un battement de paupières. Sandor ne sait rien de ma famille. Il a juste accepté la proposition de rester dans l'hôtel comme chef honoraire de la sécurité en croyant qu'il le devait à ses talents d'animateur. Moi je lui donnerais un morceau de mon corps s'il en avait besoin. Voilà pourquoi il a été suspect dans le double assassinat d'octobre. Dieu merci, il prenait soin de cette vieille Anglaise, Dorothy Zylberstein… Si vous lui répétez ce que je viens de vous confier, je nierai et vous ne serez pas fiers de vous.

Elle a les yeux liquides, sa voix se perd mais elle est droite, et nous on n'ose rien, on la regarde poser le papier tout froissé devant Fitz, si vous le voyez, s'il vous plaît dites-lui, les courses pour Magda… Elle se recompose le sourire avant de traverser la salle, que le barman ne la voie pas défaite et on est bien tremblants du cœur et des mains, complètement en chamade, tous les trois, on allumerait des cierges, Fitz abasourdi, il ne pouvait pas se douter, il croyait à une version débrouille de la vie de Sandor, les petits trafics avec les Américains après la fin de la guerre, une carrière de gardien à tout faire, d'homme de la sécurité, et de conteur inné qui séduirait un régiment… Zina regarde ses mains, comme à se demander si son mari d'autrefois elle aurait pu l'étrangler, et puis elle soupire et on vient prendre notre commande, des clients entrent, pas bruyants mais il est des situations, même une épingle qui tombe… Et c'est là, en même temps que les bières Pikantus arrivent, Fitz pousse vers moi son dossier mal ficelé, tout corné :

– Cadeau de Rina Schulmeister. Klaus Kreide, son écrivain maison, lui a renvoyé ce projet, enthousiaste, il faut le faire, vite, que ça sorte à l'automne pour le procès Verena Becker, l'ultime procès d'une terroriste de la RAF… Rina a pris connaissance de son rapport de lecture et m'a apporté le tout pour toi il y a quelques jours. Elle ne publiera pas. Elle t'embrasse.

– Qu'est-ce qu'il y a dedans ?

– Un synopsis de roman. Le nom de ton père y figure, je crois, ou celui du grand-père Debaisieux, je n'ai pas lu et elle n'a pas été claire. Quand tu t'es raconté, au réveillon, ton allemand était d'occasion et tu mélangeais avec du français mais elle était moins saoule que tu croyais et moins mauvaise élève qu'elle pensait, donc elle a compris ton récit, ce projet te revient de droit, il n'y a pas de copie à sa connaissance, voilà ce qu'elle a dit. Et merci pour cette nuit…

– Ah. Très bien…

J'ai la main sur le dossier, je n'ouvre pas parce que je me demande :

– Qui a pu raconter à Hermann des secrets de famille, ma famille, celle de ma femme, loin en France, et ce que j'ignorais jusqu'à nos excursions en Bavière ?

– Moi.

Cette voix entre mille. Derrière moi. J'aurais dû voir le regard de Fitz et celui de Zina me dépasser. Et c'est pas la peine, elle peut bien me tuer, ou ce qu'elle veut, elle est là, la seule au monde qui m'accompagne en son absence, dont le sourire m'importe, et le souffle, qui fait revenir le jour et rend son équilibre à l'univers, elle est là, la femme qui vient du fond du temps, l'éternelle rêvée, celle dont j'aurais dû en ma jeunesse me demander le prénom qu'elle aurait et ses yeux, et son corps comment il serait et que je n'ai pas imaginée ni attendue parce que j'avais Clémence comme promesse, parce que j'ai obéi aux conventions. La seule qui me puisse l'amour. Lena.

– Et ce n'est pas mon seul crime. Tu décideras du châtiment. Mais d'abord, répondre à ta question : te dire qui je suis… Lena Vogelsang, fille de Thomas Vogelsang et de sa compagne Louise Hollinger, née de Luitpold Hollinger et Gisela.

Alors, sans me retourner, je sors son couteau replié de ma poche et je le pose sur la table. Lena en fait autant avec un classeur, bleu, tout passé de soleil. Je la vois de côté quand elle fait un pas et se penche, puis elle s'assied à ma gauche et elle est présente tout entière, parfum, l'ample manteau de cuir qu'elle laisse glisser au dossier du fauteuil, la robe grise entravée, décolleté Empire, ce visage de légende rhénane, ce corps d'Amazone, et ses mains que je prends, que j'embrasse vite pendant qu'elle dit, Fitz, Zina je suppose, bonjour... Eux se sont reculés un peu, prêts à fuir ou à sortir un revolver comme dans les films noirs où un type dangereux surgit devant d'autres types attablés dans un bar louche. Elle pivote vers moi, juste la tête, son regard d'eau pâle :

– Avec ce couteau ma mère a assassiné ton père.

D'un coup le temps et l'espace se sont contractés, résumés dans cette phrase inhumaine... L'incongruité de ce meurtre inoui, avoué sans ménagements dans un bar mondain ! Ne plus jamais toucher ce couteau, éviter même sa vue. Inconsciemment, depuis Munich, je m'en doutais, mais de telles évidences on les nie. Tant qu'on n'a pas les véritables chaînes de causalité on refuse le hasard objectif, et encore à cet instant, sûrement ce classeur contient des preuves matérielles, toute la conscience résiste, Frau Meyer vient de dire le parricide de Sandor, Rina, veuve d'un homme assassiné ici même, m'envoie un texte qui doit dire aussi la fin misérable de mon père, comment elle découle des années allemandes du grand-père de Clémence, ma femme qui traverse son dernier hiver, tout le tragique de l'histoire au galop soudain, comment y croire, et je ne peux pas, j'ai envie de tout envoyer balader, on oublie tout et tu me donnes un baiser, hein Lena, un baiser ! Je ne bouge pas, je respire de mon mieux, ample, ne pas m'évanouir, le buste bien large, et elle ouvre le classeur. Sur le dessus, dans des pochettes en plastique, des photos. Même pas la peine de me pencher, d'y regarder de près, je reconnais la ferme de Mering, et la maison Messerschmitt, Hochstiftstrasse à Haunstetten, le jardin encore séparé en deux, avec Louis en petite chemise, une cigarette aux lèvres, ce ne peut être que lui, ce flandrin coiffé en arrière, et une femme jeune, en robe d'été claire, boutonnée devant, brune à chevelure aux épaules, tenue par une barrette, et qui regarde Louis, si c'est pas de l'amour… Voici donc le dossier de la succession Debaisieux volé à papa au moment de son exécution…

Je tends la main, toute ma vie ou presque vient de là, de ces cinq photos, j'ai eu les yeux ailleurs longtemps mais aujourd'hui faut regarder, je tourne la première page, Fitz et Zina viennent en silence se tordre le cou, une partie de cartes dans la cour de la ferme, quatre hommes, Louis, sa coiffure gominée à l'eau fraîche, des bourrus souriants, cigarette au bec, la petite à droite, toute sèche, une tignasse à la diable et l'air effronté, doit être Trudi, ils étendent le linge, Trudi tient un chandail à bout de bras, rigolarde, Louis assis sur une chaise et Trudi lui coupe les cheveux, sérieuse… et du soleil à pleins seaux là-dessus. Dieu, on dirait presque qu'ils étaient heureux.

À ce moment une chaise tombe là-bas, vers l'entrée du bar, Frau Meyer enjamberait les tables si elle pouvait, elle renverse, bouscule, direct sur nous, déboutonnée, une femme froissée, et dès qu'elle retrouve souffle :

– Sandor vient d'être arrêté pour le meurtre d'Hermann et Ilse ! Je vais à la police criminelle.

Fitz lui prend le bras :

– *Ich komme mit!*

Et Zina, drôle son réflexe déjà, d'épouse qui se laisse mener, leur emboîte le pas. Ni Lena ni moi n'avons eu le temps de rien. La mort fait son bilan, pointe les victimes sur sa liste, et ouvre de nouveaux chantiers. C'est dans l'ordre.

Moi je me lève, fébrile, pas possible de rester là, rouvrir ces draps sales en public, et nos bières sont intactes :

– Sandor assassin, ils ont dû croire à un de ses contes... On va dans ma chambre ? Prends le couteau.

– Comme tu veux.

On doit avoir des gueules de revenants et les lèvres tremblantes, je rafle les dossiers, elle le couteau dans sa poche de manteau et nous voilà, l'ascenseur et les enfilades cossues, le papier peint à motifs gris, comme dans les coursives d'un transatlantique à tanguer, toucher les murs pour tenir debout, on se refait l'exil du paradis terrestre, la boîte de Pandore bientôt rouverte, tous les maux de la terre répandus entre nos mains et faudra quand même survivre après. Sa clé, la chambre obscure, traversée des lueurs de la ville et de son grognement joyeux, elle allume une lampe, près d'une table rousse où je laisse tomber les dossiers, elle a jeté son manteau sur le lit, elle a des beautés de grue repentie, de madame sans gêne, avec cette robe chic faux Empire, et sa chair d'ogresse, on s'assied à des chaises Art déco, pourquoi je remarque ces détails, pour m'accrocher à des riens, pas glisser au gouffre, je n'ai plus de corps, rien que des sens aiguisés à faire mal. Elle dit :

– Quand Louis Debaisieux est devenu Landarbeiter en 1943, dans la ferme d'Anton Weber à Mering, ma grand-mère, Gisela Hollinger, n'avait pas vu son mari Luitpold depuis presque quatre ans. Elle ne le reverra qu'une fois, en 1945, très peu avant sa mort.

Et elle rouvre le classeur bleu, sort des formulaires épistolaires officiels pour écrire de zone rattachée, le Nord, aux prisonniers en Allemagne, plus tard, je les lirai plus tard, et, ah, les pages manuscrites de la main de Louis, parcheminées, cassantes, les tourne vers moi :

– Les douze lettres sont de Simone. Elles disent l'engagement sentimental, les projets conjugaux quand la guerre finira. Les difficultés d'ici là sont des épreuves envoyées par Dieu. Les années qui restent à Louis sont déjà là, toutes prêtes, à crever… Tu verras…. Et voilà le journal d'un amour interdit. À la Buchmesse 2008, après une des fameuses soirées de Sandor, la première fois où je le rencontrais, où j'écoutais une des versions de sa vie, personne ne m'avait prévenue qu'il était un romancier de lui-même, j'avais un verre dans le nez, j'ai voulu participer à la veillée, j'ai confié mes secrets de famille à Hermann qui m'avait draguée. Maman m'avait tout légué, tout avoué avant de s'en aller, c'était pas vieux, je me suis épanchée, j'ai évoqué mon grand-père Luitpold, imprimeur et soldat infernal, sa femme Gisela et Louis Debaisieux. Avec sa tache en forme de larme, il avait l'air de toujours compatir. Je ne savais pas alors qui il était, ses fréquentations du NPD, ni sa relation toute récente avec Ilse. Je n'ai pas d'excuse sinon d'avoir soudain réalisé que je n'étais faite que de trahisons et de sang, que j'étais une sorte de mythe barbare, une malédiction, mais sordide, un vaudeville qui tourne mal… La guerre dévore aussi les enfants de ses enfants. Mais de l'intérieur, comme le renard du petit spartiate.

Je me tais, tout raide, j'entends le souffle de l'univers me passer à travers ou bien j'ai du mal à respirer, j'écoute, j'écoute et mes mains je ne suis pas sûr qu'elles puissent rester sages. Elles se sont mises à suivre les lignes des brefs Mémoires de Louis, une lecture d'illettré, chaotique… L'écriture est scolaire, appliquée, au stylo-plume, l'orthographe lacunaire et le style convenu. Il est d'abord question de tâches agricoles, à peine mentionnées, surtout de corvées en dehors de la ferme, réparer les gouttières de

Gisela Hollinger, fendre du bois, bêcher, semer le petit potager d'Haunstetten, tout ce que Trudi nous a confié qui brûle encore dans sa mémoire. Les visites de Gisela à la ferme d'Anton Weber aussi, l'ami chasseur du mari Luitpold, les petits signes de loin, leur façon empirique d'apprendre leurs langues respectives, des rudiments au moins, de se confier. Jusqu'à dire que le Luitpold avait été tiré de la prison pour braconnage et envoyé au front de l'est dans une Sondereinheit. Louis ne dit pas ce que c'est cette unité spéciale, mais la prison, il comprend que Gisela « ait du chagrin ». Et puis ce dimanche de mars 1945, Louis s'est mis sur son « meilleur trente et un », sa chemise et sa veste, pour le pantalon, c'est plus délicat, il enfile son unique et vient s'occuper du potager d'Haunstetten. Normalement Philippe doit venir avec lui mais il « s'a coupé » avec la broyeuse à betteraves. Alors Louis va seul, à bicyclette, en corvée pour Frau Hollinger. Déjà on croit entendre la 7e armée américaine qui progresse et libérera Dachau fin avril, « rendra aux boches la monnaie de leur pièce », écrit ce volontaire du STO, gonflé! En attendant, Gisela éprouve « une mollesse » au moment de boire l'ersatz de café, se laisse aller dans un fauteuil, Louis la dégrafe, qu'elle « respire au large », et de pas avoir vu de femme depuis longtemps, elle pas d'homme, qu'elle a un corps « blanc comme une pâtisserie et crémeux, et sucré comme une gaufre », ils font l'amour, et « faut pas lui en promettre » à Gisela, Louis, catholique fervent, en est même parfois un peu gêné, « tant elle couine fort » pendant qu'il « l'honore »! Et, « par le fait », quand il rédige cette poignée de feuillets fin 1946, la date figure au bas de la dernière page, et la cache on ne sait où avant de la confier à l'étude du vieux maître Phalempin, que son fils Jean en hérite l'espace de quelques heures avant qu'elle ne parvienne à mon père, « par le fait », à cause de cette proximité de la guerre perdue, qu'il faut s'assurer la bienveillance des vainqueurs, Louis doute de l'amour de Gisela. C'est « une manœuvre pour s'éviter les ennuis » une fois les Alliés installés en Bavière ! Et cette « femme de ce tempérament », quand elle vient lui révéler sa grossesse au moment où il tâche de rentrer en France sans trop se faire traiter de collabo, Louis refuse de l'écouter, la reçoit à peine, accepte en cadeau ses deux initiales gothiques prélevées en bas de la casse d'imprimerie de Luitpold. Malheur aux vaincus. Louis est du côté des vainqueurs.

Toutefois, après son retour à Lille, son mariage avec Simone, la fidèle qui l'a attendu, la naissance de Jean, Louis éprouve le besoin de rédiger cette confession qu'il a dû faire aussi à un prêtre. Celle-ci est pour les hommes. Il écrit qu'il n'aura pas le courage de « pas rien dire » à Simone, qu'il n'ira jamais plus en Allemagne et ne saura jamais, il ne veut pas, s'il a un fils ou une fille, ni si Gisela est encore vivante. Il sait qu'elle ignore son adresse, son nom de famille même, et qu'elle ne le cherchera pas. Il reste avec sa propre lâcheté et son mépris à elle. Il ne l'écrit pas en ces termes, mais la souffrance est patente. La dernière ligne est terrible, que je lis tout haut, et mes larmes contenues font un bruit d'orage au fond de mes yeux :

– « Peut-être cet après-midi avec Gisela, nos baisers et l'amour, j'aurai jamais rien de meilleur dans ma vie. Au moins j'ai vécu ça. Pardon. »

Lena me regarde comme quelqu'un capable d'absoudre, de pardonner, ou de condamner, soulagée, enfin elle se laisse aller. Sans implorer ni geindre, digne et responsable, même si elle doit me perdre, je l'entends à ce phrasé d'urgence parfois, elle l'a envisagé :

– Le 2 janvier 1946, Gisela accouche chez elle, seule, d'une petite Louise. Luitpold Hollinger, de retour de Hongrie et de Pologne, dont Gisela prétend faussement qu'il est passé la visiter clandestinement le temps de lui faire cet enfant, est à cette date du côté de Berlin, trop loin. Il sera pris dans un bête contrôle avec son chef, l'Oberführer Oskar Dirlewanger, par les forces françaises en Souabe, interné à Altshausen et tabassé à mort tout comme lui vers le 7 juin par des gardes qui sont d'anciens prisonniers des camps de concentration, ou des Polonais ou des Juifs. Il vient de passer en éclair à Haunstetten, y laisser ce fameux couteau de chasse, mais cette date est trop tardive pour un accouchement début janvier. Ma mère est donc bien la fille de Louis. Et son enfance avec la veuve d'un de ceux qu'on appelait les chasseurs noirs est terrible. Gisela apprend peu à peu la conduite de son mari par des rescapés de la brigade Dirlewanger décimée, qui ne seront jamais inquiétés, même pas au procès de Nürnberg. Ma grand-mère réussit difficilement à acheter sa maison, et Louise est la fille du diable. Les membres de cette unité, les premiers, sont tous des condamnés pour crime de chasse tirés de prison, ensuite viendront les droits communs, les assassins, tu ne peux pas savoir ce qu'ils ont fait en Biélorussie, à Varsovie. Ils n'étaient pas des hommes. Toujours saouls, aucune peur de la mort, aucune morale. Même les pires SS ne voulaient pas combattre à leurs côtés. Dirlewanger avait droit de vie et de mort sur ses troupes. Et il exécutait sommairement son meilleur copain de beuverie au moindre regard de travers. Dans sa lutte contre les partisans, il encercle des villages, rassemble la population au centre, allume un feu, saisit des enfants par le bras et les jette dedans. Il va contribuer à exterminer 90 % des huit cent mille Juifs de Biélorussie.

Il aura une maîtresse juive, son interprète, Sarah Bergmann à qui il laisse un sursis. Elle baise et traduit, elle est fonctionnelle, ou bien il l'aime de trahir les siens, et c'est la pire insulte. À Varsovie il laisse un hôpital assiégé se rendre et ensuite il viole, tue… Pas aussi jouissif que de pister les partisans, des hommes de l'Armée rouge isolés dans les lignes allemandes, ou des prisonniers échappés. Ils tentent de harceler l'armée allemande, de couper ses communications, cachés dans les forêts, les marécages, ils sont aussi des bêtes. Pas beaucoup mieux que les Dirlewanger ou Hollinger : ils rançonnent les villages, il faut des vivres, ils pillent, violent aussi et refusent les Juifs parmi eux. Pour les chasseurs ce sont des proies magnifiques : ils retrouvent la Pirsch, ces traques où il faut se fondre dans la nature, devenir chêne ou marais, jusqu'à surprendre une proie étonnée ! Les partisans sont des cerfs dont on lit les traces, qu'on apprend à connaître, presque à aimer pour les tuer ! Au fusil ou, mieux, au couteau de chasse… Le sang de l'autre, versé, purge le chasseur de son animalité ! Les chasseurs noirs n'étaient parfois humains que sous ce rapport : donner la mort selon un rituel presque mythologique, cathartique… Dirlewanger a été en guerre, sous une forme ou une autre, depuis 1914, il ressemblait physiquement à Hitler, même moustache, un crâne un peu cabossé, la mèche en biais, et tous deux n'ont pas décoléré trente ans durant. Oskar était le dieu de mon grand-père. Alors ma mère, à qui sa mère s'est confiée très tôt, sera contre la guerre, contre celle du Vietnam, contre ceux qui veulent réarmer l'Allemagne, qu'elle intervienne à l'étranger, elle sera une base arrière de la RAF, très tôt, peut-être le jour de l'exécution de Buback, elle hébergera qui on lui dit, et surtout, elle qui illustre de la littérature pour la jeunesse, elle prendra en pension les enfants de la RAF. Elle fait Kindergarten. Et puis elle rencontre mon père, journaliste de *Bild*, la presse conservatrice Springer, quand il fait son enquête sur les militants de l'ombre. Pour lui dont je porte le nom, Vogelsang, et parce que je nais, elle renonce à toute action. Et lui, pour elle, regarde en face l'Allemagne innocentée de son passé par des Américains capables d'aller massacrer au Vietnam comme on chasse au Kenya. Et dans ce climat ton père, en 1977, vient sonner Hochstiftstrasse avec ces documents hérités de Louis. Tu imagines le cyclone ! Ma grand-mère Gisela vit encore avec mes parents, elle mourra en 1981, et je ne sais pas exactement ce qui s'est passé mais elle refuse de lire, repousse les photos, la longue confession, ton père lui parle, lui raconte Louis, son destin. Il a le temps de dire les malheurs de la famille Debaisieux. Et il parle de ses amis en Allemagne, des anciens nazis, dit qu'il voudrait réparer, il offre de l'argent et Gisela se met en colère, pas d'argent sale, pas contre des années de trahison, commence à frapper ton père, comme une vieille dame, sans danger, mais ton père a un geste et maman attrape le couteau du grand-père Luitpold, et frappe. Un coup. Papa rentre, il décide de la suite, tu la connais… Il a dans ses archives, depuis son enquête, ce *Frankfurter Allgemeine* annoté par Baader, il le met avec le corps qu'il abandonne à Siebenbrunn… Je crois que maman a tué Schleyer en la personne de ton père, et d'autres qui sont encore en vie… Maintenant, tu décides de moi…

Elle a parlé longtemps, sur le souffle parfois, avec des véhémences de prétoire et des douceurs d'alcôve, et moi je la revois se maquiller dans ce miroir-là derrière elle, celui de cette même salle de bains, où son dos se reflète aujourd'hui depuis le coin salon, comme un lointain mensonge :

– Pourquoi tu n'as rien dit à la Buchmesse ? Imposer une séparation d'un an, et pas sûr que tu aurais parlé en octobre prochain…

– Parce que j'avais un mobile pour tuer Hermann, que je devenais suspecte, et que je voulais retarder le moment de te perdre, le moment où je serais obligée de me livrer. Que ta femme te demande d'enquêter sur son grand-père, comment j'aurais pu le prévoir ?

– Tu as vraiment eu envie de me tuer ?

– Bien sûr que non… C'était une blague, pour garder contenance… Mais je t'aurais bien racheté, c'était la revanche des femmes…

– Et ce couteau, tu te rends compte de la cruauté ? Me l'offrir alors qu'il porte encore des traces du sang de mon père, de partisans, de Juifs… ?

Je suis sur les ergots et elle tâche d'éviter le combat bec et ongles :

– Trois femmes, Gisela, Louise et moi, nous avons regardé ce couteau de chasse chaque jour de notre vie, et il était le symbole de la pire conscience de l'Allemagne, celle sans civilisation, antisémite, raciste, détourneuse de légendes et de littérature, c'est le couteau de Siegfried au-delà du bien et du mal ! Un couteau de chasseur aryen que nul n'a le droit de déclarer coupable de rien. Je te l'ai donné non pas pour m'en débarrasser, mais pour partager l'inhumain avec toi. Même si je sais désormais que je suis la petite-fille de Louis, donc une demi-cousine de ta femme, que le sang de Luitpold ne coule pas dans mes veines, je l'ai cru longtemps, et je ne peux pas renier en moi cette Allemagne primitive et sans lois… Si tu m'acceptes avec cette part noire…

– Quel homme je serais pour te juger ?

Lena a une sorte de grande aspiration, celle d'au sortir de l'eau, quand on est restés longtemps dessous, que l'air manque, le corps en tourmente, tend la main et je me méprends, je lui glisse le dossier de futur roman transmis par Fitz et Rina :

– Tu veux lire ?

– Non. Garde tout. Ce qu'il contient ne va pas me surprendre puisque j'ai donné la matière et que je connais le travail complaisant d'Hermann… Ce que je viens de te raconter mais arrangé, débarrassé de la véritable dimension politique, chargé de pathos, avec des militants de gauche portés sur l'alcool et les filles, une fin où les amants maudits se retrouvent, vingt ans après, font une dernière fois l'amour et se séparent à jamais… Est-ce que tu penses que je les ai tués avec cette faucille, et que je me suis ménagé l'alibi du couteau : laisser la police penser que si je les avais assassinés j'aurais utilisé ce couteau, or les analyses des vieilles traces de sang, et du mien, tout frais, m'innocentaient ?

Pas besoin de répondre, je suis broyé, et lisse, comme une allée de sable où des traces de pas viennent d'en rejoindre d'autres, en quelques minutes j'ai pris un destin en plus sur les épaules, et c'est à la fois celui de la femme dont je suis séparé, impossible à abandonner dans sa détresse actuelle, et celui de la femme qu'il n'y en aura plus d'autre, que je ne pourrai pas vivre sans, merde à la syntaxe, j'ai du baiser qui déborde, le cœur ravagé et le chagrin de Sandor. Pas possible qu'il ait cru susciter les confidences de Lena à Hermann par ses vies inventées et qu'il ait ensuite commis ce crime pour réparer cette faute supposée…

Et juste là mon téléphone. Zina. Si je suis dans l'hôtel, que j'aille au lobby, vite patron. Et c'est tout. Je suis déjà debout, Lena a compris l'urgence, elle profite de mon passage à sa hauteur, sans s'imposer, elle me prend en marche, son bras à ma taille et les yeux nus. Et jusqu'en bas, les gens que nous croisons se retournent sur nous, j'en suis certain, on a trop l'allure d'un couple royal qui va au supplice et redécouvre la caresse, s'en fout des gens.

En bas, devant le bouquet monstrueux du desk, Zina et Fitz essaient de consoler Magda en larmes, assise, offrant le sein à un nourrisson empaqueté et sacrément goulu. Pile nous sortons de l'ascenseur, plus question de laisser nos corps se refaire des politesses, nous sommes avec le groupe éploré, le temps d'apprendre que le petit s'appelle Karl, et Frau Meyer arrive de dehors, manteau ouvert, plus de couleurs à ses joues tirées, elle nous voit, et la poitrine exubérante, blanche, de Magda, sûrement c'est désordre à l'entrée d'un palace, vite elle ouvre les bras, on dirait une gardeuse d'oies, se retourne vers le concierge du desk :

– *Kein Telefon!* Aucun appel!

Et elle chasse devant elle, au long d'un couloir, notre petit troupeau, dans son bureau, là, à droite, ouvre, nous fait entrer. Le bébé continue de téter un nichon qui balloche de l'émoi de sa maman et Magda de bégayer en allemand entre deux sanglots. Fitz a ramassé ses affaires, range tout en silence sur la table de travail, bien au carré, façon paquetage militaire, le vanity-case, un plaid, une veste matelassée, et nous autour de cette maman qui allaite, Frau Meyer debout bras croisés, comme une famille qui a fui une cérémonie indésirable, touchée par un scandale soudain. Chuutt, on écoute Magda bredouiller en allemand, avec les bulles de chagrin au coin des lèvres des enfants désespérés :

– Sandor n'a rien fait, c'est moi! Faut le dire, dire que c'est moi qui ai tué Hermann…

Lena me traduit à l'oreille, en confidence. Fitz a appelé Magda, lui dire que Sandor s'était livré, avait avoué le double meurtre, et qu'il se proposait d'apporter ce qu'il fallait au bébé à sa place. Magda a poussé un grand cri, hurlé qu'elle arrivait et nous voilà. Frau Meyer essaie de ramener le calme, pourtant elle n'est pas la moins bouleversée, ce qu'elle vient de nous révéler de la véritable vie de Sandor, elle seule en mesure la portée, pourtant :

– Et même s'il a décidé d'être officiellement coupable à ta place, Magda, Sandor a sûrement une bonne raison. Il n'y est pas obligé ? Non. Donc c'est sa liberté et je vais lui offrir le meilleur avocat. Il est déjà fiché comme meurtrier, les choses vont aller vite... Mais surtout ne va pas te dénoncer. Personne n'y croirait. Pourquoi aurais-tu tué Hermann et Ilse ?

– Parce qu'il était le père de Karl ! Qu'il est venu avec cette femme après avoir couché avec moi à chacun de ses séjours ici ! Jamais il ne reconnaîtrait le bébé que je voulais garder, fallait avorter, sinon, pas de reconnaissance en paternité, je ne lui tirerais pas un sou, il me ferait avoir un accident, ses amis du NPD s'en occuperaient... Je l'ai haï et j'ai eu peur, je les ai saignés comme les cochons de mes parents, à l'époque de leur ferme... Elle, Mlle von Hochpfalz c'est dommage mais tant pis, fallait pas faire de la romance avec ce salaud...

Fitz s'est accroupi devant Magda qui se rajuste machinalement, fini la tétée :

– Et tu t'es confiée à Sandor ?

– J'ai rien dit à personne. Les policiers avaient rien contre moi...

– Alors comment a-t-il... ?

Magda écarte le lange qui enveloppe le petit Karl, le tourne vers nous. Il est tout benoît de son estomac plein, les yeux grands ouverts et sur la pommette gauche, nettement visible, une tache de naissance en forme de larme.

Tout le monde se fige, ah ben merde, si jamais on avait pensé que, sûr que les mêmes stupéfactions tournent dans nos têtes, il y a les reniflements de Magda, ses marmonnements tandis qu'elle berce Karl, Frau Meyer a le regard perdu au plafond, Lena et moi, on commence à faire retraite, nos propres tourments à apaiser, Fitz a pris Zina par les épaules, et une vibration grêle tout à coup qui la plonge dans son sac où elle pêche son iPhone, l'ouvre, lit, me le tend, un message affiché… Qu'est-ce que… ?

– Lis, c'est Clémence…

– « Florent, je profite de l'ordi de Maxime et d'un moment sans trouble qui ne durera peut-être pas, à peine sortie des derniers examens au CHR, pour t'envoyer ce mail par Zina. Ton portable à vapeur ne fournit pas ce service et je n'ai pas envie de te parler, que tu me répondes, sois embarrassé et refuses la réalité. On ne se ment plus. Je regarde autour de moi et les êtres chers, mon univers, mes livres m'apparaissent comme des amis sur le point de s'en aller. Mais c'est moi qui m'en vais. Je suis déjà debout dans le vestibule et si j'ouvre la porte, la mort me prendra par la main. Maman Sylvie qui retrouve l'enfance étonnée partira sans regret, elle. Moi j'aurai le regret de toi et de notre jeunesse que je quitte bien tôt. Mais il faut payer notre rançon à la cruauté de l'Histoire. Aussi j'aimerais bien savoir ce que tu as appris de Lena aujourd'hui. Oui je sais qui elle est, qu'elle doit connaître ce qui manque à l'histoire de grand-père Louis, et de papa Gérard, oui je sais que vous êtes à Francfort ensemble et que tu l'aimes. Si c'était possible, je te demanderais juste d'attendre mon départ pour continuer ta vie avec elle, sans rien renier. Elle est belle ? Je t'aime, Florent, depuis les enfants presque sans parents que nous étions. Un dernier vœu et tout sera dit : si Lena peut m'appeler, je voudrais entendre sa voix, et qu'elle comprenne que je te confie à elle. Je t'embrasse mon Florent. Clémence. »

Quoi dire ? J'ai la gorge étranglée et des larmes de veau me brouillent tout. Je sors, peux pas rester là, je lâche le téléphone et me laisse aller, le dos contre le mur du couloir, et je les vois venir à moi toutes les deux, et elles sont contre moi, une de chaque côté, à me serrer, pas mieux vaillantes que moi, tâcher de me requinquer, je sens la chaleur de leurs corps pleins de compassion :

– Comment… ?

Zina répond avant le reste de ma question, à voix de pénitente :

– Depuis que je travaille pour toi, patron, je suis en contact avec Clémence. Elle m'a appelée au bureau, dès qu'elle a su mon embauche, et m'a demandé de veiller sur toi, même de faire l'amour avec toi si nous en avions envie. Je lui ai toujours rendu compte de toutes tes activités. Ces derniers temps seulement, avec la maladie, c'était plus difficile. Tout à l'heure, pendant ton sommeil, elle m'a fait jurer de ne pas te l'annoncer : on ne lui donne plus guère de semaines à espérer… Tu sais, patron, elle t'a laissé croire qu'elle te trompait, avant que tu la quittes, pour t'éviter des scrupules qui n'auraient rien changé. Cette femme-là, il va falloir mériter son amour tout le reste de ta vie.

Lena s'est dégagée de moi, elle a ramassé le téléphone dont la lueur éclaire son visage d'héroïne lasse, elle fait glisser son doigt sur l'écran tactile, porte le combiné à son oreille :

– Clémence ? Lena à l'appareil…

Du même auteur
(Extraits, suite)

Aux Éditions Belem

Sur les trois heures après dîner, 2004.

Gallimard jeunesse, coll. Scripto, 2009.

Aux Éditions Le Verger

La Dédicace, 2004.

Aux Éditions Calmann-Lévy

Les Grands Ducs, 2001.

Billard à l'étage, 2001. Rivages, 1993.

Aux Éditions Rivages

L'Éternité sans faute, 2000.

Le Bélier noir, 1997.

La Belle Ombre, 1995.

Aux Éditions Terrain Vague

Sanctus, 1990.

Aux Éditions Syros

Cadavres au petit matin, 1989.

Aux Éditions Fleuve Noir

À l'encre rouge, 1985. Rivages, 2002.

Achevé d'imprimer
sur Roto-Page
par l'Imprimerie Floch
à Mayenne, en août 2011.
Dépôt légal : juin 2011.
Numéro d'imprimeur : 80108.

Imprimé en France

A Aytré 17 440.

05-46 34. 55 77

Scala Automobile.

(Fiat Alfa).

ZAC Bel Aire. Nord

Rue Le Corbusier.

Sud de La Rochelle.

- Voiture à St MARTIN DE RÉ
- Amener au garage Alfa à Aytré
- Droit à un rapatriement à ton domicile de vacance.